피는

BLOOD DOESN'T LIE

솔직하다

피는
BLOOD DOESN'T LIE
솔직하다

신세연 장편소설

목차

1부

거짓된 빛은 쉽게 꺼진다

도산대로에 있는 김청아 부티크는 도박장이라는 소문이 있다. 목 좋은 자리여서 비싼 월세임이 틀림없을 텐데 20년째 그 자리 그대로 영업 중이기 때문이다. 장사도 잘되지 않는 것 같다. 심지어 주인이 있는 모습을 본 적도 없다. 가끔 마네킹에 입혀진 옷이 바뀌는 것을 보면 영업은 하고 있는 것 같은데 말이다.

김청아 부티크가 있는 건물과 바로 옆에 붙어 있는 건물 1층의 월세는 삼천이다. 평수가 두 배 정도이긴 하나 같은 라인에 있는 매장 월세가 삼천이라는 말은 1층에 위치한 김청아 부티크의 월세는 못 해도 천은 된다는 소리다. 정확하게 월세가 얼마인지 알 수는 없지만, 월 천 정도는 무난하게 넘을 것이란 건 강남에서 학교를 다니는 초등학생도 알 것이다.

강남 바닥이라는 곳은 초등학생 때부터 돈에 대한 개념이 천 원, 만

원이 아닌 월 오백, 월 천 이런 식으로 이해를 하는 곳이다. 이처럼 돈에 의해 움직이고 돈 때문에 무엇이든 벌어지는 곳이 강남 바닥이다.

어두움으로 가득 찬 도산대로 변에 제네시스 한 대가 세워졌다. 조수석 문이 열리고 안태석이 내리더니 뒷좌석 문을 열었다. 문이 열리자, 어둠도 밝힐 정도로 잘 닦인 번쩍이는 구두를 신은 김형덕이 내렸다.

그는 터벅터벅 걸어서 김청아 부티크의 문을 열고 안으로 들어갔다. 태석 역시 형덕을 따랐다. 새벽 2시가 넘은 시간에 옷 가게의 문이 열려있다는 것은 이해하기 힘든 광경이었다.

매장 통유리창 앞에는 마네킹이 3개가 놓여 있었다. 벨벳 소재로 된 드레스를 입혀 둔 마네킹의 모습에서 괜한 섬뜩함이 느껴졌다.

형덕은 안쪽 계산대 앞에 놓인 향로 앞에 섰다. 입고 있던 정장의 옷매무새를 바로잡더니 향로 옆에 있던 향을 하나 집어 들었다. 주머니에서 라이터를 꺼내 향에 불을 붙이고는 다시 주머니에 넣었다.

불이 붙어 연기를 피워내는 향을 코앞에 가져다 대고 깊게 숨을 들이마셨다. 향냄새를 음미하더니 나머지 한 손으로 살짝 부채질했다. 향을 코에서 떼고 정수리에서 한번, 입술에서 한번, 가슴에서 한번, 총 세 번 빙빙 돌린 후 향로에 조심스럽게 꽂았다.

형덕은 눈을 감고 합장을 했다. 5초 정도 그대로 있더니 고개를 좌우로 풀고는 계산대 옆에 문을 벌컥 열고 들어갔다.

"형님 오셨습니까."

안에 있던 전성희가 형덕을 보고 허리 숙여 인사를 하면서 말했다.

형덕은 대꾸하지 않고 입에 청테이프를 붙이고 있는 남자에게 다가갔다.

검은색의 방수포 위에 조금의 힘만 가해도 부러질 것 같은 오래된 나무 의자에 묶인 채 앉혀져 있었다.

남자는 이미 엉망이었다. 입에 붙은 청테이프로 인해 남자의 웅얼거림을 알아들을 수는 없었지만, 굉장한 공포심을 느끼고 있다는 것쯤은 한눈에 봐도 알 수 있었다.

형덕은 행거치프 주머니에 한쪽 다리를 뺀 채 걸려 있던 안경을 쓰더니 옆에 서 있던 성희에게 손을 내밀며 말했다.

"갖고 와."

성희는 형덕이 내민 손 위로 전기타카를 건넸다. 전기타카에 충전된 못의 양을 보며 크게 웃었다.

"많이도 충전했다. 나보고 이 새끼 죽이라고?"

"혹시 몰라서 그랬습니다. 죄송합니다."

전기타카를 손에 들고 의자에 앉은 남자 앞에 쭈그리고 앉아 눈을 마주쳤다. 남자는 겁에 질린 상태였다. 눈에는 눈물이 고였고 눈을 깜빡이자 그 눈물은 뺨을 타고 흘러 턱에 맺혔다.

그 모습을 본 형덕은 자신의 바지 뒷주머니에 있던 손수건을 꺼내 턱에 맺힌 눈물을 닦아주었다. 그리고는 다정한 말투로 남자에게 말했다.

"지금부터 부활하지 못하는 예수가 될 텐데 기분이 어때요?"

남자는 드넓은 세렝게티 한가운데에서 배고픈 맹수와 마주친 느낌이 이보다 더 나을 것 같단 생각이 들었다. 초원이라면 0.001%라는 낮은 확률이지만 도망이라도 갈 수 있고 그게 힘들다면 어리석은 행동이겠지만 맹수와 싸울 수라도 있다. 하지만 지금은 그저 아무것도 할 수 없는 상태로 오로지 자신에게 행해지는 행동을 기다려야만 하는 처지였기 때문이다.

남자는 겁에 질려 그 상태로 소변을 보고 말았다. 그 모습을 고개를 갸웃거리면서 본 형덕은 전기타카를 들지 않은 왼손 검지로 눈꺼풀을 긁더니 성희를 칭찬했다.

"이럴 줄 알고 방수포를 깔아 뒀구나. 서당개도 3년이면 풍월을 읊는다더니 안 실장 아래에서 3년 있으니까 이제 좀 보이나 보다? 그보다 안 실장, 마네킹에 스카프 걸려 있던데 그것 좀 가지고 와."

태석은 문을 열고 나가서 가운데 마네킹 목에 걸린 스카프를 풀었다.

진열된 지 오래되어서 먼지가 날리기 시작했다. 검지로 코를 살짝 비비더니 숨을 세게 내뱉으며 스카프를 털었다. 스카프를 털자 먼지가 뿌옇게 날렸고 잠시 후 서서히 가라앉기 시작했다.

다시 문을 열고 들어와서 형덕에게 스카프를 건넸다. 정사각형의 크기가 큰 호피 무늬 스카프였다. 반으로 접고, 또 반으로 접고, 몇 번을 접어서 얼굴을 가릴 정도의 폭으로 만들었다. 그리고 의자에 앉아 있는 남자의 눈을 가려주기 시작했다.

"이게 보면 무서운데, 신기하게도 이렇게 가리면 좀 괜찮다고들 하더라고요."

눈을 가려주고 뒤통수에 튼튼하게 매듭을 지어주고는 씩 웃었다. 한쪽 입꼬리가 올라가자 그의 얼굴과는 어울리지 않는 보조개가 깊게 파였다.

전기타카의 소리는 의외로 작다. 부드럽게 탁탁 정도의 작은 소리를 내면서 툭툭하며 못을 박는다. 남자의 손등에 못이 하나 박혔다. 순간

입과 청테이프 사이에서 새어 나오는 비명은 끔찍했고 그대로 그들의 귀를 찔렀다.

손등에 못이 박힌 남자는 몸을 부들부들 떨었고 순식간에 흥건한 땀이 온몸을 뒤덮었다. 공포감에 휩싸인 남자의 발버둥에는 튼튼하게 고정된 끈도 소용없었다.

눈을 가리고 있던 스카프가 서서히 느슨해지기 시작했고 결국 목으로 떨어졌다. 손등에 박힌 못을 자신의 두 눈으로 확인한 남자는 아까보다 더한 공포에 휩싸였다.

그 모습을 본 형덕은 입을 쩍 벌리더니 하품을 했다. 지루하다는 듯 하품을 한 형덕은 손에 들고 있던 전기타카를 태석에게 건넸다.

"안 실장이 마무리해. 피곤하다. 1시간 차이인데도 이렇게 시차 적응이 안 돼요. 정리하고 나와. 차는 어디 있어?"

"강 기사에게 연락해보겠습니다."

"아니야. 내가 할게. 마무리하고 나와라."

문을 열고 밖으로 나온 형덕은 다시 한번 더 합장했다. 문은 굳게 닫혔지만, 그 틈새로 새어 나오는 비명은 처참했다.

계산대 안의 의자에 앉아서 빙그르르 돌더니 강 기사에게 전화를 걸어 차를 가지고 앞으로 오라고 했다. 차가 오는 것을 확인하기 위해 통유리창에 쳐진 암막 커튼을 걷었다.

커튼을 걷자, 화려한 술집의 네온사인들이 유리창을 가득 채웠다. 그 모습을 멍하니 보고 있는데 유리창 너머로 강 기사가 몰고 온 차량이 보였다.

형덕은 차에서 내린 강 기사를 향해 고개를 끄덕이고는 문을 열고 나왔다. 강 기사가 뒷좌석 문을 열어주었다.

"잠깐. 담배 좀 피우고."

차에 타지 않고 정장 안 주머니에서 담배 케이스를 꺼냈다. 담배 한 개비를 꺼내 입에 물었다. 아까 향에 불을 붙였던 라이터로 담배에 불을 붙였다.

"겨울에 피우는 이 담배 맛이 이렇게 좋아."

형덕의 입가에서 나오는 연기가 입김인지 담배 연기인지 구별이 어려울 정도로 날이 추웠다. 담배 한 개비를 모두 피우고 바닥에 꽁초를 버렸다. 버린 꽁초의 불씨를 구두로 비벼 끄더니 허리를 숙여 불씨가 꺼진 꽁초를 주워 아무렇지 않게 주머니에 넣었다.

"쓰레기를 아무 데나 버리면 쓰나. 우리 강 기사도 쓰레기 아무 데나 버리고 그러면 안 돼. 다 집에 가서 버리고 그래야지."

형덕의 말에 강 기사는 고개를 살며시 숙여서 알아들었음을 표현했다.

태석이 나오지 않자, 형덕은 담배 한 개비를 더 꺼내서 불을 붙였다. 또 한 개비를 다 피워갈 무렵, 문이 열리고 태석이 나왔다.

"마쳤습니다."

"수고했어. 오 사장한테 연락해서 빠릿빠릿한 놈으로 두어 명 보내라고 해. 성희는 남아서 일 처리하는 거 다 지켜보고 사진 찍어서 보고하라고 하고."

"네."

"가자."

형덕은 피우고 있던 담배를 바닥에 버리더니 이번에는 구두로 불씨도 끄지 않은 채 그대로 뒷좌석에 올랐다.

곧이어 차는 출발했고 도산대로를 벗어났다.

2부

善 착할 선

새벽에 토스터를 이용해서 식빵을 굽는 내 모습이 평소에는 아무렇지도 않지만, 꼭 월급날 다음날에는 초라하게 느껴진다. 동기들은 아내가 차려주는 아침밥을 먹고 출근한다지만 나와는 전혀 상관없는 다른 세계의 이야기였다.

어제 지원이 사 온 우유식빵 두 쪽을 토스터에 넣었다. 굽기는 중간 정도에 맞추고 버튼을 눌렀다. 커피도 내리기 위해 머그잔을 올려두고 버튼을 눌렀다. 새벽에만 버튼을 도대체 몇 번이나 연속으로 누르는지 모르겠다.

프라이팬에 식용유를 듬뿍 두르고 계란후라이를 반숙으로 튀기듯이 부친다. 계란후라이를 완성하고 접시에 옮기면 토스트가 완성됐다는 알림이 울린다. 오늘도 역시 정확하다. 토스터에서 구워진 빵 두 쪽을 꺼내 계란후라이가 올려져 있는 접시 위에 대충 겹쳐서 올린다.

내려진 커피가 담겨있는 커피잔에 입을 대고 한 모금 마신다. 돈만 있다면 직접 원두로 샷을 뽑는 에스프레소 기계를 사고 싶다는 생각이 들었다.

아침은 든든하게 쌀로 시작했으면 하는 마음이 조금은 있지만 내 처지에는 식빵 두 쪽과 계란후라이 하나, 그리고 커피 한잔이 딱 어울렸다. 얼마 되지 않은 양인지라 금세 먹고 설거지통에 그릇과 컵을 담았다.

안방 문을 조심스럽게 빼꼼 열었다. 침대에서는 아내와 딸이 잘 자고 있었다.

"다녀올게."

들리지 않을 정도로 혼잣말을 중얼거리고는 조심스럽게 안방 문을 닫았다. 백팩을 메고 현관에 걸어둔 헬멧을 손에 들고 집을 나섰다.

늘 같은 시간에 일어나서 준비를 하고 출근하기에 모든 것은 정해진 것처럼 정확하게 맞아떨어졌다.

역시나 오늘도 엘리베이터는 6층에 멈춰있었다. 6층에 사는 아저씨가 새벽 운동을 하고 이 시간에 집에 돌아오는 것 같았다. 우리집은 13층이다. 얼마 지나지 않아 도착한 엘리베이터에 탑승했다. 오늘도 엘리베이터에 있는 투명창이 신경을 거슬리게 했다. 낮에는 괜찮지만, 밤에는 무섭게 느껴지곤 했다. 한번은 그런 꿈을 꾼 적이 있었다. 엘리베이터를 타고 집으로 올라가는데 어떤 층에서 원피스를 입고 장난감 자전거를 타고 있는 여자아이의 모습이 엘리베이터에 있는 창을 통해 보였다. 그런데 문제는 13층에 도착할 때까지 층마다 그 아이가 계속해서 보였다는 것이다.

꿈이어서 망정이었지. 실제였으면 이미 기절하고 넘어지면서 머리를 다쳐서 결국 어느 땅속에 묻혀 있을 것이다. 아니다. 현실적으로 생각해본다면 화장된 후 어디 납골당에 있으려나. 그것도 아닌가. 모르겠다. 아무튼 그 꿈을 꾼 이후로 엘리베이터에 뚫린 투명창이 무섭다. 이런 생각을 하다 보니, 어느새 1층에 도착했다.

자전거 보관소에 세워진 자전거의 자물쇠를 풀었다. 예전에 누군가 자전거를 묶어 둔 끈을 절단기로 끊어서 훔쳐 가는 바람에 꽤 고생했었다.

자전거 도둑은 당연히 찾을 수 없었고, 얼마 하지 않던 보급형 자전거였지만 나의 출근과 퇴근을 책임지는 이동 수단이었기에 고생하는 것은 당연히 내 몫이었다.

그 이후로 다시 장만한 이 자전거는 아직은 아무도 훔쳐 가지 않아 여전히 나의 출근길과 퇴근길의 발이 되어주고 있다. 헬멧을 쓰고 페달을 힘차게 밟았다.

"대리님, 오늘도 일등 출근이시네요?"

시계를 보니 8시가 조금 넘은 시간이었다.

"최 대리님이야 항상 1등으로 출근하시잖아. 다들 배워야 한다니까."

내가 HD캐피탈 금융기획팀으로 발령된 지도 2년이 지났다. 경영대를 졸업하고 HD그룹에 입사했다는 것은 꽤 괜찮은 축에 속했다. 물론 내가 소위 대한민국 손가락 안에 든다는 명문대를 나온 것에 비하면 모자랄 수도 있었지만 만족하며 살기로 했다. 줄도 빽도 없는 내가 이 정도면 감지덕지하다, 이 말이다.

8시 30분까지 출근인데 8시 25분이 되도록 김 부장은 머리카락 하나 보이지 않는다. 탈모로 고생하는 김 부장에게 이런 표현이 맞는다고는 할 수 없지만. 능력도 개뿔 없는 새끼가 실장 라인 하나 잘 물었다고 이러는 것 보면 여기도 글러 먹었다.

믹스 커피를 마시려고 탕비실로 가는데 김 부장이 드디어 출근했다. 8시 32분. 지각이다. 개새끼. 김 부장은 본인 책상 위에 가방을 올려두고 배를 긁적거리며 이홍을 불렀다.

"아침부터 홍이 씨가 타준 커피가 너무 마시고 싶다."

자리에 앉아 있던 홍은 묵음의 시발을 외치고 억지로 미소를 지으며 대답했다. 그 모습을 보고 있으니 집에 있던 지원이 떠올랐다.

"부장님, 저 마침 커피 마시려던 참인데 같이 드시러 나가실래요?"

"귀찮게 뭘 나가. 우리 홍이 씨가 타 준다는데."

살짝 인상을 쓴 채, 김 부장 쪽으로 천천히 걸어가면서 말했다.

"부장님, 우리 회사 사내 고발사이트가 그렇게 활발하다던데 알고 계세요? 그래서 저 이번에 옴부즈맨 감사 신청하려고요."

말의 의미를 알아들었는지 헛기침을 하더니 홍에게 괜찮다고 말하는 김 부장이었다.

"최 대리님…."

홍은 손을 모은 채 나에게 감사의 눈빛을 보내며 말했다.

"됐어요. 신경 쓰지 마요."

귀찮은 일이긴 했지만, 지원을 생각하면 여직원들의 부당한 처우를 가만히 지켜만 볼 수 없었다. 물론 지원이 이 상황을 안다면 지금 당장 나에게 무언가를 던졌을 것이다.

시계를 보니 어느새 8시 58분이었다. 서서히 배를 움켜쥐고 표정 관리에 들어갔다. 금융기획팀에 발령받은 이후로 2년 동안 한결같이 이 시간만 되면 배가 살살 아파오는 나를 이제는 아무도 이상하게 생각하지 않게 되었다. 꾸준한 학습 효과의 덕이었을까. 자리에서 슬며시 일어나 손에 휴대폰을 쥔 채 그대로 화장실로 향했다.

세면대에서 양치질을 하는 사람을 제외하고는 아무도 없었다. 칸 안으로 들어가서 문을 잠그고 변기 뚜껑을 내려 그 위에 앉았다. 그리고 주식 앱을 열었다.

시발. 온통 파란색이다. 요즘 아무리 주식 시장이 죽을 쑤고 있다지만 장이 시작하자마자 이렇게 다 같이 짜기라도 한 듯 하락장이면 돌아버릴 것만 같다. 그렇다고 티를 낼 수도 없는 노릇이니 더 미칠 것만 같았다.

사람들은 내가 내 이름처럼 늘 최선을 다해 사는 줄 안다. 물론 나도 그들의 기대를 저버리고 싶지 않았다. 나에게는 안지원이라는 사랑스러운 아내가 있기도 하고 말이다.

완벽하게 차트 분석을 하고 들어간 것인데 이러면 안 되는 일이다. 분명히 이번 주에는 빨간불이 켜질 차례인데 왜 여전히 파란 불인가 싶었다. 살까 말까 고민하며 관심 종목에 넣어둔 주식을 사는 게 나을 것도 같아서 이 문제점이 가득한 종목을 매도할까 고민하고 있는데 전화가 걸려 왔다.

"여보세요."

"뭐하냐. 우리 선이."

"똥 싼다. 새끼야."

"아이고, 우리 똥쟁이 새끼. 어제 맛난 거 처드셨나 봐?"

"야, 시끄러워. 나 지금 주식 때문에 대가리 존나 아프니까 이거 좀 보고 전화할게. 끊는다."

전화를 끊으려고 하자, 다급하게 야야 거리는 정우의 목소리가 들렸다.

"왜?"

"오늘 밤에 뭐하냐? 한잔할래? 내가 살게."

"뭐하긴. 집에 가야지. 지원이가 독박육아하는 순간 이혼이랬다. 집 가서 내 새끼 지율이 봐야지."

"하루 정도야 뭐 어때. 회식한다고 해."

"야, 그게 통하겠냐. 나 사내 커플이었거든? 결혼식 때 사회까지 본 새끼가 그걸 까먹냐. 네 대가리나 챙겨."

"야! 그럼 나 죽었다고 해. 정우 장례식장 간다고."

"야, 할 말이 있고 못 할 말이 있지."

"그만큼 중요하다고…"

한숨이 절로 나왔다.

"알았어. 츄라이 한 번 해볼게."

"츄라이는 무슨. 픽스다, 픽스. 나 죽었으니까 제삿밥부터 먹고 시작하자. 칼퇴해라."

전화를 끊고, '러블리 지원'이라고 저장된 번호를 눌렀다. 신호음이 한참 동안 울려도 받지 않길래 끊으려고 하는 순간, 다급하게 받는 지원의 목소리가 들렸다.

"어, 자기야. 왜? 무슨 일 있어?"

"아니… 왜 이렇게 정신이 없어? 뭐 하고 있었어?"

"지율이가 우유 쏟았어. 최지율! 어디 갔어? 옷 갈아입어야 한다니까!"

이런 전쟁 같은 상황에서 친구랑 술 처마신다고 하면 누가 이해하겠냔 말이다. 그냥 닥치고 집에 가야겠단 생각이 들어서 전화를 끊으려는데, 휴대폰 너머로 들렸던 정우의 깊은 한숨 소리가 떠올랐다.

"나 오늘 정우 만나기로 했는데. 저녁에."

"뭐? 저녁에? 미쳤어? 그럼 지율이는!"

눈을 질끈 감고 이제부터 내 입에서 나불거려질 거짓부렁을 지원이 믿어주길 바라면서 조심스럽게 말을 꺼냈다.

"정우 아버님이 돌아가셨어."

"어? 그럼 처음부터 그렇게 말을 했어야지. 왜 정우 씨 만난다고 해서 나만 이상한 사람 만들고 그래? 당연히 가야지. 다녀와. 정우 씨도 잘 챙겨주고."

"늦을 거야. 아마도…"

"친구 아버님이 돌아가셨다는데 안 늦는 게 더 이상하다. 알겠어. 무슨 일 있으면 전화하고."

"그래. 자기야. 지율이 너무 혼내지 말고."

"어. 끊을게. 아! 자기야, 잠깐만."

"왜?"

"나는 안 가도 돼? 정우 씨가 우리 결혼식 사회도 봐줬잖아. 나도 가야 하는 거 아냐?"

생각하지 못한 반응이었다.

"어딜 가. 자기는 지율이 봐야지."

"그럼 지율이도 데려가면 되지."

이것도 생각하지 못한 반응이었다.

"그럴 필요 없어. 지율이가 띠가 뭐지? 지율이 삼재 아니야? 애기가 상갓집 가고 그러는 거 아니야. 그냥 나 혼자 다녀올게. 그렇게 알고 있어. 내가 전화할게."

전화를 끊었다. 한숨을 내쉬었다. 그리고 정우에게 메시지를 보냈다. '확인.'

변기 물을 내리고 칸에서 나오는데 김 부장이 실실 웃고 있었다.

"최 대리, 오늘 친구 아버님 돌아가셨어?"

"네. 그래서 일찍 들어가 보려고요."

"그래."

기분 나쁘게 웃으면서 화장실을 나가는 김 부장의 뒷모습을 바라보면서 바지 주머니의 손을 넣었다. 그리고 주머니 안에서 주먹을 쥔 채 중지를 폈다. 소심하지만 꽤 괜찮은 나만의 방식이다.

6시 30분. 이상한 회사다. 대기업인데 근무 시간이 참 뭣 같다. 출근 시간은 8시 30분인데 퇴근 시간이 6시 30분이라니. 점심시간 1시간을 제외하면 9시간을 근무하는 것이다. 근로기준법 위반 아닌가. 아니면 점심시간이 2시간인데 여전히 나만 모르고 있던 걸까 싶은 섬뜩한 생각이 갑자기 들었다.

정시 퇴근을 하고 자전거를 타려고 보관소 앞으로 갔는데 오늘은 그냥 택시를 타기로 결정했다.

"청담하우스요."

택시를 타고 주식 종토방에 들어갔다. 역시 난리였다. 오늘 하락세 제대로 탄 주식에 물린 사람들로 게시판은 북적거렸다.

뚝배기 깨러 가실 파티원 구합니다. (1/100)

성님들, 평단 얼마에요?

개쓰레기 개잡주

쓰레기 탄 내가 흑우다

욕으로 가득한 게시판을 보면서 나 역시 게시글을 남길까 하다가 그러지 않기로 했다. 욕해서 무엇하리. 이딴 잡주를 좋다고 매수한 내 손가락을 잘라 버리든가 해야지.

얼마 전에 제대로 된 정보라고 찌라시가 돌아서 많은 사람이 매수했다. 세력주여서 리스크가 분명했지만, 개미가 왜 개미겠는가. 세력 타고 가다가 세력이 빠지기 전에 내가 먼저 빠져야지, 아니면 같이 빠져야지, 이런 안일한 생각에 폭삭 망하는 것이다.

역시 이번에도 틀리지 않았다. 하지만 다행인 것은 그렇게 많은 금액이 들어가지는 않았다는 점이다. 그래도 쓰라린 것은 사실이다. 평단

7,250원에 2천주를 가지고 있는데 이틀 사이에 반 토막이 나서 나의 소심한 오장육부는 이미 어제부터 뒤틀려 있었다. 톡방에 올라온 욕들을 읽다 보니, 어느새 정우와의 약속 장소에 도착했다.

"어서 오세요. 예약하셨나요?"

"황정우요."

"황 대표님께서는 이미 도착해계십니다. 안내해 드리겠습니다. 이쪽으로 오시죠."

직원을 따라서 긴 복도를 걸었다. 복도 양옆으로는 룸들이 줄지어 있었다. 대한민국에서 손가락에 꼽힐 정도로 비싼 소고기집인데 이런 데서 만나자고 하다니 신기했다. 내가 아는 황정우는 이런 곳에 돈을 쓸 새끼가 절대 아니었다.

"들어가시죠."

직원이 열어준 방은 13번 방이었다. 안에는 이미 와인을 마시고 있는 정우가 있었다. 정우의 뒤편으로는 그림이 하나 걸려 있었는데 조토 디 본도네의 그림, 유다의 배신이었다.

"즐거운 시간 되세요."

직원이 문을 닫고 나가려고 하는데 정우가 주문을 했다.

"등심 3인분 주세요."

입고 있던 코트를 벗어서 옆에 있는 의자에 걸면서 말했다.

"오늘 너희 아버지 돌아가셨다."

정우는 내 자리에 있던 잔에 와인을 따르고는 내 쪽으로 밀었다.

"아주 혼이 담긴 구라를 제대로 치셨나 봐? 단번에 허락을 받으시고."

"이렇게 구라치다가 손모가지 안 날아가려나 모르겠다. 그보다 너 여기 자주 와?"

"왜?"

"아니, 조금 전에 황 대표님은 이미 오셨다길래."

"순진한 새끼. 그냥 다 그렇게 부르는 거야. 그렇게 만드는 거고."

정우는 잔에 담긴 와인을 한 번에 털어 마셨다.

"사람의 근본은 변하지 않는다는 걸 지금 너를 보고 느꼈다."

무슨 말인지 의아해하는 정우를 쳐다보며 와인잔의 윗부분을 손가락으로 가볍게 툭툭 치며 이어 말했다.

"촌스럽게 와인을 원샷하는 새끼가 어디 있냐? 천천히 음미해야지."

정우는 내 말에 코웃음을 치면서 말했다.

"돈이 있으면 그 촌스러움도 하나의 문화가 되는 거야. 이 새끼 이거 아주 하나는 알고 둘은 모르네."

때마침 직원이 주문한 고기를 들고 들어와서 굽기 시작했다.

"그래서 도대체 무슨 할 말이 있길래 보자고 한 거야?"

나의 질문에도 정우의 눈은 고기만을 응시한 채 대답을 할 생각이 없어 보였다. 대답 대신 정우는 자신의 빈 잔에 와인을 채우기 시작했다. 그때 정우의 손목에 채워져 있는 시계에 저절로 시선이 향했다.

"너 그거 진짜야?"

자신의 손목을 힐끔 본 정우는 와인병을 내려놓고는 손목을 감싸고 있던 시계를 풀어서 나에게 건넸다.

"너는 이 형님께서 짜치게 짜댕이나 차고 다닐 것 같냐? 그냥 요즘 내가 하는 일이 잘 돼서 그래."

건네받은 시계를 손목에 차보았다. 근사했다. 지금 입고 있는 싸구려 정장이 명품 정장처럼 느껴졌다.

"좋네? 비싼 게 좋긴 하다."

시계를 풀어서 정우에게 건넸다.

"다 구워졌습니다. 이제 드셔도 됩니다. 맛있게 드세요."

인사를 하고 나가려는 직원에게 정우는 5만원권 1장을 건넸다. 감사 인사를 한 직원이 문을 닫고 나갔다.

"야, 요즘 누가 팁을 주냐. 하여간 촌스러운 새끼."

"내가 분명히 조금 전에 말했다. 돈이 있으면 그 촌스러움도 하나의 문화가 되는 거라고. 그리고 팁 문화 누가 촌스럽대? 그거 다 없는 새끼들이 만든 말이야. 먹자."

구워진 등심은 무척이나 맛있었다. 먹는 내내 정우는 자신이 나를 다급하게 만나자고 한 이유에 대해서 여전히 말할 생각이 없어 보였다. 나 역시도 언젠가는 말하겠지 싶어 더는 묻지 않기로 했다.

다 먹고 자리에서 일어나려고 옷을 주섬주섬 입는데 정우가 이제 다음 코스로 가자고 했다.

"다음? 어디로 가게?"

"나만 따라와. 이 형님이 최선 네 인생 꽃 피워줄게. 그것도 존나게 활짝 피워준다."

3부

짙은 꽃일수록
가시는 많은 법이다

정우를 따라간 곳은 그리 멀지 않은 곳에 있는 룸살롱이었다. 지하로 내려가자 영업진이 마중을 나오더니 살갑게 굴기 시작했다.

"형님, 오늘 술은 어떻게 드릴까요?"

"우선 21년 넣어주고 먹다가 느낌 오면 30년으로 가든지 할게. 알아서 세팅해줘. 저번처럼 눈탱이만 맞히지 마라."

"에헤이, 눈탱이라뇨. 형님, 저처럼 이 바닥에서 양심껏 장사하는 영업진도 없습니다. 다 아시면서. 그보다 이쪽은 처음 뵙는 형님이신데… 소개 좀 해주세요."

"얘는 내 친구 승호. 내가 아는 사람 중에 가장 똑똑한 새끼. 신림동 밥은 못 먹었지만 그래도 신촌 밥은 먹은 새끼야."

"아이고, 우리 승호 형님. 반갑습니다. 인사드립니다. 조 부장입니다.

앞으로 잘 부탁드립니다."

조 부장은 허리 숙여 인사하며 나에게 두 손으로 명함을 건넸다. 명함에는 아우디 선릉지점 부장 조철민이라고 적혀 있었다. 저번 주에 회식으로 갔던 곳은 커피 쿠폰 명함이었는데 여기는 자동차 영업 명함이다. 들키지 않기 위해 별별 지랄을 다 한다 생각했다.

"그럼 형님들, 조금만 기다려주시면 제가 바로 우리 가게 에이스 언니들로 구성해서 데리고 오겠습니다."

"얼마나 기다려야 해?"

조 부장은 정우의 말에 바로 휴대폰을 확인하면서 액정을 손가락으로 몇 번 쓱쓱 올리면서 말했다.

"지금 형님들께서는 원래 13번째 방이어서 시간이 좀 걸리는데 제가 누굽니까? 제가 힘 좀 써볼 테니 조금만 기다려주십시오."

조 부장은 고개 숙여 인사하고 나갔다.

테이블 위에 올려져 있던 맥주를 병따개로 따면서 정우에게 물었다.

"웬 승호? 내 이름이 언제부터 승호였냐?"

"언제부터긴 오늘부터지. 나는 작년부터 진구였어. 본명 털러서 좋을 게 뭐가 있냐. 어차피 다 현금 장사여서 털릴 일도 없지만."

말을 끝내기 무섭게 정우는 들고 있던 가방에서 무언가를 꺼내기 시작했다. 돈뭉치였다. 5만 원짜리가 100장씩 묶인 뭉치 3개를 꺼내더니 테이블 위에 턱 하니 올려두었다. 총 1,500만 원. 도대체 이게 무슨 일인가 싶어서 조심스럽게 아니 대놓고 물었다.

"훔쳤냐?"

"뭐래. 병신아."

"그럼 뭔데? 너 로또 됐어? 어색하다. 오늘 이러는 너의 모습들."

"사실은 그게….'

정우가 말을 하려는 찰나의 노크 소리가 들리더니 조 부장이 들어왔다. 정우는 바로 말을 멈추었다.

"제가 좀 많이 빨리 왔죠? 우리 언니들 바로 들어올게요. 여기는 1조. 안쪽부터 1번, 2번, 3번… 1번 언니 안쪽으로 좀만 더 들어가자. 인원이 많아서 그래. 4번, 5번. 여기까지가 1조고요. 다음 2조 들어올게요."

5조까지 보여준 조 부장은 문을 닫았다.

"어떠세요? 마음에 드는 언니 있으세요?"

정우는 돈뭉치 옆에 있던 담뱃갑을 손바닥으로 툭툭 치더니 담배 한 개비를 꺼내어 입에 물고 불을 붙였다. 한 모금 깊게 빨더니 조 부장에게 추천하라고 했다.

"제가 보기에는 1조의 2번이 마인드가 제대롭니다."

"그래? 술은? 잘 놀아?"

"술은 5조의 1번, 2번이 잘해요. 원래 아이돌 준비하다가 이 바닥으로 흘러온 애들이어서 외모도 노는 것도 기가 막힙니다."

"그럼 나는 그렇게 3명 할게."

3명을 앉히겠다는 정우의 말을 들은 조 부장은 곤란하다는 듯한 표정이었다.

"형님, 왜 이러십니까. 오늘 금요일입니다."

"금요일이 왜? 오늘 아가씨도 많던데 무슨 문제 있어?"

"그게 오늘 아가씨도 많지만 손님도 많아서… 원래 이게 진짜 안 되는데 우리 진구 형님이시니까 제가 한번 힘 좀 써보겠습니다. 그럼 우리 승호 형님은 어떻게? 언니들 좀 보셨어요?"

조 부장의 말을 무시하고 정우에게 물었다.

"왜 셋씩이나 해?"

"양옆에 한 명씩 끼고, 한 명은 노래 부르라고."

"그러면 차라리 밴드를 불러."

"밴드 불러서 뭐 하게? 호텔 캘리포니아 부를래? 그리고 여기는 밴드가 없는 곳이야. 알지도 못하면서."

조 부장은 간사하게 두 손을 모은 채 나를 쳐다보고 있었다.

"그럼 그냥 추천해줘요."

"얘는 와꾸랑 몸매 죽이는 애들로 해줘. 만질 것 좀 많게."

정우가 내 속마음을 정확하게 읽었다.

"그럼 제가 알아서 잘 데리고 오겠습니다."

"1조 2번. 5조 1번, 2번. 3조 3, 4, 5번. 언니들 들어가자."

아가씨들이 일렬로 서자, 조 부장은 들릴 듯 말 듯 한 목소리로 작게 말했다.

"여기 팁 졸라 잘 나오는 방이니까 분위기 좀 잘 맞춰줘."

"뭐하는 놈들인데?"

"나도 몰라. 그냥 코인충이거나 그런 거겠지."

"자, 언니들 셋은 여기 돈 많은 형님 옆에 앉고. 그리고 언니들 셋은 여기 신촌에서 식사하신 엘리트 형님 옆에 앉아. 그럼 형님들, 즐거운 시간 보내시고 뭐 필요하시면 언제든 불러주십시오."

조 부장은 인사를 마쳤지만 나갈 생각이 없어 보였다. 그의 눈은 테이블 위에 올려져 있던 돈뭉치에 시선이 고정되어 있었다. 눈치를 챈 정우는 조 부장을 불렀다.

"조 부장, 오랜만인데 한 잔해야지? 술 괜찮아? 일 해야 하니까 우롱차 마실래?"

"형님, 제가 근무 시간에는 철저하게 술 안 마시는 거 아시죠? 하지만 우리 형님께서 따라주시는 잔이라면 제가 백번이고 받습니다."

정우는 5만 원짜리 2장을 감은 잔에 술을 넘치도록 따랐다. 술잔을 받은 조 부장은 원샷을 하고 주머니에 돈을 넣었다. 그제야 만족한 듯 문을 닫고 자리를 떠났다.

아가씨들과 즐겁게 놀고 있는데 갑자기 정우가 분위기를 잡기 시작했다. 얼마 놀지도 않았는데 말이다.

"너희 다 완티 끊어줄 테니까 나가."

아가씨들은 서로 눈치만 보고 있었다. 완티를 끊어주겠다는 정우의 말을 아무도 믿지 않았는지 어느 하나 나갈 생각이 없어 보였다. 그런 모습에 정우는 한 손으로 돈을 세기 시작했다. 돈을 세던 정우는 귀찮다는 듯 돈을 뭉텅이로 집어서 옆에 있던 아가씨에게 건넸다.

"돈 세기도 괜찮다. 이거 알아서 나눠 가져. 나갈 때 문 닫고, 내가 부를 때까지 아무도 들어오지 말라고 해."

돈을 받은 아가씨들은 군말 없이 방을 나갔다. 그제야 말을 꺼내는 정우였다.

"너 내가 무슨 일하는 궁금하지?"

고개를 끄덕였다.

"그보다 너 아직도 주식 하냐?"

생각지 못한 질문에 분노가 스멀스멀 올라오기 시작했다.

"시발. 말도 하지 마. 오늘 반토막 났어. 휴지 조각 되기 직전이야. 지원이 몰래 하는 거여서 들키면 뒤지는데. 짜증 나 죽겠다. 틀린 정보 준 새끼 잡아다 뚝배기 존나 깨고 싶어."

앞에 있던 술을 단숨에 마셨다.

"그러면 너는 주식 왜 하냐?"

내 마음을 아는지 모르는지 정우는 실실 웃으면서 물었다.

"주식 말고 할 게 뭐가 있냐. 나 같은 서민이 할 수 있는 재테크가 뭐가 있어? 코인은 실체도 없는 거여서 무서워서 못 하겠고 문과충에 경영대 나와서 할 줄 아는 거라곤 주식 분석밖에 더 있겠냐? 아주 니미 시발이다."

정우는 여전히 실실 웃으면서 내가 단숨에 비워버린 잔을 술로 채우고 있었다.

"서민이 할 수 있는 재테크가 왜 주식밖에 없다고 생각하는데?"

"그럼 뭐가 있는데?"

"너 이게 뭔지 알아?"

쌓아둔 돈뭉치를 손바닥으로 탁탁 치면서 물었다.

"돈이지. 뭐긴 뭐야."

"단순한 새끼. 너는 이게 돈으로 보이냐?"

"그럼 네 눈깔에는 그게 뭐로 보이는데?"

"내 미래. 내 꿈. 내 희망."

"아주 지랄을 싼다."

"하, 이 새끼 여전하네. 말본새 추잡한 거는. 애새끼가 낭만이 없어요. 낭만이. 어릴 때도 그랬지만 여전하네. 선아, 내가 너 좋아하는 거 알지? 고딩 때 같이 담배 피우고 빠따 맞았던 그때의 정이 있어서 내가 너에게만 특별하게 알려준다. 잘 들어라."

정우 쪽으로 몸이 기울었다. 나도 모르게. 아주 자연스럽게.

*

점심 식사 후에 마시는 커피는 마약이다. 마시지 않으면 아무것도 할 수가 없다. 아이스 아메리카노 한 잔은 오후의 능률을 올려준다. 커피를 마시고 사무실로 가기 위해 사옥에 들어서는데 경찰 제복을 입은 경찰관 2명과 사복을 입은 껄렁한 남자가 엘리베이터 앞에 서 있었다. 그들과 나란히 선 나는 무슨 일인가 싶었지만, 별로 신경 쓰고 싶지 않았다.

"대리님, 저 담배 한 대만 피우고 들어갈게요."

"그래, 그럼 먼저 올라간다."

같이 밥을 먹은 후배가 담배를 피우러 자리를 떠났다. 곧이어 엘리베이터가 도착했고, 나와 남자 셋은 함께 엘리베이터에 올라탔다. 늦은 점심이어서 그랬나. 다른 사람은 없었다. 그 중 한 사람이 8층을 눌렀다. 나도 8층이었다. 잠시 후, 엘리베이터는 8층에 도착했다.

사복을 입은 남자는 품에서 경찰 공무원증을 꺼내면서 말했다.

"최선 씨가 누구십니까?"

직원들의 시선은 모두 사복 경찰에게 향했다. 그리고 곧바로 그의 바로 뒤에서 아이스 아메리카노를 마시면서 황당한 표정으로 서 있는 나에게 모든 시선이 옮겨졌다. 그들의 시선을 느낀 사복 경찰은 뒤를 돌았다. 눈이 마주쳤다.

"여기 있습니다. 최선 자리."

직원들의 명패를 살피던 경찰이 내 명패를 발견했다.

"어. 어차피 찾았어. 최선 씨."

사복 경찰은 나를 응시한 채 말했다.

"최선 씨 맞으십니까?"

"맞는데, 무슨 일이시죠?"

"신고가 들어왔네요. 서까지 임의동행하시죠. 뭐 조퇴하거나 그런 거 결재 올려야 하나요?"

며칠 전에 봤던 범죄 영화에서의 대사가 생각났다.

"임의동행을 요구할 때는 자신의 소속, 성명 등으로 신분을 밝히고 동행의 목적과 이유를 설명해야 하는 것 아닌가요? 동행을 요구하는 경우에는 동행 장소도 밝혀야 하고요. 그리고 무엇보다 저는 거부할 권리가 있는 것으로 압니다만…."

"어제 깡패 영화 보셨어요?"

티 났나 싶었다. 태연하게 굴어야겠다고 생각했다.

"소속 밝혀 주시죠."

"강남서 경위 윤종윤입니다. 동행의 목적까지 여기에서 말씀드려요? 그렇게 되면 곤란한 건 최선 씨일 텐데요."

내 생각도 그랬다. 근무 시간에 경찰이 찾아왔다. 그것도 셋씩이나. 신고가 들어와서 임의동행이라니. 나 같은 일반 직장인에게는 충분히 타격이 있을 법한 일이었다. 사유가 무엇이든 간에 말이다. 순간 어떻게 해야 하나 고민이 들 무렵 김 부장이 갑자기 일어섰다.

"최 대리. 오늘은 그냥 퇴근해. 결재 안 올려도 괜찮으니까."

김 부장의 말을 들은 사복 경찰은 나를 보더니 눈썹을 실룩거렸다. 어떻게 할 거냐고 묻는 것 같았다. 나는 내 자리로 가서 책상 아래에 두었던 백팩을 멨다. 그 모습에 직원들은 웅성거리기 시작했다.

그 소리는 너무나도 작아서 무슨 말인지는 알 수 없었지만 내 귀를 찌르는 듯한 극심한 통증을 주는 바늘과도 같았다.

*

"녹화 동의하시나요?"

"녹화까지 해요?"

"녹화를 해야지 나중에 또 같은 거 묻고 그러는 일이 없습니다. 편하신 대로 하시면 됩니다."

조사실은 아주 작았다. 1평 남짓한 공간에 컴퓨터 책상에 컴퓨터가 놓여 있었다. 문을 열면 컴퓨터 화면이 보이도록 되어 있었다.

나는 안쪽으로 들어가서 앉았다. 조사를 받다가 도망을 가지 못하도록 이렇게 둔 것 같았다. 조사실 문 쪽 천장에 카메라가 붙어 있었다. 이 작은 1평 남짓한 공간에 양쪽 벽에 1개씩 해서 총 2개나 말이다.

"그럼 녹화하죠. 그런데 저 변호사 없어도 괜찮나요?"

"사선 있으시면 지금 부르셔도 됩니다."

일개 대한민국 직장인에게 사선 변호사가 있을 리가 있겠나.

"국선이요."

"국선은 저희가 신청해드려야 해서 원하시면 조사 마치고 신청 올려드릴게요."

나는 고개를 끄덕이며 알겠다고 말했다. 내 말이 끝나자마자 조사관은 조금 전보다 더 차가운 말투로 조사를 시작했다.

"2017년 12월 22일 오후 2시 58분 조사 시작하겠습니다."

*

"너 주식으로 3배 먹어 본 적 있어?"

"300퍼? 이거 미친 새끼네. 주식으로는 200퍼도 먹기 힘들어. 뭐, 먹을 순 있겠지만 먹으려면 제대로 된 정보나 운 좋게 세력 얻어걸려서 타거나 그런 거 아니면 진짜 몇 년이고 묵혀야지. 왜? 너 주식으로 3배 먹었어?"

"쪼렙 새끼. 네가 지금 네 입으로 직접 말했잖아. 주식으로 3배 먹기 힘들다고."

"그러니까. 도대체 뭔데? 말을 해봐. 왜 이렇게 뜸을 들이냐?"

"이거 진짜 비밀인데… 내가 너니까 말한다. 너 토토 알아?"

"토토?"

"어. 토토."

"너 토토하냐? 이 새끼 이거 토쟁이 새끼였네."

자고로 도박하는 새끼는 상종도 하지 말랬다. 패가망신은 기본이고 집이고 절이고 다 버린다고. 도박 앞에서는 처자식도 팔아먹는다는 말을 어릴 때 귀에 딱지가 붙도록 듣고 또 듣고 자랐기에 누구보다 잘 알고 있었다.

내 아버지는 도박꾼이었다.

4부

기회는 나에게 오지 않는다

"선아. 오늘 성적표 나왔지?"

현관에서 신발을 벗는데 부엌에서 설거지하고 있던 어머니가 말했다.

"어."

나의 짧은 대답을 들은 어머니는 물이 뚝뚝 떨어지는 고무장갑을 낀 채로 현관까지 왔다. 부엌과 현관이라고 해봤자 사실 뒤돌면 바로였다.

메고 있던 책가방을 바닥에 내려놓고 지퍼를 열었다. 교과서 사이에 넣어두었던 성적표를 어머니 눈앞에 보여주었다. 장갑을 끼고 있어서 성적표를 손에 잡지 못한 채 눈으로만 읽는 어머니였다.

"음… 전교 78등이네."

"어."

"그래도 이번에는 반에서 10등 안에 들었네? 잘했어. 다른 애들은 학원이다 뭐다 다니기 바쁜데 우리 아들은 그런 것도 하나 없이 학교 수업만 듣는데도 이 정도면 잘한 거지. 씻고 나와. 밥 먹게."

방으로 들어갔다. 방문에 기대 한숨을 내쉬었다.

다행이다. 안 들켜서.

"너 또 성적표 위조하냐?"

"야, 황레기. 말 걸지 마. 나 지금 집중해야 해."

"하여간 특이한 새끼라니까. 이번에는 몇 등인데?"

"78등."

성적표 위에 작게 자른 먹지를 올린 후 그 위에 교과서 78쪽 번호를 오려서 올렸다. 8을 겹쳐서 맞춘 후, 8 앞에 7을 정성스럽게 따라 그렸다.

"보통 성적표 위조는 등수를 높게 하는 게 정석 아니야? 너는 왜 맨날 숫자를 앞에 하나씩 더 붙이냐? 이번에는 전교 8등을 78등으로 바꾸고. 진짜 이해 안 되는 새끼라니까."

그랬다. 나는 전교 8등을 했다. 하지만 지금 8등이라는 등수를 70등이나 더 아래로 만들고 있었다.

"됐다!"

제대로 했는지 확인하기 위해 형광등에 위조한 성적표를 비추었다. 자세히 보면 당연히 티가 났지만 고등학교 시절 내내 이렇게 등수를 내리는 위조를 해왔기에 이미 학교에서는 장인으로 통하고 있었다. 가끔 친구들의 등수를 돈을 받고 바꿔주기로 했다. 일 년에 4번만 가능한 용돈벌이였다.

수업 시작종이 울린 지 꽤 지났는데도 근현대사 선생님은 들어오지 않았다. 무슨 일인가 싶어서 교무실에 다녀온 반장은 칠판에 자습이라고 적었다. 그 모습을 본 정우는 나가서 담배나 피우자고 했다. 위조한 성적표를 근현대사 교과서 사이에 넣었다.

소각장으로 갔다. 거기에는 교실 의자가 몇 개 놓여 있었다. 편하게 땡땡이를 치기 위함이었다. 소각장 뒤쪽 화단에 숨겨둔 담배를 찾았다. 의자에 앉아서 담배를 한 개비씩 물고 불을 붙였다. 깊이 빨았다. 학교에서 피우는 담배 맛은 그렇게 좋을 수가 없었다. 달았다.

"선아. 나 진짜로 예전부터 궁금했는데 너는 왜 등수를 낮춰서 위조하냐?"

"궁금하냐?"

"존나 궁금하지. 상식적이지가 않잖아."

"수업 시간에 이렇게 야리 까는 게 더 상식적이지 않다고 생각 안 하냐?"

정우는 크게 웃고는 다시 한번 더 물었다.

"그래서 왜 그러는 건데?"

"왜 그러긴. 가난해서 그렇지."

"가난해서? 무슨 이유가 그따위야?"

"정우야. 너는 왜 우리 둘이 친하다고 생각해?"

생각해본 적 없는 이야기인지 정우는 대답을 하지 못했다. 대신 내가 한 질문에 내가 대답했다.

"가난해서. 우리 둘 다 가난해서."

"가난, 가난, 가난. 듣는 가난이 억울해서 살겠냐? 왜 너랑 나랑 가난해서 친한 건데? 그럼 너는 왜 가난해서 성적을 위조해?"

정우의 질문에 피우고 있던 담배를 손가락으로 튕겨서 버렸다. 담배는
바닥에 불씨를 털어내며 굴렀다.

"이 학교에서 시장표 신발 신는 게 딱 우리 둘이니까."

"시발, 말 되네."

"그리고 내가 성적표를 위조하는 이유는…."

"그러니까 그게 제일 궁금해."

침을 한 번 삼키고 말했다.

"강남 8학군에서 전교 8등을 한다는 걸 우리 엄마가 아시면 어떨 것
같냐?"

"좋아하시겠지. 남들은 과외다 뭐다 존나게 하는데 너는 학교만
다니는데도 전교 8등이잖아. 졸라 좋아하시겠지. 동네방네 자랑도
하실걸?"

"그래서 그래. 희망이 생기잖아. 좆같은 희망. 내 아들이 이렇게 공부를
잘하니까 판검사가 될 거야. 이런 좆같은 희망을 품을 수가 있잖아. 우리
엄마, 평생을 헛된 희망이나 품고 살잖아. 언젠간 그 인간이 도박 끊고
돌아올 거라는 희망. 나는 그게 싫다. 엄마에게 헛된 희망 드리는 거…
그렇게 싫다. 나는…."

*

"우리 엄마가 도박하는 새끼랑은 말도 섞지 말랬는데. 술을 섞고 있네.
엄마, 미안."

"어머니, 저도 죄송합니다."

우리는 천장을 향해 두 손을 모았다.

"아무튼, 선아. 이게 다 오늘 내가 벌어들인 돈이야. 오늘 고작 하루 만에 500을 걸어서 1,500을 만들었다고. 무려 3배나 처먹었다고. 그래서 그런가, 존나 배부르네."

정우는 손가락으로 돈뭉치를 튕겼다. 둔탁한 소리가 났다.

"병신아. 너 돈이 500이고 3배로 1,500을 먹었으면 너는 1,000을 먹은 거지. 어떻게 1,500이냐. 어릴 때나 지금이나 수학 못하는 건 똑같네. 야, 이건 수학도 아니지. 산수지."

정우는 머쓱하게 자신의 앞에 놓인 술을 마시더니 한 템포쉬고 말했다.

"그러니까 끝까지 들어봐. 내 돈 500도 어제 200으로 만든 거야. 만 원짜리 몇 장으로 시작해서 단 3일 만에 1,500을 벌었다, 이거야."

나는 코웃음을 쳤다.

"그럼 그만큼 졸라게 잃었겠지."

내 말에 정우는 발끈했다.

그런 건 존나 병신들이나 하는 짓이고. 나한테는 확실한 내부 픽이 있어. 친한 동생이 구단 관계자야. 그 새끼 말만 들으면 어제 누가 똥을 몇 번 쌌고, 어제 누가 떡을 어디서 누구랑 어떻게 쳤는지까지 다 알 수 있다니까. 이런 것부터 시작해서 감독, 코치, 선수들에 대한 세세한 정보까지 다 알고 있으니까 이건 뭐 백이면 백 다 맞아. 거기다가 구단에는 분석관이 있잖아. 그 분석관이 내 동생한테 다이렉트로 전달하거든? 이번 경기는 승산이 있다 없다, 이렇게 하면 된다 안 된다, 이런 걸 전문적으로 해서 그 바닥에서 돈 벌어 먹고사는 인간이 분석관인데 그런 인간한테서 다이렉트로 나온 정보에 내 동생이 알고 있는 정보까지 더해지면 이건 백전백승이다, 이거야. 내부 픽 나온 거에 그대로 돈 걸어놓고 애새끼들 땀 뻘뻘 흘리면서 경기 뛰는 동안 사우나에서 한숨 때리고 나면 돈이 통장에 그대로 꽂히는데 이보다 더한 재테크가 어디 있냐? 주식? 부동산? 다 꺼지라 해. 시간 대비 고수익이 보장되는 토토야말로 진정한 서민을 위한 재테크다, 이거야."

"그래서 네가 말하는 그 친한 동생은 뭐 하는 새끼인데?"

"용병 통역."

"여기서 우회전."

"기사님, 여기서 우턴이요."

"어. 나 여기서 내려주면 돼."

차에서 내리고 문을 닫았다. 정우는 내가 내리자마자 바로 창문을 열더니 나에게 말했다.

"내가 알려준 대로만 하면 된다. 너는 이제 이 형님만 믿어라. 너도 이번에 차 뽑아야지, 언제까지 자전거 타고 다닐래? 그리고 강남으로 이사 가야지. 안 그래? 나 간다. 잘 자라. 기사님, 청담동으로 다시 가주세요."

창문은 올려졌고, 정우의 차는 떠났다. 정우의 1억 훌쩍 넘는 자동차의 번호판에서 눈을 뗄 수가 없었다. 7777. 럭키세븐이 무려 4개다. 집으로 들어가려는데 자전거 보관소에 줄지어 서 있는 자전거들이 초라해 보였다.

집 문을 조심스럽게 열었다. 당연히 다들 잠들었는지 불은 모두 꺼져 있었다. 현관 센서 등이 고장이 난 지 일주일이 지났는데도 아직 고치지 않았다. 주말에는 꼭 고쳐야지 생각하면서 신발을 벗고 있는데 거실 불이 켜졌다.

"벌써 와? 장례식장에서 밤새는 거 아니었어?"

목 늘어난 티와 수면 바지를 입은 지원이 피곤한 지 눈을 비비면서 있었다.

아차 싶었다.

"뭐 굳이 그럴 필요까지는 없을 것 같아서 일찍 왔어. 근데 안잤어?"

화제를 바꾸고 싶었다.

"자다 깼지. 지율이가 조금 전에 잠들었어. 요즘 잠투정이 늘어서 큰일이야. 자기도 빨리 씻고 자."

지원은 방으로 들어갔다. 신발을 벗고 집에 들어온 나는 지원이 들어간 닫힌 문 앞에서 작게 읊조렸다.

"자기도 잘자."

우리 부부는 각방을 쓴다. 어린 딸 때문에 어쩔 수 없다. 씻고 자라고 했지만 씻지 않은 채 가장 안쪽 작은 방으로 들어갔다. 딸의 방으로 만든 작은 방이었지만 결국 내 방이 되었다. 옷도 벗지 않은 채 바닥에 앉아서 휴대폰을 멍하니 보았다. 그리고 주머니에 손을 넣어서 정우가 준 쪽지를 꺼냈다.

클리블랜드 승.

올랜도 승.

홈타 승.

이미 술집에서 본 쪽지였지만, 집에서 보니 기분이 묘했다. 우선 쪽지에 적힌 도메인 주소로 들어갔다. 검은 화면에 줄리엣이라고만 적혀 있었다. 그리고 그 아래에 로그인 창과 정말 보이지도 않을 정도로 작게 만든 가입 버튼이 있었다. 누를까 말까 고민을 하다가 결국 눌렀고 이 클릭은 내 인생을 바꾸었다.

"집 도착했어?"

"어. 이제 한숨 자고 일어나서 시작해야지."

"진짜 확실해?"

"야, 너 지금까지 나랑 뭐했냐? 야, 쫄리면 하지 마. 알려줘도 지랄이야. 혼자 먹기 아까워서 알려줬구먼. 시간만 아깝네. 끊어, 이 새끼야."

전화를 끊으려는 정우를 다급하게 불렀다.

"야, 야! 이 새끼 성격 급한 건 여전하네. 가입했어, 가입했다고. 네가 알려준 대로 다 적고 가입했어."

통화하면서 접어두었던 쪽지를 다시 펼쳤다. 정우가 적어준 픽을 보면서 한 번 더 확인하고자 물었다.

"이거 그대로만 가면 된다는 거지? 금액 계좌에 입금하고 충전 금액 들어오면 베팅하면 된다는 거지?"

"아까 말했잖아. 똑똑한 줄 알았는데 영 아니네? 한 번만 더 알려준다. 잘 들어라."

정우는 또박또박 말하기 시작했다.

"계좌 입금. 충전 금액 확인. 경기 선택. 베팅. 내가 쪽지에 적어준 거

조합해서 가면 돼. 그리고 경기 시간까지 계속 배당이 바뀌니까 잘 보고. 조합을 잘해. 더 물어볼 거 있어?"

"그런데 홈타가 뭐야? 홈타라고는 없는데."

"유타. 그 새끼들이 홈에서 강해서 홈타라고 불러. 또 물어본 거 있어? 없지? 없으면 끊는다."

"확실한 거지?"

"하, 진짜."

정우의 한숨 소리에서 욕이 들렸다.

"선아. 나는 국농 전문이야. 그리고 내가 적어준 건 양키새끼들 경기고. 그래도 밥 처먹고 맨날 하는 짓이 이 짓인데 좀 믿어라. 국농 픽은 내일 줄게. 오늘은 그냥 한 번만 좀 해보세요. 책상에서 컴퓨터만 하던 새끼 아니랄까 봐 오지게도 묻네. 우선 해보고, 만약 돈 꼴리면 내가 줄게. 그럼 끊는다."

전화를 끊었다. 종이와 펜을 찾는데 뭐하나 보이지 않았다. 평상시에는 바닥에 굴러다녀서 밟고 아파 뒤질 뻔한 적이 한두 번이 아닌데 꼭 필요할 때 찾으면 이렇게 보이지가 않는다.

거실로 나갔다. 바닥에 널브러져 있는 딸의 크레파스와 스케치북을 챙겨서 방으로 왔다.

빈 스케치북 페이지를 찾기 위해 한 장 한 장을 넘기는데 딸이 그린 그림이 나왔다. 누가 봐도 지원, 지율, 그리고 나였다. 지원과 지율은 손을 잡고 있는데 아빠인 나는 혼자 멀찍이 떨어져 있었다. 아이의 그림에는 의미가 있다고 들었는데 기분이 이상했다. 나와 딸의 거리가 멀게만 느껴졌다.

한 장을 더 넘겼더니 빈 종이가 나왔다. 크레파스로 조합을 적기 시작했다. 몇 가지 경우의 수를 만들었다. 이대로 베팅만 하면 될 것 같았다. 이 중에서 하나는 맞겠지. 돈 잃으면 정우가 준다고 했으니까 딱히 손해 볼 것도 없었다.

모바일 뱅킹을 열어서 충전하려는데 순간 고민이 들었다. 얼마를 걸어야 하지? 10만 원? 20만 원? 돈을 입금했는데 사이트 운영자가 먹튀하면 어쩌지? 불법이어서 신고도 못 할 텐데. 아, 시발. 에라 모르겠다.

30만 원을 입금했다. 바로 충전 금액으로 사이트에 뜨는 줄 알았는데 뜨지 않아서 초조해지기 시작했다. 30만 원은 내 한 달 용돈이다.

회사원이 돈이 왜 필요하냐는 것이 지원의 입장이었다. 사내 커플로 결혼을 했기에 지원은 회사 시스템에 대해 꿰고 있었다. 밥값은 사원증을 태그하면 자동 결제가 되어 월급에서 차감된다. 그럼 커피값, 담뱃값 정도만 필요해서 하루 용돈으로 만 원을 책정하였다. 주 5일 근무이기에 25만 원으로 책정한 지원에게 우는 소리를 잔뜩해서 겨우 5만 원 올려 30만 원을 한 달 용돈으로 받고 있다. 그런 내가 나의 한 달 치 용돈을 불법 도박 사이트에 입금한 것이다.

침대에 누웠다. 씻으려고 했지만 심장이 터질 것처럼 두근거려서 씻을 수가 없었다. 그때 바닥에 그대로 놓아두었던 스케치북과 크레파스에 시선이 꽂혔다. 조합을 적은 페이지를 찢고, 바닥에 널브러져 있던 크레파스를 통에 다시 담았다. 거실로 나가 원래 있던 자리에 그대로 두고 방으로 돌아왔다.

조합이 적힌 종이를 3번 접어서 백팩에 넣었다. 회사에 가서 파쇄기로 갈아야겠다고 생각했다.

NBA는 시차 때문에 한국 시각으로 새벽, 아침, 심지어 정오에 경기하는 경우도 있다. 정우가 알려준 픽은 오전 7시, 8시, 9시 30분 경기였다. 출근 시간보다도 늦어서 어쩔 수 없이 한숨 자고 일어나서 베팅하기로 했다. 하지만 눈을 감아도 잠이 좀처럼 쉽게 오지 않았다. 어쩔 수 없이 뜬눈으로 밤을 지새우고 베팅을 시작했다.

정우는 사우나에 가서 한숨 때리라고 했지만 나같은 직장인은 사우나고 뭐고 출근부터 해야 했다. 심지어 한 달 치 용돈을 우정이라는 이름 아래 모두 걸었는데 잠이 오겠냔 말이다. 결국, 돈의 행방이 어떻게 될 것인지에 대한 무모한 도전을 한 채 나는 출근했다.

클리블랜드 승.

올랜도 승.

유타 승.

근무 중에 몰래 확인한 결과였다. 픽은 적중했다. 300,000원은 628,000원이 되어 있었다. 기쁜 마음에 소리 없는 아우성을 질러댔다. 그리고 어느새 시계는 점심 식사 시간을 가리키고 있었다.

*

"계속 말씀하세요."

"그러니까 황정우가 저한테 진짜 믿을만한 정보라고 했어요. 걔가 알려준 사이트에 가입해서 걔가 알려준 대로 했을 뿐입니다."

"네. 계속하세요."

"그런데 그 새끼, 아니 황정우가 알려준 픽이 진짜로 기가 막히게 맞았어요. 물론, 사람이 하는 일인지라 안 맞을 때도 있었지만 딱히 손해는 아니었어요. 100만 원을 걸었다가 잃으면 다음에는 200만 원 걸어서 따면 이득이니까요. 그렇게 손해가 없으니까 사실 의심하지도 않았죠. 그러다가 그 토쟁이 새끼가 진짜 이번 픽은 무조건 몰빵이라고, 나라를 팔아도 되는 픽이라고 해서 진짜 고심하다가… 제가 주식까지 싹 다 정리해서 입금했는데…. 하, 시발새끼. 제가 그래서 그 개새끼한테 전화를 했는데…. 아, 죄송합니다. 자꾸 욕해서."

"괜찮아요. 편하게 하세요."

"그래서 황정우한테 전화를 했는데 없는 번호라는 거에요. 심지어 지금은 그 새끼… 진짜 죄송합니다. 자꾸 새끼, 새끼 거려서…. 진짜 그 친구라는 놈을 믿은 죄밖에 없는 제가 이렇게 조사까지 받고 있으니 억울해서 그래요. 그런데 형사님. 저 소변이 마려워서 그런데 화장실 좀 다녀와도 될까요?"

조사관은 어이없다는 듯이 피식 웃더니 벽에 걸린 시계를 쳐다봤다.

"그럼 지금 시간이 6시 24분이니까 저녁 식사하시고 마저 하시죠. 7시 30분에 다시 조사 시작하겠습니다."

조사관은 앉은 자리에서 기지개를 켰다. 나 역시 의자에서 일어나서 허리를 좌우로 움직이고 화장실로 향했다. 소변을 보려고 지퍼를 내리는데 소변기 위에 붙어 있는 스티커가 눈에 띄었다.

우리는 정의로운 민중의 지팡이입니다.

민중의 지팡이는 개뿔. 민중의 지팡이인 새끼들이 왜 피해자인 나를 조사하는 건데? 그 쓰레기 새끼나 잡아 처넣지. 하여간 어릴 때부터 황정우 쓰레기여서 황레기라고 불린 새끼를 믿은 내가 병신이지 싶었다.

소변을 보고 손을 닦았다. 물기 가득한 손으로 핸드타올을 뽑으려고 하는데 한 장도 없었다. 어쩔 수 없이 옷에 손을 쓱쓱 닦았다.

건물을 빠져나와서 흡연구역에서 담배를 피우면서 휴대폰으로 경찰서 근처 맛집을 검색했다. 강남경찰서 맛집을 치니 꽤 많은 음식점이 검색되었다. 그중에서 순댓국집을 찾아서 발걸음을 옮기기 시작했다.

개인 사정으로 금일 영업을 쉽니다.

할 수 없이 옆에 있는 한방 삼계탕집으로 들어갔다. 신발을 벗고 들어가야 하는 좌식 자리뿐이었다. 귀찮지만 어쩔 수 없이 신발을 벗고 가장 구석 자리에 가서 앉았다. 벽에 붙어 있는 메뉴판을 봤는데 메뉴도 별로 없었다.

"한방 하나 주세요."

주문과 동시에 인삼주가 나왔다. 이거 먹고 조사받으러 다시 들어가야 하는데 마셔도 되나 싶었다. 마실까 말까 고민하다가 인삼주를 단번에 털어 마셨다. 썼다. 곧바로 삼계탕이 나왔다. 미리 다 해놓고 국물만 부어주는 것이 틀림없었다. 그게 아니라면 이렇게 빠른 속도로 나올 수가 없었다.

영계다. 작은 닭이 뚝배기 안에서 다리를 꼬고 있다. 어릴 때는 이 닭 껍질이 그렇게도 싫었는데 이제야 어른이 되었는지 닭 껍질의 야들야들한 맛이 그렇게 좋다. 갑자기 술이 확 당기기 시작했지만, 상황이 상황이다

보니 참을 수밖에 없었다.

삼계탕을 먹으면서 스포츠 기사를 보다가 사이트에 들어갔다. 줄리엣은 당연히 막혀 있었고, 어쩔 수 없이 투혜븐으로 들어가서 가볍게 50만 원을 충전했다.

*

"선아. 밀워키 승. 인디애나 승. 샬럿 오버. 워싱턴 승. 덴버 승. 뉴욕 승. 골든스테이트 오버. 조합 잘해서 가라."

1 조합에는 952,300원을 베팅했다.

당첨 배당 3.15배

예상 당첨금 2,999,745원

2 조합에는 760,000원을 베팅했다.

당첨 배당 5.38배

예상 당첨금 4,088,800원

3 조합에는 800,000원을 베팅했다.

당첨 배당 6.12배

예상 당첨금 4,896,000원

모두 당첨되면 11,984,545원이다. 2,512,300원을 베팅해서 4배가 넘는 돈을 앉아서 먹는 것이다.

누구나 노력 없이 돈을 벌고 싶어 한다. 나 역시 마찬가지였다. 사무직의 고질병인 4, 5번 허리디스크가 있음에도 불구하고 목구멍이 포도청인지라 아픈 허리를 두들겨가며 의자에 앉아서 키보드를 두드렸다. 시간마다 피우러 가는 담배 타임이 나에게는 큰 위로였다. 농담인 척 놀고먹으면서 통장에 돈이나 꼬박꼬박 꽂혔으면 좋겠다는 말을 숨을 쉬듯 말했다. 물론 뼛속까지 진담이었다.

그렇기에 주식이라는 것을 했었다. 과거형이다. 불법 도박이라는 것을 알게 되고 당첨금이 통장에 꽂힌 이후로 주식방에는 들어가지 않았다. 세력이 찡 붙어서 단타로 돈 버는 것이 아닌 이상 오래 묵혀야 하고, 골머리 썩는 일이 한두 번이 아니었다. 더이상 주식 따위는 하지 않겠다고 생각했다.

"선아, 주식하니?"

평소 친하게 지내던 형님이 물었다.

"네. 하죠. 형님도 하세요? 좋은 정보 있으시면 주세요."

"알트론매딕 사라."

"알트론매딕이요?"

"어. 상 두세 번 정도 칠 거야. 지금 당장 주워."

"뭐하는 덴데요?"

"그냥 사. 뭘 그렇게 물어?"

점심시간이었다. 오징어제육볶음을 먹다가 주식창을 열었다. 나는 주식을 매수할 때는 거창하게 분석까지는 못하더라도 차트는 꼭 보는 편이었다. 그리고 시간이 허락된다면 기사도 보고 종토방도 보면서 어떤 개미들이 꼬여있나를 살피면서 매수를 했다. 하지만 정보가 있을 땐 달랐다. 주식은 정보전이라는 말처럼, 정보보다 더 빨리 움직여야 했다. 심지어 형님처럼 믿을만한 사람이 말하는 정보라면 어쩌겠는가. 무조건 사야지.

로그인하고 종목을 검색했다. 잠시 차트라도 볼까 싶었는데 거래량이 폭발이다. 사람의 마음이 얼마나 간사한지 폭발하는 거래량을 보고 있으니 심장이 터질 것 같았다. 어쩔 수 없이 보지도 않고, 시장가에 2천주를 매수했다. 평단 7,250원.

매수하느라 먹다 만 밥을 다시 먹기 시작했다. 오징어제육볶음은 식어 있었고 밥알은 딱딱하게 굳어 있었다.

두세 번 상을 칠 거라고 했던 형님의 말과는 다르게 다음날부터 하한가를 치기 시작했다. 그리고 단 이틀만에 7,250원이 3,700원이 채 되지 않게 되었다.

형님이라는 개새끼한테 전화를 걸었다.

"어, 선아."

"형님, 알트론메딕 뭐예요? 이거 사이즈가 상폐각인데요?"

"아니야. 걱정하지 말고 기다려봐. 나는 지금 이거 누가 터는지 알거든? 그러니까 그냥 참고 기다려봐."

"네? 누가 터는지 알면 이거 사면 안 되죠. 이유가 있으니까 물량 털고

발 빼는 건데⋯. 이거 완전 잡주에 잘못 걸려든 거 같은데요?"

"아니야. 나도 2억 들어가 있어. 나 믿고 기다려봐. 너 나중에 나한테 고맙다고 말할 준비나 하고 있어."

개소리였다. 개소리를 정성껏 해야겠다는 예의도 의지도 성의도 없는 개소리였다.

주식에 돈이 녹아서 돌아버리기 직전일 때 정우는 타이밍 좋게 나에게 독이 든 성배를 건넨 것이었다.

불법 토토에 베팅을 하고 경기 시간에 맞춰서 알람을 해두고 눈을 감았다. 감았다 떴더니 벌써 경기 시간이었다. 휴대폰으로 NBA 경기를 보는데 입술이 바짝바짝 마르기 시작했다.

지금 내 돈 250만 원가량이 공중에 떠 있는 것이었다. 이것을 4배가 넘는 돈으로 낚아챌 것인지, 순식간에 녹아버릴지는 지금 휴대폰 속에서 공 가지고 뛰고 있는 저 새끼들에게 달려 있었다.

전화벨이 울렸다.

"여보세요?"

"느바 보는 중?"

"어. 골스때문에 쫄려 뒤지겠다."

"야, 쫄릴 때는 실시간 베팅도 같이 가주는 거야. 쿼터별로도 가능하니까 지금 가라. 지금 너 언오버 때문에 한폴낙 할 것 같은 거지?"

"너도냐? 언오바가 간당간당하다."

"야, 이 또라이 새끼야. 내가 픽 준거니까 나도 똑같지."

"아니, 시발. 진짜 한폴낙이면 골스 저 새끼들 총으로 갈겨 죽이고 싶을 것 같아. 그럼 지금 2쿼터니까 3쿼터 가면 돼?"

"어. 단폴로 3쿼터 오버 가. 이번에 무조건 오버다. 미친 새끼들이 2쿼터에서 너무 논다. 돈값하려면 3쿼터에서는 무조건 뛰어야 해. 야! 저 기름손 새끼. 아무튼 선아, 단폴은 줄리엣 말고 투헤븐에서 베팅해라. 톡으로 그림장하고 추천 코드 보낼게."

"그림장?"

"도메인. 병신아, 몇 번을 말해!"

"오케이. 빨리 보내라."

전화를 끊자마자 정우에게 톡이 왔다. 톡으로 온 도메인 주소를 클릭해서 추천 코드를 입력하고 회원 가입을 했다. 이렇게 나는 어느새 2개의 도박 사이트에 가입한 진성 토쟁이가 되어가고 있었다.

*

"그러면 최선 씨는 황정우가 일부러 접근했다는 것을 전혀 몰랐다는 건가요?"

"네."

*

"정우야, 고맙다!"

잔이 깨질 듯이 건배를 했다. 정우는 그런 나를 바라보며 양주를 단숨에 삼키면서 거들먹거리기 시작했다.

"나만 믿으라니까."

"아니, 국농이야 내부 정보가 있다지만 느바는 또 어떻게 그렇게 잘 맞냐? 너 신내림 받은 거 아냐? 대단한 새끼. 내가 오늘 다 쏠 테니까 너 먹고 싶은 만큼 마음껏 마셔라."

"이새끼 배짱 보소. 네 와이프한테 허락은 받고 이 지랄 떠는 거냐?"

"뭐, 허락이냐. 허락이 왜 필요해? 서방님이 이렇게 돈 많이 벌어다주면 감사합니다 해야지."

"이거 완전 쓰레기새끼네? 이래서 사람이 돈을 만지면 이렇게 변해요, 변해."

"뭐래? 마셔!"

사실이었다. 원래 같았으면 이 시간에 술을 마신다는 것 자체가 있을 수 없는 일이었다. 정우 아버지 장례식장에 간다는 핑계를 대고 겨우 술을 마실 정도였던 내가 어느새 이렇게까지 변한 것이었다. 돈에서 나오는 힘이었을까. 나는 지원에게 전화 한 통 하지 않았다.

정우는 나에게 어깨동무를 하더니 내 얼굴을 빤히 쳐다봤다. 그리고는 손가락으로 내 이마를 콕콕 찌르면서 말했다.

"이 좋은 머리 토토 분석에 좀 쓰자."

"분석? 그건 어떻게 하는 건데?"

"농구에서 가장 중요한 게 뭐 같아?"

"용병?"

"에라이. 아직 멀었네. 이 새끼."

정우는 혀로 쯧쯧 하더니 주머니에서 작은 쪽지를 하나 꺼내어 나의 서츠 주머니에 꽂았다. 쪽지를 펼치자 국내 농구 픽이 잔뜩 적혀 있었다.

"내일 경기 내부 픽이다. 올인해. 내 목숨도 걸 수 있을 정도로 확실한 픽이니까."

정우는 자신의 앞에 있던 술잔에 술을 삼키더니 내 잔에 술을 따랐다. 나 역시 따라진 술을 단숨에 삼켰다.

그리고 정우의 잔에 술을 채우면서 말했다.

"믿는다, 정우야."

*

주식을 사고 팔 때는 똥 마려운 강아지처럼 안절부절못한다. 내가 하는 이 행동이 맞는지에 대해 계속 생각하게 된다. 근무에 집중을 전혀 하지 못한 채 화장실로 가서 주식 창을 열었다. 똥도 안 마려운데 변기통에 앉아서 고민하기 시작했다. 팔까, 말까. 친한 형님이 추천해준 주식은 상을 치기는커녕 거래정지까지 갔었다. 하늘이 노랬다. 사실 주식 투자 금액으로 따지면 1,500만 원 정도 되는 금액으로 그리 큰 금액은 아니라지만 나같은 월급쟁이에, 심지어 와이프한테 용돈 받는 처지인 나에게 그 돈은 큰돈이었다. 뭘 믿고 매수했는지 나 스스로가 한심하게 느껴져서 돌아버릴 지경이었다.

고민했다. 반토막도 더 손해지만 지금이라도 팔아서 이 돈을 토토에 박을지 말지, 눈 딱 감고 밑져야 본적이라는 생각으로 묵혀둬서 원상복구를 기대해야 할지 고민하고 또 고민했다. 인생 뭐 있나 싶었다. 어차피 상장 폐지가 될뻔한 주식이었다. 순식간에 녹아서 허공에서 사라질 돈이었다. 주식으로 원상복구 하느니, 토토로 원상복구 하는 게 훨씬 빠를 것이라고 판단하고 매도 버튼을 눌렀다.

10분이 지났는데 알람이 울리지 않았다. '거래가 체결되었습니다.'라는 알림이 오지 않으니 마음은 더 조급해지기 시작했다. 주식을 던지면 뭐 하나, 받는 사람이 없는데. 아까는 팔까 말까를 고민했는데, 막상 팔겠다고 결정하고 매도 버튼을 누른 이후에는 팔리지 않으니 더 돌 것만 같았다. 하지만 역시 죽으란 법은 없나 보다. 미치기 직전이어서 니코틴으로라도 마음을 진정시킬까 하는 찰나에 알림이 울렸다.

거래가 체결되었습니다.

알람이 울리자, 남은 다른 종목들도 하나씩 매도를 걸기 시작했다.

*

"최 대리 퇴근 안해?"

"예. 다음 주 기획안 발표하는 것 때문에 이것 좀 마무리하고 가려고요. 먼저 들어가세요."

"그래. 너무 늦게 가지 말고. 자네 PC 늦게 꺼지면 혼나는 건 나니까."

"네. 들어가세요."

텅 빈 사무실. 의자에 앉아서 빙그르르 돌았다. 아무도 없는 사무실이 이렇게 편한지 처음 알았다. 발을 굴러서 의자에 앉은 채 몇 바퀴를 계속 빙그르르 돌다가 지원에게 메시지를 보냈다.

오늘 일이 좀 많네. 야근 좀 하고 갈게. 미안해. 주말 내내 내가 지율이 볼게. 미안해요.

잘 보관하고 있던 쪽지를 펼쳤다. 시계를 보니 6시 53분으로 경기 시작이 7분도 남지 않았다. 주식을 정리한 돈을 전부 늘 입금하던 계좌에 입금했다. 평소 같으면 3분 내로 무조건 충전이 되어 사이트 내에서 확인할 수가 있었는데 이번에는 그렇지 않았다. 내가 보낸 금액이 잔액 화면에 뜨지 않은 채, 그렇게 7시가 되었고 경기는 시작되었다.

*

　"일부러 자신의 빚을 갚기 위해 최선 씨보고 확실한 내부 픽이 있다고 알려주며 신뢰를 쌓고 큰 금액을 베팅할 때까지 기다렸다는 것도 전혀 몰랐다는 겁니까?"

　"네."

　"그럼 다시 정리할게요. 최선 씨는 계좌가 황정우 본인 소유의 대포통장인지 전혀 몰랐다. 그리고 그 계좌로 입금을 하면 금액을 확인한 황정우가 사이트 계좌에 직접 최선 씨 이름으로 입금을 해주는 것을 반복하다가 확실한 픽이라고 알려주고 큰 금액이 자신의 대포 통장에 입금되자마자 잠적을 했다는 것도 전혀 몰랐다. 이 말입니까?"

　"네."

*

　한순간이었다. 돈과 얽히면 변수가 생긴다. 사람이 얽혀도 변수가 생긴다. 돈과 사람이 얽히고설키면 당연히 변수가 생긴다. 나는 그 변수에 당했다.

자전거를 타고 집에 가려고 하는데 페달이 밟히지 않았다. 술을 마시지도 않았는데 술 취한 것처럼 비틀거리다가 그대로 넘어졌다. 제정신일 수가 없었다.

*

"어떻게 조금의 의심도 하지 않았어요?"

"어떻게 의심을 해요. 돈을 땄다니까요! 심지어 그 새끼한테 돈을 입금한 것도 아니고 저는 제가 직접 사이트에 입금했다고 생각했잖아요. 그러니 저는 그 새끼가 그렇게 중간에서 사기칠 것이라고는 전혀 생각조차 못 했죠. 저도 당했다고요. 개씨발새끼. 욕해서 죄송합니다. 지금 욕한 건 삭제해주세요. 아니, 진짜로 그 새끼가 지 빚 때문에 저뿐만 아니라 다른 사람들한테도 다 확실한 픽이라면서 고액 베팅을 유도했다고요? 이게 다 가능한 이야기에요?"

"최선 씨뿐만 아니라 황정우한테 당한 피해자가 2,500명이 넘어요. 현재 수면 위로 올라온 것만."

*

"시발!!!"

내가 할 수 있는 것이라고는 욕밖에 없었다. 조사를 마치고 나오자 하늘은 이미 어두컴컴한 밤이었다. 하늘을 보면서 큰 소리로 욕을 하니 경찰서 주차장에 있던 사람들이 일제히 나를 쳐다봤다. 두려울 게 없었다. 잃을 게 없었다. 돈 한 푼 남김없이 순식간에 녹아버린 상황에서 어떻게 제정신일 수 있겠냔 말이다. 담배를 꺼내 불을 붙여서 깊게 빨았다. 이 와중에 담배는 좆같게도 맛있다.

문을 열고 집에 들어가자마자 지원은 손에 잡히는 대로 물건을 집어 던지기 시작했다.

"최선! 이 정신 나간 인간아!"

지원의 외침에 움찔했다.

"집구석에는 왜 기어들어 와? 가서 도박이나 하지. 어? 와이프도 있고 딸도 있는 인간이 그러고 싶어? 그 돈으로 도박을 해? 지율이한테 안 부끄럽니?"

"어떻게 알았어?"

"나 너랑 같은 회사 다녔어!"

지원의 고함이 내 귀를 찢는 기분이었다.

"그래도 조사받는 이유는 경찰 아니면 모를 텐데…."

"하도 궁금해서 내가 전화했어. 쪽팔리게 당숙한테까지 전화해서 최 서방 경찰서에 갔다는데 몰래 이유나 좀 알아봐달라고 내가 얼마나 사정사정을 했는지 알아? 진짜 이게 뭔 창피야. 어? 대답해봐. 어?"

"아…."

할 말이 없었다. 선생님에게 혼나듯 현관에서 신발도 벗지 못한 채 고개를 숙이고 있었다.

"그리고 얼마? 얼마를 꼴아박아?"

지원은 헛웃음을 치면서 말을 이었다.

"나는 네가 그렇게 돈이 많은 지도 오늘 처음 알았다?"

"용돈… 용돈 모은 거야."

"용돈? 뭐 이런 새끼가 다 있어! 내가 너 용돈으로 얼마를 주길래 그 많은 돈을 거기다가 쏟아 부었니? 이번에 걸린 게 다야? 더 없어? 내가 쪽팔려서 얼굴을 어떻게 들고 다녀! 회사 사람들이 내가 너 마누라인 거 다 아는데. 당장 꺼져! 나 너랑 더이상 못살아. 도박꾼이랑 어떻게 살아. 심지어 너 주식도 나한테는 분명히 끊었다고 했잖아. 그렇게 꼴아박고! 이제야 좀 살만 해지니까 주식을 또 해? 심지어 그 돈을 다 빼서 도박을 했어? 너 진짜 돌았구나. 어?"

"지율이 깨겠어…."

"깨라고 해! 지율이도 알아야지. 지 애비가 도박이 미쳐서 처자식 버릴 새끼라는 거 지율이도 알아야지. 진짜 내가 왜 너같은 새끼랑 결혼을 했는지. 진짜 내가 병신이다, 병신이야!"

"똑똑한데 잘생겨서라며. 잘생겼는데 똑똑해서랬나."

지원은 어이없다는 듯 나를 노려보더니 또다시 말을 시작했다.

"진짜 저 주둥아리를 찢어버려야지. 진짜 우리 엄마 아빠가 결혼 엎으라고 그렇게 말하는 거 내가 청첩장도 다 돌린 마당에 어떻게 엎냐고 난리 칠 때도. 남 이야기하는 거 한 달이면 끝난다면서 그냥 엎으라고 하시는 거. 내가 기어코 부모님 가슴에 못 박고 결혼식 올린 건데…. 내가 그때 엎었어야 했는데. 내가 왜 내 체면 차린다고 결혼은 해서 이 사달을 낸 건지. 어? 그래, 안 그래? 네 입으로 직접 말해."

"장인어른, 장모님이 그렇게 말씀하셨었어? 우리 결혼 엎으라고?"

"야! 너 지금 그게 중요해? 내 인생… 내 인생 어떡할 거냐고! 너 때문에 내 인생 망쳤다고!"

지원은 바닥에 철퍼덕 앉아서 어린아이처럼 엉엉 울기 시작했다. 그 소리에 깬 지율이 방에서 내복 차림으로 눈을 비비면서 나왔다. 엄마라고 부르면서 지원의 옆으로 가자, 지원은 지율을 껴안고 더 큰 소리로 울기 시작했다.

다행스럽게도 다음 날이 주말이어서 그대로 집을 나왔다. 딱히 갈만한 곳도 없어서 동네 사우나로 발길을 옮겼다. 사우나에서 밤새 뒤척였더니 아침이 되었다. 사람이 별로 없어서 안마 의자에서 안마를 받는데 옆 안마 의자에 앉아 있는 사람이 휴대폰으로 NBA를 보고 있었다. 공이 골대에 들어가자 남자는 욕을 했다.

"시발. 왜 넣고 지랄이야. 놀라고, 그냥 놀라고."

그 모습을 보고 있으니 내 모습처럼 느껴져서 피식하고 저절로 웃음이 나왔다.

"언더 가셨어요?"

내 질문에 남자는 나를 쳐다보면서 말했다.

"댁도 언더 갔어요?"

"아뇨. 오늘은 안갔어요."

대답을 하고 눈을 감았다. 오지 않는 잠을 억지로라도 청해보려고 했지만 역시 오라는 잠은 오지 않고, 당장 집으로 들어오라는 지원의 메시지가 도착해 있었다.

지원의 눈치를 보며 겨우 주말을 버텼다. 지원의 갖은 잔소리와 투정, 그리고 싸늘함에 차라리 출근이라도 하고 싶단 생각이 드는 지경에 이르렀다. 하지만 월요일은 크리스마스였다.

괜히 눈치도 보이고 미안해서 지율을 돌보려고 했지만, 지원은 내가 지율에게 다가가는 것조차 제지했다. 어쩔 수 없이 천덕꾸러기 신세로 하루를 더 버텼고, 드디어 26일이 되었다.

*

사건이 사건인지라 사무실로 들어가기가 두려워서 사옥 앞에 멍하니 서 있었다. 이른 시간이어서 출근하는 사람은 아직 아무도 없었다. 담배 한 대를 피우고 사내 헬스클럽으로 발길을 옮겼다. 평소와 마찬가지로 운동을 하고 샤워를 했다. 락커룸에 있는 정장으로 갈아입고 8층 사무실로 향했다.

역시 오늘도 일등 출근이었다. 평소처럼 자리에 앉아서 업무를 시작했다. 죽을 만큼 짜증나는 상황이었지만 티를 낼 수도 없으니 내가 할 수 있는 최선의 선택은 그저 평소처럼 묵묵히 일을 하는 것이었다.

직원들이 하나둘씩 출근을 시작했지만 평소와는 달랐다. 나도 그렇고, 어느 누구 하나 먼저 인사를 건네지 않았다. 그렇게 시간이 흐르고 어색한 기운이 사무실 전체를 에워쌌을 때, 김 부장의 호출이 있었다.

"최 대리."

자리에서 일어나서 무거운 발걸음으로 김 부장에게 다가갔다. 칸막이가 가로막고 있어 보이지는 않았지만 내 손은 공손하게 모아져 있었다.

"죄송합니다."

"에이, 뭐 그럴 수 있지. 경찰이 오고 뭐 다 그럴 수 있어. 그런데 소문이 진짜 사실이야?"

"소문이요?"

"자네가 불법 도박했다고 아주 소문이 파다해."

"아…"

"자네 아내, 윤 대리가… 에이, 뭐 그게 중요하다고. 최 대리 아직 사내 게시판 못 봤지? 우선 그것부터 보고 이야기 다시 하자고."

자리로 가서 사내 게시판을 클릭했다. 그렇게 나는 잘렸다.

5부

進 나아갈 진

"빅맥 세트 하나요."

어느 순간부터 맥도날드에 오는 게 일상이 되었다. 한 번의 선택이 이렇게 만들었다. 선택과 집중을 잘못한 탓이었다. 누구를 탓하겠는가. 내가 내 목을 졸라서 죽일 수밖에.

빅맥을 먹으면서 포털 사이트에 들어가 선수들을 검색한다. 노트에 주요 선수 이름을 적고 그 선수들에 대한 정보를 입력한다. 키는 농구의 핵심 포인트다. 키가 크면 리바운드에 유리하기 때문에 키는 필수다.

선수들의 인스타그램을 모두 팔로우하고 있다. 사생활을 파악하는데 인스타그램만큼 좋은 것도 없다. 그들이 올린 피드를 하나하나 분석한다.

전날 매운 음식을 먹은 피드가 올라왔다면 오늘은 속이 좋지 않을 수가 있다. 술까지 먹었다면 더더욱 그렇다. 여자친구의 사진이 갑자기

사라졌다는 것은 싸웠거나 이별했거나 둘 중의 하나다. 심경의 변화가 분명히 있을 것이다. 그러면 그날은 기름손 당첨이다. 아내가 얼마 전에 출산했다면 분유 버프로 인해 잘할 수 있다. 아무리 더러운 사생활로 유명한 선수여도 남자라면 특유의 책임감이 있는 건 어쩔 수 없으니까. 나도 애 아빠로서 그 부분은 충분히 이해할 수 있다. 물론, 없는 새끼들도 있을 것이다. 그런 놈들은 나가 뒈져야지. 감독 생일이거나 고참 선수의 은퇴식 등 이벤트가 있는 경우도 마찬가지다. 이벤트성 경기가 있다면 그날은 이길 확률이 높다. 기필코 이기겠다는 의지가 반영되기 때문이다. 이런 것들을 노트에 필기하면서 분석하는 것이 나의 일과가 된 지도 오래였다.

토쟁이로 살아가면서 느낀 점 중 하나는 역시 공부였다. 뭐든지 공부를 해야 한다. 투자도 공부를 해야 한다. 공부 없이 얻어지는 것이 뭐가 있을까. 분명히 있긴 할 텐데 딱히 생각이 나질 않는다. 우리는 평생 공부를 해야 한다.

나에 대해 아는 사람들은 모두 나를 미쳤다고 할 것이다. 토토로 집도 절도 다 잃었으면서 여전히 토토를 하고 있고, 심지어 전보다 더 열성적으로 하는 나를 비웃을 것이다. 이해한다. 하지만 어쩔 수 없다. 토토로 잃은 돈, 토토로 복구할 것이다.

와이프와 딸이 떠난 집은 휑했다. 지원의 물건과 지율의 물건이 순식간에 사라졌다. 이혼은 쉬웠다. 이혼이라는 게 말이 쉽지 막상하려면 그렇게 어려운 게 이혼이라고들 했는데 지원에게는 아니었다. 그토록 쉬운 게 이혼이었다.

연애할 때도 알았지만 똑 부러지기는 우리 동네 1위다. 내가 그렇게 사고를 치고 며칠 지나지 않아 나에게 서류를 내밀었다. 도장 찍으라고. 더는 나와 살 이유가 없다고. 당연히 빌고 빌었다. 하지만 이미 돌아선 여자의 마음은 잡을 수가 없었다. 지원의 친정 식구들까지 나서니 무슨 힘이 있겠는가.

토토를 하다 보면 딸 때도 있고 잃을 때도 있다. 본전이면 다행이었다. 하지만 도박이라는 것이 결국에는 하는 사람만 잃는 구조라는 것은 어쩔 수가 없는 사실인 것 같다. 도박 주최자만이 돈을 딴다는 것은 불가항력인 것이다. 결국 오늘도 마이너스였다.

휑한 집구석이지만 이 집이라도 남아있는 게 어딘가 싶었다. 쓸쓸하게 거실에 앉아서 TV로 스포츠 채널을 틀었다.

집에서 밥을 먹는 일은 없었다. 오늘도 맥도날드를 향해 발걸음을 옮겼다. NBA를 보다 보니 낮과 밤이 바뀐지는 이미 오래였다.

맥모닝을 먹으면서 NBA를 시청하고 있었다. 그렇게 경기를 보다가 찌뿌둥해서 잠시 일어나서 화장실에 다녀오는데 내 맞은편의 앉아 있던 남자가 보고 있던 휴대폰에 시선을 빼앗겼다. 남자는 NBA를 보고 있었다.

이 시간에 맥모닝을 먹으면서 NBA를 보다니, 직감적으로 나와 같은 사람임을 알아챘다. 바로 다가가서 말을 걸었다. 왜 갑자기 이런 용기가 났을까 싶다.

"어디 팬이에요?"

"팬은 아니고… 골든 승이요."

역시였다. 결이 같았다. 이 남자 역시 토쟁이였다.

"저랑 같네요."

나는 이 남자에게 양해를 구하지도 않고 내가 먹고 있던 맥모닝 세트가 담긴 쟁반을 들고 남자의 옆자리로 옮겼다. 그리고 같이 시청을 하기 시작했다. 남자 역시 별다른 말이 없었다. 그도 우리가 결이 같음을 느낀 것이다.

골든 스테이트가 골을 넣으면 자연스럽게 환호했고, 뉴 올리언즈가 골을 넣으면 욕을 했다. 처음 보는 사람이었지만 왠지 모를 기분 좋은 친밀감이 느껴졌다.

4쿼터 종료 버저가 울리고 경기가 끝났다. 골든 스테이트 118점, 뉴 올리언즈 92점. 골든의 승리였다.

"얼마 가셨어요?"

내 물음에 남자는 적당히라고 말했다.

"그럼, 이만. 건승하시죠."

인사를 하고 자리에서 일어나는 남자에게 말을 건넸다.

"한잔하실래요? 이겨서 기분도 좋은데. 여기 근처에 죽이는 순댓국집이 있거든요. 24시간."

남자는 어이없다는 듯이 나를 쳐다보더니 이내 고개를 끄덕였다.

"이모, 순댓국 2개요."

4인 테이블에 마주 보고 앉았다. 김치와 깍두기를 담았다. 가위와 집게로 깍두기와 김치를 먹기 좋은 크기로 잘랐다. 그리고 새우젓이 담겨있는 종지에 들깻가루를 섞었다.

남자는 내 행동을 보더니 물었다.

"왜 새우젓에 들깻가루를?"

"어허, 이렇게 안 드셔보셨어요?"

"네."

"해장 인생 아주 헛사셨네. 한번 드셔봐요. 죽여주니까. 우리 기분도 좋은데 한잔하죠? 그러려고 왔는데."

"받죠, 소주."

"이모, 여기 소주도 하나 주세요."

순댓국은 빨리 나온다. 순댓국 두 그릇과 소주가 나왔다. 소주병을 흔들었다. 병 안에 소주가 회오리치는 것을 보면서 흐뭇하게 미소를 짓고 병을 땄다.

남자의 앞에 놓인 잔에 소주를 따랐다. 내 잔에는 내가 스스로 술을 따르려고 하자 남자가 내 손에 있던 병을 가져갔다. 남자가 따라주는 술을 두 손으로 받으면서 남자에게 물었다.

"실례일 수도 있는데 나이가 어떻게 되세요?"

남자는 피식 웃었다.

"이 바닥에서 나이가 중요한가요? 따면 형이고, 뽀찌주면 형님이지."

"명언이십니다."

남자는 잔을 들고 말했다.

"커리에게 건배."

"스테판 커리에게 건배!"

내가 말을 이었고, 우리는 잔을 부딪쳤다.

한입에 소주를 털었다. 나는 순댓국에 양념을 넣어서 빨갛게 만들었는데 남자는 아무것도 넣지 않은 채 그저 나온 그대로의 맑은 순댓국을 먹고 있었다. 순댓국에 들어 있는 고기를 내가 만든 새우젓 들깻가루 소스에 찍었다. 역시 맛있다. 내가 만들었지만 획기적인 소스다. 만약 내가 순댓국집을 운영했다면 이 소스만으로 맛집이 됐을 텐데 이런 생각을 가끔씩 하곤 했다.

"그래도 이름하고 나이는 알아야지 호칭이라도 부를 수 있지 않겠어요?"

"토쟁이 새끼들이 무슨 통성명을…."

남자는 여전히 퉁명스러웠다. 남자가 앞에 있는 술이 담긴 잔을 집으려고 하는 순간, 나는 내 손바닥으로 술잔 위를 덮었다. 그러자 남자는 나를 똑바로 쳐다봤다, 남자와 눈이 마주친 나는 능글맞게 웃으면서 말했다.

"에이, 그럼 같은 동네 맥모닝 친구로서 통성명하시죠? 최선입니다. 84년생."

남자는 이런 내 모습이 웃겼는지 피식하고 웃었다. 그러더니 자신의 술잔 위에 올려진 내 손을 들어서 자신의 손과 맞잡았다. 악수였다.

"진수혁. 83."

그제야 나 역시 웃었다.

"형님, 여기에 한 번 찍어 드셔보라니까. 제가 자취 경력에 맞벌이 부부 경력까지. 보통 짬이 아닙니다. 저 한 번만 믿어보세요."

맑은 순댓국에 새우젓에만 고기를 찍어 먹는 형에게 말했다. 형은 내 말을 듣더니 그저 웃으면서 여전히 새우젓에 고기를 찍어 먹으면서 말했다.

"나 사람 안 믿어요."

"어허, 형님. 제가 사람인가요? 동생이죠."

내 말에 형은 웃으면서 술을 마셨다.

"하, 진짜 사람 안 믿으시네."

형은 나를 똑바로 보면서 말했다.

"대신 딴 걸 믿지."

"뭘 믿으시는데요?"

형은 나에게 잔을 내밀면서 건배를 청했다. 그리고 단 한마디로 대답했다.

"돈."

형의 말에 고개를 끄덕이며 내 잔을 형의 잔에 부딪혔다.

"그럼 진형은 어디 사이트 이용해요?"

"나는 뭐 그냥 여러 개 써. 몇 개는 졸업도 당했고, 뭐 웬만한 안전 놀이터는 다 써."

"진형, 완전히 고수시네."

"뭐 이런 거로 고수래?"

"진형은 오래됐어요? 토토 한지."

"뭐… 오래된 건 아니고."

"오래된 건 아니고? 그럼?"

내 질문에 형은 순간 머뭇거리더니 조심스럽게 말을 했다.

"처음 본 사람에게 이런 이야기하는 것도 웃기긴 한데…."

괜히 말하지 않은 채 머뭇거리면서 사람 궁금하게 만드는 형의 행동에 나는 닦달하기 시작했다.

"아, 형! 우리 통성명도 끝난 사인데 뭐가 처음 본 사이입니까? 뭐, 물론 처음 본 사이는 맞긴 한데. 그래도 나 좀 서운합니다."

형은 소주병을 들어서 내 잔에 술을 채우면서 말했다.

"사실 나 사이트 해."

"사이트요?"

"놀랬지?"

놀랬다. 하지만 놀라움보다 신기함이 더 컸다.

"아니, 그냥 신기한데요? 나 그걸로 돈 버는 사람 처음 봤어요. 그리고 나 이 세계로 끌어들인 새끼도 총판 같은 거였거든요."

"총판 같은 거?"

"추천인 코드 적고 그거."

"마케터? 보통 사람들이 다 같은 총판이라고 알고 있는데 또 그 안에서도 다 나눠져. 네가 말한 애는 마케터고."

순간 황정우 개새끼 생각이 나서 잔에 채워진 술을 마시고 또 따라서 마셨다. 두잔 연속으로 술을 입에 털어 넣었다.

"마케터라고 하는구나, 그런데 형, 진짜로 사이트 해요? 농담이 아니고?"

내 말에 형은 피식하고 웃었다.

"너도 사람 안 믿네. 속고만 살았어?"

"속아서 이러고 있잖아요. 돈 다 날리고 직장 잘려, 이혼당해. 게다가 딸까지 뺏기고."

"진짜?"

"네!"

"나도 이혼당하고 딸도 뺏겼는데? 똑같네!"

"형! 우리 운명이다. 한잔해요!"

돈과 사람이 얽히면 셀 수 없을 정도로 수많은 변수가 생긴다. 나와 형이 만난 것 역시 생각할 수 없었던 변수였다. 운명이라고 생각했다. 나와 같은 사람을 만나다니 행운이라고 생각했다. 그래서 더 친하게 지내고 싶었다. 그런 마음 때문이었는지, 우리는 미친 듯이 술을 마셨다. 낮부터 마신 술은 어느새 밤이 되도록 이어지고 있었다.

"그래서 어때? 해볼래? 마케터."

"그러니까 형 말을 종합해보자면, 형 그림장으로 들어가서 가입할 때 내 추천 코드를 다른 토쟁이 새끼들이 쓰면 나한테 뽀찌가 떨어진다. 이 말이지?"

"어. 그런데 그 뽀찌가 어마어마하단 거지. 물론 네가 얼마나 홍보를 해서 사람을 끌어들이냐에 따라 다르긴 하지만."

고민하지 않았다. 고민할 필요가 없었다.

"좋아요. 형만 믿을게요. 나 합니다. 해요!"

"사람 믿다가 다쳤다며? 또 뭘 믿냐? 나 믿지 마라."

"그럼 형 말고 나도 형처럼 돈이나 믿어야지. 뭐, 별수 있나? 돈 최고다.

자본주의 만세다, 시발!"

"좋다, 마시자!"

우리는 밤새 웃고 떠들었다.

불법적인 일은 이상하리만치 일사천리로 흐른다. 어느새 내가 가지고 다니는 휴대폰이 3대가 되었다. 그 중, 1대의 알림이 울렸다.

가족방에 들어가고 싶어요.

메시지를 확인하고 월 3만 원이라는 답장을 보냈다. 계좌번호를 달라는 말에 복사된 계좌번호를 붙여넣기 해서 전송했다. 잠시 후 입금했다는 메시지가 도착했다. 입금한 사람을 가족방인 픽방에 초대했다.

경기가 시작하기 전에 유료 픽방인 일명 가족방에 있는 회원들에게 픽을 주기 바빴다. 내가 분석한 픽이었다. 물론 내 픽이 맞을 때도 있고 틀릴 때도 있었다. 회원들은 따면 굽신거렸고, 잃으면 쌍욕을 퍼부었다. 그들이 나에게 무슨 욕을 해도 상관이 없었다. 이미 내 픽대로 움직이며 그들에게 나는 신적인 존재가 되어가고 있었다.

어느새 내 가족방 회원 수는 200명이 넘었다. 매월 600만 원을 앉아서 벌게 되었다. 심지어 내 가족방에 있는 사람들은 내가 활동하는 놀이터의 회원들로 모두 내 추천 코드로 가입한 사람들이었다. 돈 먹고 돈 먹기였다. 덕분에 마케터로 받는 돈, 가족방 픽스터로 버는 돈, 거기다가 내가 베팅해서 버는 돈까지. 현금이 통장에 가득 꽂히기 시작했다.

가족방에 픽을 주고서 경기를 시청한다. 경기를 보면서 휴대폰으로 이것저것 하다가 와이프에게 전화를 걸었다. 러블리지원에서 자율엄마로 바꿔둔 상태였다.

"이 시간에 왜 전화야? 끊는다."

짜증 가득한 말투였다.

"끊지마. 지율이는?"

"지금 자. 왜? 도박꾼이 그래도 지 딸은 보고 싶은가 봐?"

비꼼이 가득했다.

"지원아. 나 이제 안 그래. 정신 차렸어. 아는 선배 회사에 취직해서 일하고 있어."

"그래, 잘했다. 일해야지. 양육비나 밀리지 말고 보내라. 네 새끼 굶기기 싫으면."

뚝 하고 전화가 끊어졌다. 이럴 거면 받지를 말지. 왜 받으면서 나한테 지랄인가 싶었다. 아니다. 그래도 받아주니까 목소리라도 듣는 거란 생각에 안도의 숨을 내쉬었다. 돈이 생기니 가족이 그리워지기 시작했다.

*

"핫초코요. 선아, 너는 뭐 마실 거야?"

"나도 형이랑 같은 거. 핫초코."

"핫초코 2잔이요."

선릉에 24시간 카페에서 형과 만났다. 우리는 그날 이후로 끈끈한 사이가 되었다. 운명처럼 만났고 그로 인해 같이 일도 하는 사이가 된 것이었다. 아무리 생각해도 신기한 인연이 틀림없었다. 나는 형이 좋았다. 닮고 싶었다.

"너 뭐하던 놈이냐?"

"뭐하던 놈이긴. 그냥 회사 다니던 놈이지."

"이 괴물 같은 놈. 너 진짜 어마어마한 놈이야. 마케터하려고 태어난 새끼 같아."

"형, 나 밥 처먹고 하던 게 이 짓이잖아. 기획팀이었으니까. 대학에서 배운 것도 이거고 회사에서도 하던 게 이건데 회원 수 늘리는 건 나한테는 일도 아니야. 그런데 형이 그렇게 말해주니까 나 좀 으쓱해도 되나?"

"너 그래도 돼. 덕분에 호강이다. 가자, 술이나 빨러."

그때, 형의 대포폰이 아닌 진짜 휴대폰이 울렸다. 액정에 번호가 그대로 뜨는 걸로 보아 저장이 되지 않은 상대였다. 누굴까 궁금했는데 형은 너무나도 잘 아는 번호인 양 자연스럽게 받았다.

"형님, 무슨 일 있으세요? 이 시간에 전화를 다 주시고."

형은 나에게 나가서 통화하고 오겠다는 듯이 손가락으로 문을 가리키더니, 통화를 하며 그대로 밖으로 나갔다.

"네, 형님. 저야 당연히 잘 지내죠. 형님은 잘 지내셨어요? 아, 네. 뭐, 그렇죠…."

*

토쟁이들은 돈을 쉽게 번다. 쉽게 번 돈을 어떻게 쓰겠냐. 쉽게 써야지. 아껴서 무엇하리. 아껴봤자 내일이면 눈 녹듯 사라질 수 있는 돈이니 헛돈 쓴다는 생각이 들 정도로 막 쓴다. 그러다 보니 하는 것이라고는 명품을 사거나 아가씨 나오는 술집에 가서 술을 마시는 게 보통이다. 심지어 명품을 사면 양반이다. 낮과 밤이 바뀐 경우가 많다 보니 일어나면 백화점 영업이 끝난 시간이다. 그럼 쇼핑도 글렀고, 룸방이나 가자 하고 출근 도장 찍는 것이 토쟁이들의 하루다. 물론, 나 역시 마찬가지였다.

늘 가는 룸방에서 오늘은 아가씨들 없이 둘이서 술을 마시는데, 형이 조금 전과는 다르게 진지한 목소리로 내 이름을 불렀다.

"선아."

"왜? 할 말 있어? 갑자기 왜 무게를 잡아?"

"너 마카오 가봤어?"

"안 가봤지. 갈 일이 뭐가 있어. 거기 카지노밖에 더 있어?"

"그치. 카지노밖에 없지. 그런데 그 카지노가 어마어마하니까 카지노밖에 없는 거지."

"뭐, 그렇겠네. 그걸로 먹고 살 테니."

"그래서 말인데…."

어울리지 않게 말끝을 흐리는 형이었다.

"왜 이래? 뭔데, 말을 해."

"너 아까 내가 통화하는 거 봤지? 친한 형님이신데, 그 형님이 지금 마카오에 계셔."

"마카오? 카지노?"

"무슨 마카오에 카지노밖에 없는 줄 아냐… 맞아, 카지노."

형이 도대체 무슨 말을 하고 싶어서 이러나 싶었다. 가만히 들어보기로 했다.

"마카오에서 정킷방을 운영하시는데 환치기할 사람을 구한다고 나한테 연락이 왔네? 너도 알다시피 나는 가게 때문에 자리를 비울 수가 없잖아. 그런데 이게 너무 괜찮은 제안인 거지. 그래서 그런데… 너 할래? 버리기는 아깝잖아. 환치기 장사."

"환치기가 뭔데?"

"간단해. 네가 여기에서 수수료 먹듯이 거기에서는 환전 수수료 먹는 거야."

내 반응을 살피는지 형은 내가 무슨 말이든지 하기를 기다리는 눈치였다.

"위험하거나 그런 거 아니야?"

"후달려? 이런 걸로?"

도발이었다.

"이까짓 걸로 후달리면 시작도 안했어. 환치기? 형 믿고 내가 한다. 마카오 까짓것 내가 접수할게. 뭐부터 하면 되는데? 돈놀이가 돈놀이지. 별거 있어? 안 그래?"

나는 도발에 넘어가고 말았다.

6부

접·선·면

여기는 올 때마다 신기했다. 어울리지 않는 사업을 하는 형을 보면 내가 아는 사람이 맞나 싶을 정도였다.

스카이 보습학원. 문을 열면 풍경소리가 청아하게 울렸다. 아무도 없는 학원 카운터를 지나 제일 안쪽에 있는 원장실의 문을 열었다.

형이 문제집이 잔뜩 쌓인 책상에 앉은 채로 담배를 피우고 있었다. 담배를 도대체 얼마나 피운 것인지 안에는 연기가 뿌옇게 가득했다. 흡연자인 나조차도 기침하게 만들었다.

"왔어?"

형의 인사에 기침을 하며 고개를 끄덕였다. 소파에 앉았다. 소파에 앉아서도 기침은 멈출 생각이 없었다. 겨우 기침을 멈추고 테이블에 올려져 있는 여러 개의 담뱃갑 중에 하나를 집었다. 한 개비를 꺼내어

라이터로 불을 붙였다. 한 모금을 들이키는데, 형의 휴대폰이 울렸다. 액정에는 김형덕 형님이라고 떠 있었다. 형은 스피커 버튼을 눌러서 통화를 시작했다.

"네, 형님. 그렇지 않아도 출국 준비하고 있었습니다."

"수혁아. 됐다. 너 안 와도 된다."

"그게 무슨 말씀이세요?"

"내가 급하게 한국에 들어갈 일이 생겨서 지금 연락했다."

"그러세요? 그러면 내일 뵐 수 있을까요?"

"가능하지. 그런데 알다시피 긴밀한 이야기여서 말이야. 그래서 좀 프라이빗한 곳에서 이야기했으면 하는데… 너희 학원 괜찮겠지?"

"형님, 여기만큼 프라이빗한 곳도 없습니다."

"그래. 그럼 내일 보자. 들어가라."

전화를 끊은 형은 조금 놀랐다는 듯이 말했다.

"갑자기 한국에 오신다네? 내일 마카오는 안 가도 되겠어."

"비즈니스 탄다고 좋아했는데…."

"비즈니스가 문제야? 너 요즘 버는 돈으로는 퍼스트 타고 다녀도 되겠던데. 그보다 너 요즘도 자전거 타고 다니지? 차 한 대 뽑아라. 너 진짜 차 안 살 거야?"

주머니에서 자동차 스마트키를 꺼내 흔들어 보였다.

"언제 샀어?"

"진작에 샀지."

"이 새끼 다 컸네? 형한테 허락도 안 받고 이런 거 막 지르고? 안 되겠다.

정신 교육 좀 하자."

"형님께서 친히 가르쳐주신 덕분입니다. 형님! 감사합니다!"

오버하면서 고개를 숙이는 내 모습에 형은 큰소리로 웃었다.

*

"형님 오실 때 전화 달라니까… 마중 나가려고 했는데."

"뭐, 얼마나 대단한 사람이 왔다고 마중까지 나오려고? 안 그래도 동생들이 공항으로 나왔더라."

"그럼 다행이고요. 들어가시죠."

수혁과 형덕, 그리고 형덕의 부하인 태석은 계단을 성큼성큼 올라가서 스카이 보습학원 안으로 들어섰다. 긴 복도에는 양옆으로 교실들이 줄지어 있었다. 하지만 이 넓은 공간에 원생은 단 한 명도 없었다. 형덕은 아무도 없는지 문을 하나씩 열어보다가 태석에게 고갯짓을 했다. 태석은 형덕이 하던 행동을 이어받아 문을 하나씩 열어젖히기 시작했다. 모든 문을 다 열어 아무도 없다는 것을 확인하자 형덕은 흡족한 듯이 미소를 머금으면서 말했다.

"여기는 아주 프리이빗해서 마음에 들어. 아주 훌륭해."

"아직 애들이 학교에 있을 시간이라…"

장사가 되지 않는 걸 들킨 탓인지 수혁은 머쓱해 하며 머리를 긁적였다.

원장실 문을 열었다. 안에는 선이 기다리고 있었다. 문이 열리자 선은 자리에서 일어서서 허리를 숙여 깍듯하게 인사했다. 수혁은 그런 선을 소개하기 시작했다.

"형님, 이 친구가 제가 말한 최선이라는 친구입니다. 요즘 제 그림장은 이 친구가 다 먹여 살리고 있습니다."

"안녕하세요. 처음 뵙겠습니다."

각 잡고 인사를 한 선은 숨을 한번 크게 내쉬고는 말을 이었다.

"최선이라고 합니다."

형덕은 그런 선에게 손을 내밀었다. 선은 두 손으로 형덕의 손을 맞잡고 악수했다.

"그래. 이야기는 많이 들었다. 잘생겼네. 수혁이 너도 잘생겼는데 얘는 느낌이 너보다 말갛다. 반갑다."

장사는 안되는 보습학원이지만 인테리어는 사실 어디에도 처지지 않을 정도로 훌륭하다. 물론, 원장실의 책상에는 문제집이 가득해서 정신이 없지만 누가 봐도 비싼 가구들로 꾸며진 원장실이었다. 넓은 가죽 소파가 디귿자 형태로 놓여 있었다. 누가 안내하지도 않았지만 자연스럽게 형덕은 상석에 앉았다. 그가 소파에 앉자 양옆으로 수혁과 선, 태석이 앉았다. 형덕은 자신의 담배를 꺼내 입에 물고는 이야기를 먼저 시작했다.

"그래서 수혁아. 생각은 해봤니?"

"해봤죠. 형님, 그런데 참 그게 말입니다…."

"말해봐라. 뭐가 문젠데?"

"제가 사이트만 하는 거면 군말 없이 갈 텐데. 아시다시피 이게…."

수혁은 말을 하면서 원장실을 둘러봤다.

"학원. 내가 진작에 정리하라고 했잖아. 학원 매출 뽑고도 남는다고 몇 번을 말했니? 아니, 매출 뽑을 것도 없지. 너 이렇게 파리 날리는 학원을 왜 아직도 정리 안하고 있는 건데? 너 여기 월세가 얼마야? 이 좋은 위치에 이 정도 평수면 못해도 월 천은 나올 것 같은데… 이런 대가리로 어떻게 사이트를 하냐는 말이야. 어? 이 신기한 새끼야."

"사이트 해서 번 돈, 여기에 다 갖다 퍼주고 있습니다. 그보다 형님, 마카오 이야기나 좀 더 해주시죠."

형덕은 입에 물고 있던 담배에 라이터로 불을 붙였다. 듀퐁 라이터의 경쾌한 소리가 기분 좋게 울렸다. 선은 부럽다는 듯한 눈빛으로 그의 라이터에서 눈을 떼지 못했다. 형덕은 라이터를 테이블 위에 올려두면서 설명을 시작했다.

"자, 이거 봐라. 우리나라 이 대한민국에서는 미화 1만 달러 이상을 가지고 들어오려면 세관에 신고를 해야 해. 거우 1만 달러. 웃기지도 않아. 니미, 시발이다. 고작 천만 원 정도밖에 되지 않는 돈을 내가 이렇게 벌었어요, 이렇게 해서 내가 이 돈을 가져가요, 라고 귀찮게 입증을 해야 해. 말 그대로 좆같은 구조인 거지. 거기다가 현지에서 외화 계정으로 송금할 때도 마찬가지야. 2만 달러가 넘으면 이 돈을 또 설명해야 해. 도박으로 번 돈을 어떻게 설명할 건데? 그러니까 이때 바로 환치기라는 것이 등장한다 이거야. 존나게 고마운 우리 니미럴 도박쟁이 새끼님들께서 도박으로 땡긴 돈을 가져가기 위해 환치기를 이용하는 거지. 그래서 우리는 그 수수료로 3%를 먹는 거고. 원래 2%였다가 얼마 전에 좆같은 기업 회장 새끼 하나가 걸리는 바람에 우리 다 물 먹을 뻔해서 그 이후로 수수료가 올랐어. 수혁아, 너도 알잖냐. 하루에 정킷에서 오가는 돈이 얼만지. 최소 수십억이다. 많으면 수백억이 그냥 넘어. 그 말은 수수료만 해도 하루에 억이란 소리잖아. 그걸 우리가 그저 앉아서 아주 맛있게만 먹으면 된다 이거야. 그냥 앉아서 숨만 쉬면서 돈을 먹는 거야. 어때? 여기까지만 들어도 꼴리지? 아래가 딱딱하게 서지?"

수혁은 군침도는 이야기에 침을 삼키며 물었다.

"그래서 저도 형님께 진짜 진지하게 말씀드리는 거잖습니까. 저 대신에 진짜 믿을만한 제 동생, 여기 선이 보내겠다고."

수혁의 말에 형덕은 떨떠름한 표정이었다.

"믿을만한 동생이라…."

"예! 지금은 거의 반 토사장이긴 한데 얘 이래 봬도 스카이 졸업하고 HD에서 일하던 놈입니다. 그놈의 토토 때문에 잘리긴 했지만 그래도 결국 토토로 제 밥벌이하고 있지 않습니까? 대단한 놈이고, 믿을만한 놈입니다."

수혁은 선을 보며 윙크를 하더니 말을 계속 이어 나갔다.

"더군다나 이 새끼라면 제 돈 걱정 없이 맡길 수 있어서 보내겠다는 겁니다. 그리고 주판 두드리기에는 저보다 이 새끼가 더 나을 겁니다. 형님은 딱히 손해보실 것도 없다고 보는데… 형님 생각은 어떠십니까?"

여전히 떨떠름한 형덕이었다.

"뭐, 그렇다면야. 그런데 수혁아, 목이 좀 마르구나."

잠시 자리를 비켜달란 소리였다.

"아! 제정신 좀 봐요. 뭐 드실래요? 선아, 형님께 일 좀 배우고 있어라. 금방 다녀올게."

수혁이 원장실을 빠져나가자 태석 역시 자리에서 일어났다.

"담배 한 대 피우고 오겠습니다."

형덕은 고개를 끄덕였다.

원장실에는 형덕과 선, 단둘만이 남겨진 상황이었다. 어색한 침묵을 깬 것은 선이었다.

"형님 말씀 많이 들었습니다. 수혁이 형이 그렇게 믿고 의지한다고 들었습니다."

"그놈이 나 없을 때 나를 좋게도 포장해줬구나."

"네. 형님, 저 믿으셔도 됩니다. 정말 열심히 하겠습니다."

형덕은 씩 웃었다.

"나는 누구 안 믿는다. 대신 이걸 믿지."

씩 웃으며 형덕은 품 안에서 칼을 꺼내 테이블 위에 툭 올렸다. 선은 놀랐지만 애써 태연한 척 형덕을 바라보았다.

"수혁이가 어디까지 말했는지는 모르겠지만 내가 어떻게 지금까지 이 더러운 바닥에서 아주 잘 살면서 심지어 수많은 돈을 움직일 수 있다고 생각하니? 그리고 그 이유가 뭔지 아니?"

선은 그저 가만히 형덕을 주시하며 그의 말을 듣기로 했다.

"바로 믿음. 믿음이라는 게 여기 전혀 없거든."

자신의 가슴을 칼끝으로 가리키며 말했다.

"누구에 대해서도. 믿음 없이 오직 의심만으로 이 자리에서 지금까지 살아 있는 거지. 아니, 살아남은 거지."

형덕의 칼끝은 어느새 선의 가슴을 향하고 있었다.

"너도 여기에 뭐 하나라도 담지 마라. 담은 순간 끝이다. 지금처럼 아무 손이나 덥석 잡지 말고. 아무나 믿고 그러는 거 아니다. 누군지 알고."

"네. 아무나 믿고 그러지 않겠습니다. 그래도 형님과 수혁이 형은 믿겠습니다. 그 정도는 괜찮잖아요. 그렇죠?"

자신의 말에 전혀 기죽지 않은 채 말을 하는 선을 보며 형덕은 크게 웃었다. 마음에 든다는 뜻이었다.

그때, 문이 열리고 수혁이 커피 4잔을 들고 들어왔다. 태석이 그 뒤를 따라서 들어왔다.

"너 어디서 재미있는 물건 하나 주웠구나."

"선이요? 이 자식 완전 물건이죠. 불쌍한 똥개 새끼인 줄 알고 주워 왔는데 알고 보니 혈통 좋은 골든 리트리버였다니까요."

"이 새끼는 비유도 고급스럽게 한단 말이야. 미국물 먹은 새끼는 달라도 달라."

"형, 미국물 먹었어?"

"선이는 몰랐니? 이 새끼가 이래 봬도 유학파 출신이야. 물론 미국에서 고등학교 다니다가 마약 빨고 짤려서 그렇지. 그래서 결국에는 중졸이긴 한데 그래도 유학파긴 유학파지."

"그랬어? 전혀 몰랐네…"

"형님, 창피하게 무슨 옛날이야기를 다 꺼내시고. 그보다 형님, 그럼 언제 출국하세요?"

"내일모레 들어가긴 할 건데. 너희는 천천히 와라. 수혁이 너도 자금 좀 만들어야 하지 않겠니? 한번에 수백억이 오가는데 그래도 어느 정도는 여유를 가지고 시작해야지. 괜히 쉽게 봤다가는 큰코다친다."

"예, 형님. 알겠습니다. 걱정하지 마십시오. 현금이야, 여기 제 골든 리트리버가 아주 잘 물어오고 있습니다."

수혁의 말에 선은 장난식으로 개 짖는 소리를 냈다.

"그런데 형님…."

수혁이 어렵게 말을 꺼내기 시작했다.

"이 새끼가 가슴에 깊은 한이 좀 있습니다."

"젊은 새끼가 무슨 한이 있다고. 무슨 일인데?"

"그게 글쎄…. 이 새끼 돈 다 털어간 새끼가 하나 있거든요? 그래서 애가 고생을 좀 많이 했어요. 운이 좋아서 기소유예로 재판까지는 안 갔는데 그래도 그거 때문에 직장 잘려, 이혼당해, 딸까지 뺏겨. 뭐, 그래도 결과적으로는 그런 일이 있어서 지금 이렇게 있는 거 보면 돈복은 타고난 놈 같지만요."

"본론으로 들어가자. 서사가 길다."

형덕은 지겹다는 듯이 자신의 오른쪽 검지로 눈꺼풀을 긁으면서 말했다.

"사람 하나만 찾아주십시오. 황정우라고. 선이가 그 새끼만 족치면 군말 없이 비행기 탄답니다. 부탁드립니다. 형님."

수혁은 선을 위해 고개를 숙였다. 그 모습에 선도 수혁을 따라 고개를 숙이면서 말했다.

"부탁드립니다."

둘의 모습을 본 형덕은 낮은 목소리로 대석을 불렀다.

"안 실장."

"네."

"황… 뭐라고?"

"황정우입니다. 84년생이고요."

"그림장은?"

"줄리엣 089입니다."

"태석아. 처리해라."

태석은 몇백 명이 있는 단톡방에 메시지를 쓰기 시작했다.

급. 황정우. 84년생. 줄리엣. 089. 마케터.

형덕이 떠났다. 떠나는 차를 향해 허리를 숙여 인사했다. 차가 보이지 않자 그제야 숙였던 허리를 폈다.

"그냥 조폭은 아닌 것 같고. 그렇다고 순수 사업가도 아닌 것 같고. 뭐하는 양반이야?"

내 물음에 형은 대수롭지 않다는 듯 말했다.

"해영파 실세. 온갖 인간들이 저 형님 쳐보겠다고 지랄들인데 쉽지가 않지."

"왜 쉽지가 않아?"

형은 질문하는 내 얼굴을 빤히 쳐다보더니 양팔로 자신의 몸을 감싸더니 대답 대신 다른 말로 화제를 바꾸었다.

"배고프다. 들어가서 라면이나 먹자. 존나 춥네, 추워!"

보습학원으로 가기 위해 계단을 오르는데 큰 박스를 들고 뒤에서 올라오던 남자와 부딪히고 말았다.

"아! 죄송합니다."

박스가 워낙 커서 시야 확보가 되지 않은 탓이었는지 앞을 보지 못했다며 남자는 연거푸 사과를 하더니 박스에서 쏟아진 마스크팩을 주워 담기 시작했다.

"배 대표님. 오늘 납품하는 날?"

형은 마스크팩은 같이 주워 담으며 배 대표라는 남자에게 말을 걸었다. 남자는 마스크를 줍다가 말을 건넨 남자가 형이라는 것을 확인하고 대답했다.

"진 원장님이셨네? 예. 오늘 물건 들어와서 샘플 좀 확인하려고요."

바닥에 쏟아졌던 마스크팩을 모두 주워 담았다. 남자는 박스를 들고 일어나더니 형에게 2세트를 건넸다.

"씨보시고 후기 주세요."

"감사합니다. 늘 제 피부는 배 대표님이 책임져주시네요."

남자는 스카이 보습학원 옆에 있는 베토맨 음악교실로 들어갔다.

소파에 누워서 마스크팩을 얼굴에 붙였다. 테이블 위에는 조금 전에 먹은 컵라면과 담배, 콜라, 맥주가 정신없이 놓여져 있었다.

"아까 그 마스크팩 사장이 들어간 곳, 음악학원 아니야?"

"어. 음악학원 하다가 망했어. 그래서 요즘은 뭐 화장품 방문판매 한다고 하던데. 이번에는 마스크팩인가 봐."

"이 건물이 터가 안 좋나. 왜 다들 망하지? 형도 학원 접어야 하는 거 아니야? 돈을 그렇게 버시는 양반이 왜 이걸 계속하고 있어? 그리고 아까 형덕 형님 말처럼 월세 버리면서까지 왜 운영을 하는 건데? 진짜로 궁금해서 그래. 심지어 학원생도 꼴랑 셋밖에 더 있어? 지유, 태윤이, 태경이. 나도 이름을 다 외운다. 다 외워!"

"말했잖아. 원래 장사가 존나게 잘됐는데 이혼하면서 와이프가 학원 새로 차렸다고. 그러면서 학원생들 다 빼갔지. 게다가 이혼한 원장이 운영하는 학원에 애들을 맡길 수 없다나 뭐라나. 그러면 유라는! 유라는 뭐 이혼한 원장 아니냐? 시발, 갑자기 존나 빡도네."

마스크팩을 붙이고 누워있던 형은 갑자기 난 짜증에 자리에서 일어나더니 마스크팩은 붙인 채로 맥주를 마시기 시작했다.

"그러면 접는 게 맞지. 학원생이 꼴랑 셋인데 월세 1,300만 원을 내는 게 말이 돼? 학원비라고 해봤자 100도 안 되지 않아?"

형은 내 말에 발끈했는지 얼굴에 붙어 있던 팩을 떼면서 흥분한 채 말을 시작했다.

"야, 너 아까부터 자꾸 꼴랑 셋이라고 하는데. 그 셋, 내가 다 키웠거든? 좀만 혼내도 무섭다고 오줌 질질 싸는 것도 내가 다 닦았고, 밥도 먹였고… 진짜 다 내 새끼들 같은데 어떻게 버리냐? 돈이 문제냐? 너는 돈 때문에 네 새끼 버리냐?"

형은 흥분해서 말하다가 갑자기 말을 멈추었다. 그리고 5초 정도 흘렀을까. 어렵게 말을 이었다.

"아, 딸 버렸지. 시발, 존나 미안하다."

흥분해서 뗐던 마스크팩을 주섬주섬 얼굴에 다시 올리는 형이었다. 마스크팩을 얼굴에 올리고 손가락으로 툭툭 쳐서 붙이더니 다시 소파에 누웠다.

"선아. 너 근데 카드는 치냐?"

"카드? 포커?"

"뭐, 다. 바카라는 해봤고?"

"바카라가 뭐야? 술 이름 같다."

"그건 바카디고. 와, 이런 애를 어떻게 바다 건너 마카오까지 보내지? 갑자기 겁 존나 나네."

"그렇게 걱정돼서 애들 학원 안 오는 주말 껴서 일부러 같이 출국까지 해주시는 겁니까? 친절하신 진 원장님?"

"그래. 이 자식아. 너 무섭다고 오줌 질질 쌀까 봐 기저귀 갈아주려고 같이 간다."

*

어제도 형하고 진탕 마셨다. 술을 마신 다음 날은 꼭 순댓국을 먹었다. 그래야지 내가 어제 술을 마셨구나, 그래서 내가 이렇게 해장을 하는구나, 그럼 오늘도 이거 먹고 힘차게 살아야지. 이런 생각이 들도록 말이다.

나만의 비법 소스를 만들고 있는데 휴대폰이 울렸다. 휴대폰을 머리와 어깨 사이에 낀 채로 손은 소스를 만들면서 전화를 받았다.

"어. 형."

"뭐하냐? 우리 선이."

"나 밥 먹지. 형은 밥 먹었어?"

"입맛도 없다. 너 새끼 마카오로 보낼 생각 하니."

"뭐래. 무슨 일이야? 이 이른 오후 4시에."

"형님께서 너 좀 보자고 하신다."

"형님? 형덕 형님이?"

"어. 우선 너 밥부터 먹어라. 먹고 학원으로 와."

"네. 형님. 그럼 밥부터 처먹고 바로 튀어가겠습니다. 건승!"

전화를 끊고 순댓국을 얼큰하게 만들었다. 숟가락으로 국물을 떠 한입 먹었다. 크, 소리가 절로 나왔다. 식사를 마치고 학원으로 가려고 나오는데 형한테 또 전화가 왔다.

"선아. 학원으로 오지 말고 내가 주소 하나 보낼 테니까 거기로 가라."

"주소? 어디?"

"지금 보냈어. 봐봐."

서울시 강남구 청담동….

"여기가 어딘데?"

"그보다 너 지금 어디야?"

"나 성수동에서 순댓국 먹었어."

"너는 그 집 순댓국 참 좋아하더라. 나는 별로던데."

"형은 강 건너는 것부터 싫어하잖아. 나는 여기 돈 없이 빌빌 거릴 때부터 자주 왔었거든. 그래서 뭐 초심을 잃지 말자 그런 거지. 그런데 여기가 어디길래 여기로 가란 거야?"

"형님 소유 레스토랑."

주소를 찍고 도착한 곳은 청담동 골목에 위치한 건물이었다. 분명히 형덕 형님의 레스토랑이라고 했는데 딱히 레스토랑다운 간판은 어디에도 없었다. 여기가 맞나 싶어서 두리번거리는데 발렛 직원이 다가왔다.

"어디 오셨어요?"

"여기 뭐 레스토랑이 있다고 하던데…."

"지하 2층으로 가시면 됩니다. 차 키는 안에 두시고요."

차에서 내려서 남자가 알려준 쪽으로 가니 엘리베이터가 있었다. 지하 2층으로 가라고 해서 지하 2층을 눌렀는데 눌러지지 않았다. 아무리 눌러도 버튼에 불이 켜지지 않아서 어쩔 수 없이 옆쪽에 있는 계단으로 내려갔다. 계단을 내려갈 때마다 센서 등이 하나씩 켜지기 시작했다.

지하 2층에 도착해서 조심스럽게 문을 열고 들어가는데 밖에서 본 건물의 외형과는 전혀 달리 안은 엄청 고급스럽게 되어 있었다. 어디로 가야 할지를 모르겠어서 전화를 해야 하나 싶던 찰나에 안 실장이 나타났다.

"형님께서 찾으신다고…."

"오시죠."

레스토랑 홀을 지나서 주방으로 들어갔다. 주방 안에는 또 다른 문이 있었다. 문을 열더니, 나에게 들어가라는 듯한 손짓을 했다. 안에 발을 들이자마자 놀라움에 턱이 저절로 벌어졌다. 천장에 소와 돼지가 잔뜩 매달려 있었다. 식육 처리 기능사가 입을 듯한 흰 위생복을 입은 형님이 직접 칼로 소를 해체하고 있었다. 그 모습은 굉장히 위협적으로 느껴졌다. 칼질하던 형님은 나를 바라보며 씩 웃었다. 칼과 장갑, 그리고 흰 위생복에 튄 약간의 피가 더 섬뜩하게 만들었다.

"형님께서 직접 손질을 하실 거라곤 생각도 못 했습니다."

어렵게 말을 꺼냈다.

"이게 다 정성이다, 정성. 이런 게 보통 노력으로 되는 게 아니야. 얼마나 큰 노력과 노동인지 다들 알아야 할 텐데. 이거 봐라. 덕분에 내 오른쪽 팔만 이렇게 더 두껍지 않니. 선아, 스테이크 좋아하니?"

안 실장이 안내해주는 방으로 들어가자, 긴 테이블이 놓여 있었다. 명품 테이블 웨어로 고급스럽게 세팅된 테이블이었다. 무드 있는 재즈가 흘러나오고 초도 켜져 있었다. 자리에 앉아서 테이블 위를 쳐다보았다. 식기와 함께 커트러리가 가지런히 놓여 있었다. 칼날에 손가락을 대려는 순간, 형님이 등장했다. 손에는 티본스테이크 덩어리를 들고 말이다.

"네가 돈복만 있는 줄 알았는데 먹을 복도 있구나. 사실 지금 막 소를 잡아서 육사시미를 먹는 게 제일 좋긴 한데. 그래도 내가 추구하는 게 이런 고급스러움이다보니…"

형님은 자랑스럽다는 듯 주위를 턱으로 가리키며 말했다. 자랑스러울만했다. 인테리어 비용만 해도 어마어마할 것처럼 보였다. 넓은 마호가니 원목 도마에 티본스테이크 덩어리를 툭 올렸다. 칼로 고기를 썰기 시작했다. 그리고 내 앞에 놓여져 있던 접시에 썬 고기를 올려주었다.

일부러 그런 건지 겉은 따뜻하면서 속은 차가움이 가득했다. 식감이 훌륭했다. 개인적으로 고기는 다 익혀 먹는 것을 선호하는데 핏감이 가득한 이런 느낌도 괜찮은 것 같단 생각이 들었다. 맛있게 먹고 있는데 형님이 칼을 내려놓으면서 말했다.

"선아, 너 손님 있다."

"네? 손님이요?"

"우선 이것부터 먹자. 어때? 맛 괜찮지?"

"네. 정말 맛있어요!"

고기를 맛있게 먹은 후 뜨거운 커피로 입안에 도는 핏감을 없애고 있었다. 식사를 하면서 형님과는 딱히 특별한 대화를 나누진 않았다. 마카오에서의 단순 생활에 대한 이야기가 전부였다. 호텔, 교통편, 화폐 등등. 누가 들으면 단순 여행이라고 생각할 정도의 정말 단순한 대화뿐이었다. 커피를 다 마시자 형님이 자리에서 일어나면서 말했다.

"그럼 이제 네 손님 맞으러 가자. 차에 타라."

주차된 차에 올랐다. 안 실장이 운전을 하고 뒷좌석에는 형님과 내가 앉았다. 차를 타고 얼마 가지도 않은 것 같은데 이내 차가 멈추었다.

도착한 곳은 김청아 부티크였다. 문을 열고 들어가자, 카운터 옆에 놓인 향로 앞에 형님이 멈추었다. 향을 피우고 합장을 했다. 서서히 눈을 뜨고는 옆에 있는 문을 열고 안으로 들어갔다. 나 역시 그런 그의 뒤를 따랐다.

들어가자마자 보이는 것은 끔찍하기 이를 데 없었다. 흰 방수천 위에 온갖 못이 잔뜩 박혀 있고 무언가가 잔뜩 묻어서 원래의 나무 색상보다 훨씬 짙은 색상으로 변한 오래된 나무의자 위에 한 남자가 묶여 있었다. 남자는 옅은 신음을 내면서 두려움에 떨고 있었다.

그는 누군가 왔다는 것을 인지했는지 서서히 고개를 들었다. 고개를 든 남자와 눈이 마주쳤다. 나는 곧바로 그에게 달려들었다. 얼굴이 피떡이 된 황정우였다.

"야 이 개 시발새끼야!"

이미 피떡이 된 얼굴이었지만 내 주먹질에는 자비가 없었다. 미친듯이 황정우를 때리기 시작했다.

그런 나를 한참동안 바라보던 형님은 내 어깨를 툭툭 치더니 자신의 손에 들려있던 칼을 건넸다. 내가 칼을 건네 받자마자 정우의 눈에는 두려움이 몰려오기 시작했다. 시멘트 벽으로 냉기가 가득한 이 곳에 온도는 아까보다 조금 더 내려간 듯한 기분이 들었다. 칼을 건넨 형님은 이 모든 상황이 재미있다는 듯 아이처럼 웃음기가 가득한 얼굴로 말했다.

"이 새끼 이거 아주 배짱 있는 놈이야. 지가 턴 애들이 강남에 한 트럭은 될 텐데 아무렇지 않게 강남 클럽에서 약이나 빨고 있었댄다."

정우를 찾아 달라고 말한지, 24시간이 채 지나지 않았는데 꽁꽁 묶인 채 살려달라고 애원하는 눈빛을 가진 정우가 내 앞에 있었다.

"선아. 이제 네 배짱을 볼 시간이다."

형님의 말이 무슨 의미인지 알았다. 내 손에 들려져 있는 칼을 쳐다보았다. 형님이 칼을 건넨 의미는 하나였다. 찔러라. 내 손은 떨리기 시작했다. 손의 떨림이 너무나 커서 어깨까지도 들썩일 정도였다.

"선아. 처음이니까 눈 감아 준다."

내 손에 들려져 있던 칼을 다시 가져간 형님은 칼등으로 내 어깨를 툭툭치면서 말을 이었다.

"두번 다시 내 칼을 무안하게 하지 마라."

형님은 말을 마친 후 문을 닫고 밖으로 나갔다.

형님이 밖으로 나가자 내 안에 있던 두려움과 분노가 폭발할 것만 같았다. 벽에 세워져 있던 쇠파이프를 집어 들었다. 그리고는 정우를 미친듯이 패기 시작했다. 눈에는 눈물이 고였고 실핏줄이 터지는 기분이었다. 아마 지금 내가 눈을 잠깐이라도 깜빡거린다면 내 눈에는 피눈물이 흐를 것만 같았다. 내 눈은 내 손에 의해 더 엉망이 되어가는 정우에게 고정되어 있었다.

그렇게 한참 동안 정우를 때린 후 나 역시 지친 나머지 바닥에 철퍼덕 주저 앉았다. 아까보다 더 짙은 핏물이 정우가 앉은 의자에 스며들고 있었다.

누구 하나 다니지 않을 것 같은 시간에 강화도 초지대교 아래에 차가 세워졌다. 문이 열렸고 피떡이 된 정우가 버려졌다. 정우를 내던지고 문을 그대로 닫으려던 찰나에 멈추었다. 지갑에서 5만원권 몇 장을 꺼내 바닥에 쓰러져 있던 정우에게 던졌다.

"정우야. 다시는 도박하지 마라. 네 친구로서 건네는 마지막 말이다."

*

목구멍에 손가락을 수십번도 더 넣었다. 게워내고 게워냈다. 더 나올 것이 없음에도 입안에 계속해서 손가락을 넣었다. 손등으로 입가를 닦은 후 세면대 앞에 서 거울 속에 비친 나를 보았다. 내가 아닌 것만 같았다.

물을 틀어 손을 씻었다. 비누칠하고 손바닥에 껍질이 벗겨질 정도로 박박 씻고 또 씻었다. 그리고 이 손으로 한 내 행동이 떠올라서 또 다시 헛구역질을 시작했다.

시간이 얼마나 흘렀을까. 겨우 멈춘 역한 속을 잠재우기 위해 담배 한 개비를 입에 물었다. 불을 붙이고는 한 모금 빨자마자 기침을 했다. 불이 붙은 담배를 싱크대에 버리고 물을 틀었다. 물에 젖은 담배꽁초를 손으로 집어서 쓰레기통에 버렸다. 그리고 한숨을 크게 내쉬었다.

식탁 위에 올려져 있던 위스키를 열었다. 불과 일년도 되지 않았는데 이렇게나 변했다. 집안에서 담배를 피우는 것도, 식탁 위에 독한 위스키가 놓여져 있는 것도. 예전에 나로서는 상상조차 하기 힘든 일이었다. 위스키를 컵에 따른 후 단숨에 삼켰다. 지독한 알콜이 내 식도를 타고 내려갔지만, 조금도 독하게 느껴지지 않았다. 손에 컵을 그대로 쥔 채로 식탁 의자가 아닌 바닥에 앉았다. 술이 담긴 컵을 잠시 바닥에 내려놓은 뒤, 또다시 담배에 손을 뻗었다. 불을 붙이고 한 모금 깊게 빨았다. 아까처럼 기침따위는 나오지 않았다. 한손으로 다시 술이 담긴 잔을 들었다. 한손에는 술, 한손에는 담배가 들려져 있었다. 문득 어머니가 떠올랐다.

"엄마… 미안해…"

내 입에서 나오는 담배 연기와 함께 흩어지는 혼잣말이었다.

7부

맞지 않는 옷은 내 옷이 아니다

"우리 선이는 커서 나중에 뭐가 될 거야?"

"부자."

"무슨 어린애 꿈이 부자야? 보통 과학자나 대통령 그런 거 아니야?"

"그건 보통의 애들이나 꾸는 꿈이고. 나는 보통이 아니니까."

"그래도 꿈으로 부자는 좀 그렇지 않아?"

"그럼 엄마는 내가 어떤 사람이 됐으면 좋겠어?"

"엄마는 우리 선이가 근사한 사람이 됐으면 좋겠어."

"근사한 사람?"

"다른 사람들이 감탄할 수 있는 그런 근사한 사람."

어머니는 내가 근사한 사람이 되길 바랐다. 그러기 위해서는 돈이 필요했다. 하지만 나에게도 어머니에게도, 우리에게는 돈이 없었다.

어머니는 바빴다. 바쁘지 않게 살았으면 했는데도 항상 바쁘게 살았다. 손은 늘 부르터 있었고 다리는 퉁퉁 부어있었다. 남의 집 일을 하면서 나를 키웠다. 그냥 내버려둬도 알아서 컸을 사내새끼를 없는 와중에도 금이야 옥이야 키우려고 남의 집 일을 그렇게나 했다.

"엄마는 아버지 원망 안해?"

"원망?"

"응. 원망."

"원망해서 뭐하게? 원망하면 네 아버지가 돈이라도 잔뜩 가져다 준다니? 왜 갑자기 아버지 이야기는 하고 그래? 평생 한번 본 아버지 생각이 났어?"

나는 아버지를 딱 한번 봤다.

아비는 도박 중독자로 내가 태어나기도 전에 집을 나갔다. 어머니는 혼자서 나를 낳고 혼자서 나를 키웠다. 그렇게 아비라는 존재에 대한 인식도 없이 살고 있었는데 내가 초등학교에 입학했을 무렵 나타난 게 아비였다. 여전히 도박은 끊지 못한 상태였고 빚에 허덕이다가 결국 어머니를 찾아온 것이었다. 나는 그날 내 아비란 작자를 처음 만났다. 술냄새가 진동했고 행색은 노숙자 저리가라였다. 그런데 끔찍하게도 얼굴은 나와 너무나 닮아 있었다.

집에 어머니는 당연히 없었다. 일주일에 단 하루도 쉬지 않고 남의 집 일을 했다. 그러니 집에 아무도 없어서 들어가지도 못한 채 누군가가 오기를 밖에서 기다리고 있었던 것이다. 목에 걸고 있던 열쇠로 문을 열었다. 그러자 내가 자기 아들이라고 직감했는데 내 이름을 물었다.

"이름이 뭐니?"

아들의 이름도 모르는 인간이었다. 대답하기 싫었다. 어머니가 늘 착하게 살라고 지어주신 이름을 그에게 알려주고 싶지 않았다. 대답하지 않은 채 집으로 들어가려는데 그의 더러운 입에서 내 이름이 흘러나왔다.

"최선. 이름 잘 지었네. 엄마는?"

실내화 주머니에 적혀 있던 이름을 본 것이었다.

"아저씨 누군데 내 이름을 함부로 불러요?"

"나? 네 아빠."

낯짝도 두꺼웠다.

"저 아빠 없는데요?"

"네가 아빠가 없긴 왜 없어? 여기 있잖아. 들어가서 이야기하자. 신희 오려면 멀었어? 언제 온다니?"

어머니 이름을 아무렇지 않게 부르는 것을 보니 정말 낯짝 한번 더럽게 두꺼웠다. 내가 신발을 벗고 집으로 들어가기도 전에 나보다 먼저 신발을 벗고 집으로 들어갔다.

"집안 꼴 봐라. 아주 잘 돌아간다."

부엌 찬장을 하나씩 열더니 라면 2봉지를 꺼냈다. 냄비에 물을 담고 가스 불 위에 올렸다. 물을 끓이는 아비란 인간의 한심한 모습을 어이없다는 눈으로 쳐다보던 나는 내 방으로 들어가서 가방을 내려두고 욕실로 들어가서 손을 씻었다. 그 모습을 욕실 밖에서 빼꼼거리며 쳐다보던 인간은 자신도 손을 씻겠다며 내 옆을 비집고 들어와서 비누칠을 시작했다.

식탁 위에 있던 내 일기장 위에 라면 냄비를 올렸다. 라면 받침으로 사용된 나의 일기장을 보자 정말 저 인간이 내 아버지란 사실에 치를 떨었다. 거짓이었으면 좋겠다고 생각했다.

때마침 들어온 어머니는 그 모습을 보고 놀란 기색이 분명했으나 크게 티를 내진 않았다. 대신 나를 혼냈다.

"선! 모르는 사람을 집에 들이면 어떡해!"

어머니는 나를 혼낼 때는 최선이라고 성을 붙이거나, 선이라고 한 글자로 강렬하게 말하곤 했다.

"저 아저씨가 엄마 이름 말하면서 자기가 내 아빠래."

어머니는 아비란 인간을 째려보았다. 그 눈빛에 입에 넣고 있던 면발을 그대로 뱉어내고 다급하게 말을 했다.

"선희야. 내 말 좀 들어봐."

"뭔 말?"

"그게 말이야. 어디서부터 어떻게 말을 해야 할지 모르겠는데…"

아비란 인간의 변명은 끝이 없었다. 듣고 있자니 기가 차고 더이상 들을 가치도 없어서 방으로 들어와 숙제를 했다. 그렇게 꽤 오랜 시간이 흘렀을까. 어머니는 나를 불렀다.

"선아."

밖으로 나가니 어머니는 일회용 카메라를 들고 있었다.

"아빠 옆에 서 봐. 그래도 명색이 아빤데 같이 찍은 사진 한장이라도 갖고 있어야지."

어머니의 말에 우리 두 사람은 어색하게 서서 사진을 찍었다.

한장이라도 갖고 있어야 한다고 말했던 어머니의 말과는 달리 한장 찍고 톱니바퀴를 돌리고 또 찍고를 반복했다. 일회용 카메라에 들어있는 24장의 필름을 모두 사용해 사진을 찍었다.

"아빠 가실 거야. 인사드려. 당신도 인사하고."

무슨 상황인가 싶었다. 태어나서 처음 본 아비란 인간은 또 떠날 생각이었다. 아비란 인간에 대해 아는 것도 없는 상황에서 또 이별이었다. 물론, 알고 싶지도 않았지만 말이다. 하지만 내 안에 꿈틀거리는 이상한 감정이 무언가 싶었다. 아직 8세의 어린 나에게 이 감정은 참으로 어려웠다.

"갈게. 선희야, 고맙다…."

떠나는 그의 손에는 현관 밖에서 만났을 때는 없었던 쇼핑백이 들려져 있었다. 그가 떠나고도 한참 동안 어머니는 현관문을 닫지 않았다.

어머니가 현상해온 사진은 가관이었다. 초점은 엉망이었고 빛도 반사되어 형태를 알 수 없게 찍힌 것이 잔뜩이었다. 그중에서 사진이라고 봐줄 만한 것은 고작 3장 정도에 불과했고, 얼굴까지 제대로 찍힌 것은 오직 1장뿐이었다.

나는 아직도 그 사진을 가지고 있다. 아버지가 그리워서가 절대 아니다. 그 사진을 어머니가 어떤 마음으로 찍었을지 생각하니 도저히 버릴 수가 없었다.

아버지를 만난 이후로 어머니는 더욱 바빴다. 아버지 손에 들려 보냈던 쇼핑백이 원인이었다. 어머니는 왜 아버지에게 돈을 주었을까. 아직도 모르겠다.

하지만 아버지가 만삭인 어머니를 버린 이후로도 이사를 가지 않은 것을 보면 조금은 알 것도 같았다. 어머니는 자기 아들을 위해 아버지를 만들어 주고 싶었을 지도 모른다. 돈을 쥐어주더라도 나에게 아버지와 찍은 사진 한장 정도는 주고 싶었을 지도 모른다.

그리고 우리는 얼마 지나지 않아 이사를 했다. 처음부터 없었던 그때처럼 나는 아버지를 지웠다. 나에게는 어머니뿐이다. 우리는 한강 이남인 강남으로 이사를 했다. 모로가도 강남으로 가야 한다며 어머니는 강남 고급 아파트에 입주 가정부로 일을 하기 시작했다. 어쩔 수 없이 나까지도 그 집에서 먹고 자게 되었다. 그 집에는 자식들이 모두 장성하여 출가하였고 노부부 둘만이 살고 있던 집이었다. 집주인 아주머니의 건강은 좋지 않았다. 그래서 집안일을 도맡아 줄 입주 가정부가 필요했다. 노부부의 인품은 좋았다. 우리에게 방 한칸을 내어주었으며, 우리를 사람 대접해주었다.

당연히 학교도 옮겼다. 전학하기 위해 집 주소란에 고급 아파트를 적으니 담임은 우리가 잘 사는 줄 알았던 모양이었다. 나에게 잘해주었다. 하지만 번번이 학부모 참관일에 어머니는 당연히 올 수 없었고, 그렇게 가정 방문을 핑계로 집에 오겠다는 담임의 고집으로 인해 내 처지가 알려지게 되었다. 그렇게 나는 외톨이가 되어갔다. 하지만 외롭지 않았다. 나에게는 누구보다도 근사한 어머니가 있었다. 하지만 내 눈에만 그렇게 보였던 것이 아니었다.

집주인 아주머니의 건강은 날이 갈수록 나빠졌고 결국 세상을 떠났다.

아주머니가 떠난 집에서 아저씨와 지내게 되었고 결국 일이 터졌다. 근사한 내 어머니를 아저씨가 마음에 두게 된 것이었다.

아저씨는 어머니보다 나이가 훨씬 더 많았다. 가끔 집으로 놀러오는 자식들만 봐도 어머니보다도 나이가 더 들어 보였으며, 손주라고 오는 아이들도 나보다 키도 한 뼘씩이나 더 컸다. 그런 아저씨가 어머니에게 치근덕거리기 시작했다. 아주머니가 세상을 떠나자 인품 좋았던 모습은 온데간데없이 본색이 드러나기 시작한 것이다. 심지어 나를 가지고 장사를 하기까지 했다. 자기와 같은 방을 쓰면 나의 새아버지가 되어주고 교육은 물론 원하는 것까지 다 해주겠다고 했다.

어머니는 그런 것에 현혹될 사람이 절대 아니었다. 이야기를 듣자마자 새로운 사람을 구하라고 말하던 어머니였다. 정말 근사한 어머니였다. 너무나도 근사했던 탓이었을까. 어머니의 기세를 꺾고자 하는 일이 벌어지고야 말았다.

시끄러운 소리가 들려 잠에서 깼다. 옆에 있어야 할 어머니가 없었다. 방문 틈으로 불빛이 새어 들어왔다. 밖에 누군가 있는 것 같았다. 어머니인가 싶어 문을 열고 방에서 나왔다.

속옷과 바지를 무릎까지 내린 채로 성기를 그대로 드러낸 채 바닥에 앉아서 자신의 머리를 매만지며 소리치는 아저씨의 모습이 보였다. 그리고 그 앞에는 깨진 접시 조각을 두 손으로 쥔 채 온몸을 부들부들 떨고 있는 어머니가 보였다. 접시 조각을 쥔 어머니의 손에서는 피가 흐르고 있었고 어머니의 옷은 이미 찢어진 상태였다. 무슨 상황인지 어린 나도 단번에 알 수 있었다.

"엄마…."

엄마에게 다가가려는 나를 보고 놀란 어머니는 당장 방으로 들어가라고 외쳤다. 바닥에 앉아 있던 아저씨는 자리에서 일어나더니 어머니를 보고 씩 웃었다. 그 모습에 두려워진 내 몸은 그대로 굳었는지 발은 좀처럼 쉽게 움직여지지 않았다. 하지만 내 어머니가 저기에 있다.

물속에 있는 기분이었다. 내 몸은 느리게 움직였고 눈앞은 선명하지 않았으며 귀로는 어머니의 목소리가 웅얼거림에 가깝게 들렸다.

"선아. 정신 차려."

어머니의 두 손이 내 뺨에 닿았다. 그 촉감이 얼마나 차갑고 끈적거렸는지 아직도 내 두 뺨에는 그 감촉이 남아있는 것만 같다.

"선아… 엄마가 그런 거야."

어머니는 내 눈을 똑바로 쳐다보며 말했다.

"저 사람은 엄마를 때렸고, 너를 때렸어…. 그래서 엄마가 그런 거야. 엄마가…."

어머니의 눈에는 눈물이 고였고, 이내 흘렀다.

8부

잿빛 하늘은 비를 품고 있다

"어떠냐? 마카오의 향기."

"졸라 더워."

"그렇지? 졸라 더우니까 다들 카지노에만 있는 거야. 에어컨 빵빵해, 있을 거 다 있어. 이 더위에 돌아다니는 게 병신인 나라가 바로 마카오다. 택시부터 타자."

"형님이 마중 나오신다고 하지 않았어?"

"그럴 필요 없다고 말씀드렸어. 오늘은 너랑 나랑 둘이서 돌아다니겠다고 했지. 걷기도 하고 택시도 타고. 호텔 서틀버스도 타면서."

"그럼 우리 어디 가?"

"어디긴. 당연히 카지노지."

공항을 빠져나오자마자 호객 행위를 하는 사람들로 북적였다.

중국인에게는 중국어로 말을 하고, 일본인에게는 일본어로 말을 하고, 서양인에게는 영어로 말을 걸었다. 저렇게 외국어에 유창한 사람들이 왜 여기에서 호객행위나 하고 있는 지 의문이었다. 그때 나에게 한국말로 명함을 건네면서 한 여자가 말을 걸어왔다.

"사장님. 저희가 방이랑 식사 다 준비해드려요."

여자가 건넨 명함에는 VIP 실장 미미라고 적혀 있었다.

"저희 게임 안해요. 관광 왔어요."

형은 바로 여자를 쳐냈다. 하지만 여자는 포기하지 않았다.

"프리룸에 샌딩까지 다 해드리는데?"

"저희 시드도 없어요. 에그타르트 먹으러 온 겁니다. 저기도 한국 손님 같은데?"

형이 가리킨 곳을 본 여자는 아무래도 우리에게는 빼먹을 게 없다고 판단했는지 바로 등을 돌렸다.

"저 여자는 뭐야?"

"뭐긴, 삐끼지. 우리 차례다. 택시 타자."

금칠이 가득한 호텔 앞에 도착했다. 39파타카(MOP)가 나왔는데 100달러(HKD)를 주고 내렸다. 호텔 안으로 들어갔다. 정킷방으로 가려나 했는데 내 예상과 달리 호화스러운 1층 카지노로 들어갔다. 가드에게 여권을 보여주고 입장을 하자, 눈이 돌아갈 것만 같았다. 강원랜드와는 전혀 다른 분위기였다.

"어때?"

"강원랜드랑 전혀 다르네."

"아니, 그런 거 말고."

"그럼 뭐?"

"네 안에서 지금 지랄나고 있는 네 감정이 어떠냐고."

형의 웃긴 질문에 웃으면서 형을 바라봤는데 형은 꽤 진지한 표정이었다.

"음… 두근거린다고 할까?"

"두근거리는 걸로 되겠냐? 따라 와."

성큼성큼 걸어가는 그를 따랐다. 그는 자연스럽게 테이블에 의자를 빼서 앉았다. 나에게도 앉으라고 고개를 까닥거렸다. 옆에 있는 의자를 빼서 앉았다. 다른 테이블에는 사람들이 북적거리는데 일부러 아무도 없이 딜러만이 있는 테이블을 골라 앉은 건지 우리 둘뿐이었다. 형은 딜러에게 가볍게 눈인사를 하고 테이블에 1,000HKD 지폐를 잔뜩 올렸다. 딜러는 돈뭉치를 살짝 반으로 접은 후 천장에 달린 CCTV에 잘 보이도록 한 장씩 테이블 위에 펼치면서 돈을 세었다. 형이 딜러에게 건넨 돈은 15,000HKD였다. 딜러는 칩을 테이블 위에서 세어 형에게 밀었고, 형에게 받은 돈을 딜러는 옆에 있던 가드에게 확인시키고 돈통에 넣었다.

"선아. 이 칩이 너는 뭐로 보여?"

칩을 바라보면서 나에게 말을 건넨 형은 내 대답을 기다리지 않았다.

"희망."

희망이라고 했다.

"희망을 품고 있어서? 일확천금을 따겠다는 그런 희망을 품은 돈이니까?"

내 질문에 형은 잠시 생각하더니 손에 칩을 쥔 채로 자리에서 일어났다.

"따라와."

이번에도 군말 없이 형을 따랐다. 카지노를 빙빙 돌던 형은 나에게 말했다.

"선아. 나는 오늘 딱 한 번의 베팅을 할 거야."

"왜?"

"선아. 너 주식 했었지?"

"어."

"너 왜 개미들이 돈을 잃는지 알아?"

형의 말을 더 들어보기로 했다.

"팔 때는 모르니까."

정곡을 찔렀다. 불과 얼마 전까지만 해도 나는 한 마리 개미에 불과했다.

"그러면 도박쟁이들이 돈을 왜 잃는지 알아?"

"일어날 때를 모르니까?"

"역시, 엘리트 새끼는 척하면 척이네. 내 골든 리트리버 새끼. 하나를 알려주면 두개를 처먹어요. 그러니까 도박하는 새끼들도 이 정도면 됐다 싶을 때 일어나야 해. 잃어서 멘징하겠다고 더 때려 붓잖아? 그러다가 패가망신에 이혼당하는 거야. 말하다 보니까 존나 내 이야기 같아져서 기분 나빠졌어. 아무튼 그렇다고."

갑자기 자기 이야기 같아져서 기분이 나빠졌다고는 했지만 형의 얼굴은 오히려 더 반짝거렸다. 도박을 사랑하는 사람만이 가질 수 있는 표정이었다. 지금 이 공간 안에 자신이 있다는 것에 대해 너무나도 행복하다는 뜻처럼 비춰졌다.

"아, 존나 삼천포로 빠졌는데. 하여튼, 선아. 너도 그렇지만 나도 그렇고. 도박 때문에 이혼당한 사람으로서 내가 그렇게 허덕이다가 이 판의 룰을 하나 알았지."

"그게 뭔데?"

"단 한 번의 승부."

"단 한 번의 승부?"

"어. 주위를 둘러봐. 수많은 테이블과 머신들이 가득하지? 카지노의 꽃이라고 하면 당연히 바카라지. 나는 블랙잭도 좋아하긴 하지만. 저 테이블 중에 유난히 빛이 나는 판이 있을 거야. 나에게 오라고 손짓하는 거지. 여기로 와, 여기로."

"뭔 개소리야?"

이번에는 웃으면서 말했다. 개소리를 진지하게 지껄이는 걸 보아하니 신나긴 신난 모양이었다.

"저기다!"

형은 갑자기 터벅터벅 걷기 시작했다. 얼마 떨어지지 않은 곳에 있는 바카라 테이블 앞에 선 형은 들고 있던 칩을 모조리 플레이어에 걸었다.

"형! 이게 뭐하는 짓이야? 미쳤어? 이걸 다 건다고?"

"빛이 났으니까."

"No more bet."

딜러는 이제 베팅을 할 수 없다고 말하고 패를 돌렸다. 형은 자신에게 온 패를 쪼았다. 그리고는 씩 웃더니 딜러에게 내밀었다.

4와 5. 합이 9.

딜러 앞에 있는 패는 J와 3.

Natural로 플레이어의 승리다.

"거봐. 빛이 나는 판이 있다니까. 오늘로써 내 첫판 승률은 여전히 100%를 유지하고 있다. 첫판에서 걸면 잃어본 적이 없다니까."

형은 신나게 웃으며 자신이 딴 칩을 나에게 건넸다.

"자, 팁. 이걸로 놀아. 난 호텔 올라가서 쉴란다. 잃으면서 배우는 게 도박이다. 따겠다고 마음먹으면 다 꼴아박게 되어 있으니까. 그저 손이 가는 대로 베팅해. 네 마음이 가는 곳에 베팅하지 말고. 마음이 가는 곳에 베팅하면 그것만큼 피곤한 것도 없다. 그럼 난 올라간다."

형은 모든 칩을 나에게 건네고 카지노를 떠났다.

그저 손이 가는 대로 베팅해. 네 마음이 가는 곳에 베팅하지 말고.

진수혁이라는 사람이 나에게 한 이 말을 가슴에 새겼어야 했다. 그러지 못한 걸 나는 지금도 후회한다.

호텔 방에 올라오니 형은 이미 대자로 뻗어서 자고 있었다. 깨울까 했지만, 그냥 두기로 했다. 다른 방에 들어가서 누웠다. 씻지 않고 자려고 했는데 손에 가득한 칩 냄새가 불쾌해서 욕실로 들어갔다.

나에게는 생각하는 시간이 있다. 샤워하는 시간, 운전하는 시간. 나는 이 생각하는 시간이 너무나 소중해 샤워를 굉장히 오래 하기도 하고,

운전할 때도 차가 엄청 막혀도 괜찮았다. 그저 나에게 생각하는 시간이 조금 더 주어졌다고 생각하면 오히려 감사하기까지 했다. 이번에도 마찬가지였다. 물줄기를 틀어놓고 멍하니 있었다. 이번에는 형과 같이 왔지만 다음에는 나 혼자서 와야 한다. 타지에서 살아본 적은 있지만 타국에서 살아본 적은 없었다. 그것도 정상적인 일이 아닌 불법 원정 도박을 위해서 말이다. 분명히 뜨거운 물이 내 몸을 가득 적시고 있지만 이상하게 한기가 느껴지는 기분이 들었다. 과연, 이게 좋은 것일까 생각했다. 생각이 점차 커져갔지만 이제 더 이상 걱정하지 않기로 했다. 나와 10m도 떨어지지 않은 곳에 마음 놓고 대자로 누워 자고 있는 형이 있기 때문이었다. 형은 어느새 나에게 그런 존재가 되어 있었다.

"이거 다 딴 거야?"

씻고 나오자 형은 내가 딴 돈을 흔들며 물었다.

"형이 준 칩에 2배 좀 안 되게 만든 듯?"

"역시 선무당이 사람 잡는다니까. 나가자! 우리 선이가 번 돈으로 오지게 마셔보자."

"자던 거 아니었어?"

"아까는 잤고 지금은 일어났고. 그러면 뭐? 당연히 나가야지. 빨리 옷 입어!"

"머리도 말려야 해."

"여기 더워서 나가는 순간 자연 건조야. 수건으로 대충 털고 옷 입어. 뭐 먹지? 너 뭐 먹고 싶은 거 있어?"

"여기 뭐가 유명해?"

"에그타르트."

테라스에 앉아서 마시는 맥주는 환상적이었다. 맥주 거품이 입술에 닿는 그 느낌은 여자의 살결만큼 부드러웠다, 특히 더운 기운이 가득한 곳에서 머리카락을 흩날리게 할 정도의 바람이 부는 테라스에서 마시는 맥주는 고급 위스키를 뺨쳤다. 별다른 대화 없이 지나가는 사람들을 바라보면서 마시다 보니 어느새 잔은 금세 비어 있었다. 두 잔을 더 시키고 감자튀김을 씹어 먹으며 형에게 물었다.

"형은 형덕 형님을 어떻게 알게 된 거야? 토토와 정킷은 다르잖아."

"내가 말 안했던가?"

"어."

"내가 처음에 만난 건 형님이 아니었어. 주정애라는 사람이었지."

*

이날은 이상하게 거는 족족 반대였다. 이대로 베팅했다가는 금방 다 털릴 것 같아서 머리나 식힐 겸 다이사이 테이블로 옮겼다. 다이사이는 테이블의 수가 얼마 되지 않다 보니 주위에 많은 사람으로 둘러싸여 있었다. 현재 결과를 보니 대대소소대대대였다. 마지막 결과에 따라 대에 걸었다. 한참이 지나도 딜러는 'No more bet.'을 말하지 않았다. 사람들의 칩은 계속해서 쌓였고 드디어 기다리던 말이 들렸다.

"No more bet."

금색 뚜껑으로 가려진 주사위에서 툭툭툭 소리가 났다. 주사위가 멈추자 딜러는 뚜껑을 열었다.

1, 3, 4. 합이 8. 소.

순식간에 10만 원이 녹았다. 현재 대소소대대대대소. 이번에는 소에 걸었다. 주사위가 돌아갔고 이번에는 대였다. 현재 소소대대대소대. 대에 걸었다. 결과는 소였다. 현재 소대대대대소대소.

"퐁당퐁당이네."

순식간에 녹은 30만 원에 한탄 섞인 말을 읊조렸다. 내 옆에 있던 50대 여자가 내 이야기를 들었는지 옆구리를 쿡 찌르며 말했다.

"퐁당퐁당이면 퐁당퐁당을 따라가야지. 왜 줄을 잡아, 이 사람아!"

"퐁당퐁당 확률이 얼마나 된다고 따라가요?"

"뭘 확률이 얼마나 돼? 뭐든지 반반이시. 뭐든 인생에 확률은 만만이야. 대에 걸어. 이번에는 대니까."

여자는 자신이 들고 있던 10만 원짜리 검은색 칩을 대에 걸었다. 그리고는 14에도 칩을 걸었다.

"뭐해? 나 따라서 걸라니까."

"나 이런 거 누구 따라가고 하는 그런 사람 아닌데…."

"누가 날 믿고 오래? 내가 따는 돈을 믿고 오란 거지. 나 오늘 여기 200 들고 왔는데 이것 봐라. 블랙 칩만 100개도 더 넘는 것 같지 않아?"

여자는 자신의 가방을 열어서 보여주었다.

"그럼 누님만 믿고 갑니다."

"그려. 돈 잃으면 내가 곰탕 사줄게."

대에 걸었다. 주사위는 톡톡톡 굴렀고 이내 딜러가 뚜껑을 열었다.

주사위의 숫자는 3, 5, 6. 합이 14. 땄다. 이번에는 옆구리가 아닌 내 등을 쳤다.

"어때? 내 실력. 나 따라서 14에도 걸지 그랬어!"

여자는 대에 베팅한 10만 원을 20만 원으로 만들었고, 14에 베팅한 10만 원을 120만 원으로 만들었다. 순식간에 20만 원을 140만 원으로 만든 것이었다.

"누님, 오늘 성적이 좋으시네요?"

"내가 어제 꿈을 기가 막히게 꿨거든."

"꿈이요?"

"그건 이따가 이야기하고 우선 걸자. 퐁당퐁당 부러질 때까지 가보자. 이번에는 소에 걸어."

소에 걸었다.

"진짜 곰탕으로 괜찮겠어요?"

"우리 같은 사람들은 속이 든든해야 해. 그러려면 곰탕이 최고야. 잘 먹을게, 동생."

그렇게 2시간 정도를 함께 했다. 걱정하지 말고 본인만 따라오라고 큰소리치길래 못 이기는 척하고 다 따라갔다. 100%의 승률은 아니었지만 80%에 가까운 승률을 자랑했다. 어느새 정애의 가방은 지퍼가 잠기지 않을 정도로 칩이 가득했다. 결국 중간에 정산하고 ATM 기계를 이용해서 입금했다. 그리고 다시 게임을 시작했다. 정애의 베팅을 따라가다 보니 어느새 두둑하게 칩을 챙길 수 있었다.

게임을 하다 보면 배고픔을 잊는다. 배고프다는 자각이 오더라도 밥 먹는 시간도 아까워서 배고픔을 참아낸다. 그렇게 배고픔을 참다가 먹고 죽은 귀신 때깔도 좋다며 밥이나 먹자는 정애의 제안에 응해서 이렇게 곰탕을 먹고 있는 것이었다.

"그럼 수혁이 너는 이거 먹고 서울로 갈 거야?"

"사우나가서 한숨 자고 갈까 했는데 서울에 급한 일이 있어서 올라가려고요. 누님은요?"

"나는 온 김에 좀 더 하고 가려고. 직원들한테 친정에 일 있다고 하고 온 거라 여유도 좀 있고. 아, 나는 금융 쪽에 있어. 파이낸스."

"어쩐지. 금붙이가 가득하길래 큰손이라고는 생각했는데 역시 내가 보는 눈이 정확하다니까."

"큰손은 무슨. 쥐꼬리 정도는 되려나 싶네?"

정애는 호탕하게 웃었다.

"그러는 너는 뭐하는 놈이야? 서로 이름도 깐 마당에 함 읊어봐라."

"그냥 뭐 작게 학원 해요."

"학원? 무슨 학원?"

"보습학원이요. 누님 애 있어요? 애 있으면 보내요."

"애는 무슨. 내 새끼가 다 커서 그 새끼가 또 새끼를 낳은 판국에."

"정말요? 나는 우리 누님 하도 어려 보여서 아까 112에 신고할까 했잖아. 강원랜드에 미성년자 있다고."

"아이고, 입도 잘 터네. 곰탕 먹으니까 소주도 좀 먹고 싶은데, 너는 운전해야 하지?"

"소주? 내가 소주 좋아하는 건 또 어떻게 알았대?"

"너 서울 가야 한다며."

"이거 고민이 좀 되는데… 몰라, 그냥 먹고 생각할랍니다."

"이거 아주 성격이 시원시원하니 마음에 드네. 여기 소주 히야시 지대로 들어간 걸로 2병 줘요."

직원이 병 바깥에 살얼음이 낀 소주 2병을 가지고 왔다.

"따라봐라. 오랜만에 총각이 따라주는 술 좀 마셔보게."

"에헤이, 그러면 나 따르면 안 되는데? 나 애도 있어."

"참말로? 자지는 또 실한가 보네? 애도 있고."

"실해야만 애 낳아? 그냥 작동만 하면 애 낳는 거지."

"작동만 하면 쓰냐! 실해야지 너도 좋고 나도 좋은 거지."

"나랑 떡 칠 것도 아니면서 그런 이야기 하면 나 자꾸 설레니까 내 자지에 관심은 이제 그만 꺼주시고 애 딸린 이혼남이 한잔 따라드리겠습니다."

"이혼까지 했어? 수혁이 사연도 재미가 좀 있겠는데? 우리 길게 마시자. 길게."

"좋습니다. 건배!"

"간베이!"

*

"어때? 생각했던 것과는 많이 다르지? 돈놀이가 예전에 그 돈놀이가 아니야. 우리도 이렇게 영리사업으로 키워나가고 있잖아."

정애의 말은 사실이었다. 요즘 대부업체는 예전과 전혀 달랐다. 번듯한 사무실을 가지고 있으며 다양한 대출 상품을 판매한다. 정애는 p2p 대부업체를 운영하고 있었다. 거기다가 아트 펀딩까지 함께해서 겉으로 보기에는 그저 평범한 투자 회사의 오너일 뿐이었다.

정애는 투명한 유리 다기에 찻잎을 넣고 우리기 시작했다.

"도박쟁이들 사이에서 곰탕 먹다가 이렇게 사무실에서 보니 또 다르네. 자, 여기 내 명함. 형식적이긴 하지만 그래도 사무실에서 일 때문에 만났는데 명함 한장 정도는 줘야지."

하이영투게더 대표 주정애.

"안길백차라고 이게 이름은 백차지만 사실은 녹차야. 그런데 신기하게도 온도가 떨어지면 엽록소가 옅어지면서 흰빛을 띠어. 그래서 백차라고 불린다니까. 그래서 그런지 녹차의 떫은맛은 전혀 없고 굉장히 부드럽고 순해. 내 빨통마냥. 마셔봐."

정애의 거침없는 입담은 여전했다. 안길백차를 마셨다. 화려하지는 않지만 부드러움이 느껴지는 맛이었다.

"어때? 차 맛이 마음에 들어?

"좋네요. 부드럽고."

정애의 거칠고 거리낌없는 입담은 여전했으나, 강원랜드에서 만났던 모습과는 전혀 다른 옷차림이었다. 몸에 딱 붙어 몸매를 여실히 드러내는 원피스를 입고 있었다. 종아리 중간까지 내려오는 길이의 원피스였는데 옆트임이 길게 나있어서 다리와 허벅지가 그대로 보였다. 정애는 손질된 시가를 돌려가며 불을 붙였다.

"본론으로 들어가자. 돈 빌리고 싶다고?"

"네. 누님."

"내 돈은 쉬운데 어려워. 그래도 괜찮겠어?"

"압니다. 빌리는 건 쉬운데 갚는 건 어렵다는 것쯤은 저도 압니다."

"아는 친구가 이렇게까지 말하는 걸 보면 사연이 궁금하단 말이지. 원래 나는 돈 빌려주면서 구질구질한 사연 듣는 거 딱 질색인데 이상하게 수혁이 네 이야기는 궁금해지네?"

"딱히 대단한 건 아니에요. 그냥 강에서 노는 거 그만하고 바다로 나가고 싶은 것뿐이죠. 강에 있다 보니 제 속에 있던 염분이 자꾸만 빠져나가는 것 같아서요. 어쭙잖게 되는 것보다 무서운 게 없잖아요."

"음… 바다에서 놀고 싶다라. 이왕 바다로 나갈 거면 드넓은 태평양이 좋겠지? 그렇다면 나같은 이름뿐인 선장 말고 너한테 진짜로 필요한 선주를 소개해주지."

"그럼 저야 좋죠."

차를 마시려고 고개를 숙였다. 찻잔 안에는 나의 비열한 미소가 띄워져 있었다.

홍콩에서의 하루를 보내고 페리를 타고 마카오로 넘어갔다. 마카오로 넘어오자 정애가 말한 인물이 우리를 마중 나와 있었다.

"이게 누구야, 우리 주 대표님!"

몸에 꼭 맞도록 재단이 잘 된 명품 정장을 입은 남자는 웃으면서 정애와 포옹했다. 가벼운 포옹 후에 정애는 나에게 남자를 소개해주었다.

"이쪽은 나랑 같은 절 다니는 우리 김형덕 전무님. 그리고 이쪽은 내 동생, 진수혁."

*

"그렇게 만났어."

"그랬구나. 나는 둘이 좀 더 끈끈한 그런 게 있다고 생각했는데 의외로 소개받은 인연이었네?"

선의 말을 듣자 왜 그렇게 생각하는지가 궁금해졌다.

"왜 그렇게 생각했어?"

"뭐?"

"더 끈끈한 뭔가가 있었을 거라고 생각했다며?"

"아, 형덕 형님이 나에게 그러셨거든. 본인은 누구도 믿지 않는다고. 오직 이것만을 믿는다며."

선은 자신의 심장을 손가락으로 가리키며 말했다.

"그 형님은 오직 이 바닥에서 믿을 건 자신뿐이라고 생각하시지. 그래서 아직도 그렇게 품에 칼을 차고 다니시는 건가…. 사업가라는 양반이 위험하게시리."

선은 자신의 심장을 가리키며 말했지만 형덕이 그 안에 품은 칼을 믿는다는 것쯤은 이미 알고 있었을 것이다. 그게 내가 형덕에게 오히려 쉽게 다가갈 수 있는 방법이 됐었다. 누구도 믿지 않는 사람이 누군가를 믿게 만드는 방법은 어찌 보면 참 쉽다. 수많은 의심을 거둘만한 한 가지 확실함을 보여주면 된다. 그럼 그 수많았던 의심은 한순간에 모두

기품처럼 사라지고 만다. 그것이 내가 주성애를 통해 김형덕에 다가간 이유였다.

*

마카오의 공항은 굉장히 작았다. 입국신고서도 쓰지 않았다. 이렇게 쉽게 입국을 할 수 있음에도 사람들은 홍콩을 경유해서 마카오에 입국하는 일이 빈번했다. 정확하게 말하면 정킷방의 고객들은 90% 이상이 홍콩을 경유해서 입국했다. 그리고 페리를 타거나 정킷방에서 준비한 헬기를 타고 마카오로 들어왔다.

하지만 나는 그러지 않았다. 홍콩을 경유하지 않고 그대로 마카오행 비행기에 몸을 실었다. 이유는 간단했다. 나와 정킷방을 연결할 수 있는 어떠한 것도 없었기 때문이었다. 그야말로 깨끗해서 가능한 일이었다.

마카오에 도착하니 형덕 형님과 안 실장이 기다리고 있었다.

"여기까지 안 오셔도 되는데…. 제가 호텔로 바로 가려고 했는데요."

"갈 데가 있어서. 타라."

형님은 나에게 오느라 수고했다는 말 한마디 없이 그저 갈 데가 있어서 데리러 왔다는 이야기를 건넨 채 차에 올라탔다. 나 역시 그런 형님을 따라서 차에 탔다.

우리가 차를 타고 도착한 곳은 호텔 맞은편 바다 앞에 있는 공사장이었다. 천막으로 주위가 둘러싸여 있는 곳으로 들어가니 화물용 컨테이너 3개가 있었다. 우리 뒤를 따라 걷던 안 실장은 컨테이너가 보이자 걸음을 재촉하더니 우리보다 앞서 걸어 한 컨테이너 앞에 멈추어

섰다. 컨테이너는 볼트 씰로 잠금되어 있었다. 강철 볼트와 플라스틱으로 코팅 처리된 강철 잠금 부분으로 굉장히 높은 보안성을 가진 잠금장치였다. 안 실장은 씰을 봉인 해제하고 컨테이너의 문을 열었다. 문이 열리자 안을 바라보았다.

컨테이너 안에는 검은 방수포가 깔려 있었고 그 위에는 의자가 있었다. 그리고 청테이프로 입이 가려져 있는 상태로 한 남자가 결박된 채 의자에 앉혀져 있었다. 정우가 떠올랐다. 낮이었지만, 그 안은 어두웠다. 철로 막힌 그 공간에는 피 냄새인지 철 냄새인지 헷갈릴 정도로 메스꺼운 냄새가 지독했다. 손으로 코를 막았지만 손을 비집고 코를 타고 들어오는 역겨운 냄새가 기도는 물론 식도에까지 가득차는 것 같았다. 장기 속에 음식물 쓰레기를 가득 채운 기분이었다.

천막으로 둘러싸인 공사장. 그리고 그 안에 덩그러니 놓인 3개의 컨테이너. 나머지 2개에도 사람이 들어있을까 싶었다. 컨테이너 안에는 불빛 하나 없었지만 중천에 떠 있는 태양이 안을 밝혀 주고 있었다.

내 옆에 서 있던 형님이 남자를 손가락으로 가리키며 말했다.

"네 전임자."

형님은 안 실장에게 자리를 비켜달라고 했다. 안 실장은 밖으로 나갔다. 문은 열어둔 상태였다. 인부 하나 없는 넓은 공사장이었다. 더구나 입에는 청테이프가 붙어 있었기에 그 사이로 새어 나오는 울부짖음에 누구 하나 답할 이가 없었다. 이 공간에는 오직 김형덕과 안태석, 그리고 이 이름 모를 남자와 나. 이렇게 넷만 있을 뿐이었다. 태양은 뜨거웠다. 하지만 목덜미를 타고 흐르는 땀줄기가 뜨거운 태양에 의한 것인지, 두려움에 의한 것인지는 전혀 헷갈리지 않았다.

형님은 신원 미상의 남자의 옆에 서더니 검지로 눈꺼풀을 긁었다. 그리고 행커치프 주머니에 걸려 있던 안경을 쓰면서 말했다.

"사업이라는 게 참 어려워."

말을 하면서 형님의 손은 계속해서 움직이고 있었다. 품 안에서 칼을 꺼내더니 칼등으로 남자의 뺨을 가볍게 툭툭 쳤다. 두려움을 느낀 남자는 온몸을 흔들었다. 하지만 결박되어 있었기에 옆으로 흔들리기만 할 뿐이었다.

"선아. 여기서 퀴즈 하나. 이 친구에게는 무슨 일이 있었길래 네 전임자임에도 인수인계도 하지 못한 채 왜 이러고 있을까?"

떨리는 손을 감추기 위해 뒷짐을 진 채 손을 맞잡았다. 이 뜨거운 날과 달리 내 손은 얼음장처럼 차가웠다.

"이 친구가 장난질을 했어. 이 녀석 이름이 육오일이야. 오일. 타고난 명이 짧아서 오래 살려면 이름에 숫자하고 이응이 많이 들어가야 한다고 해서 오일이라고 지으셨단다. 부모님께서. 아주 의미가 있는 이름이야. 그렇지?"

오일이라는 남자를 쳐다보며 미소짓는 그는 인간이 아닌 피에 굶주린 한 마리 맹수와 같았다.

"우리 해영 식구 중에 그래도 쓸만한 놈이다 싶어서 앉혀 놨더니…. 이 새끼가 글쎄… 쪽팔려서 말하기도 그렇네. 우리 식구 중에 이런 새끼가 있었다는 게 수치스럽다. 이 새끼가 슈킹을 했어. 감히 내 돈을! 다른 새끼들 돈은 다 처먹어도 되지만 내 돈은 아니지."

말이 끝나기 무섭게 남자에게 칼을 꽂았다. 가벼운 신음을 한번 내뱉으면서 꽂은 칼을 순식간에 몸속을 파고들었다. 칼질이라는 게 영화에 나오는 것처럼 쉽지 않다고 들었다. 이유는 뼈다. 칼날이 뼈에 의해서 깊숙하게 들어가지 않는다고 들었는데 형덕의 칼질에는 전혀 어려움이 없어 보였다. 인체에 대해 잘 아는 듯한 칼질이었다. 레스토랑에서 마주했던 그의 도축 장면이 떠올랐다.

그의 칼질은 아름다운 춤처럼 느껴졌다. 안경에는 피가 튀겨 있었고, 명품 정장도 점차 피로 물들어가기 시작했다. 하지만 그런 것에 전혀 아랑곳하지 않았다. 칼끝이 조금도 무뎌지지 않았다. 어느새 오일은 미동 하나 없이 축 처졌다. 칼질을 멈추고 형덕은 오일의 맥박을 체크했다. 그리고 안경에 튀긴 피를 손수건으로 닦았다. 깨끗하게 닦인 안경을 다시 행커치프 주머니에 한쪽 안경다리를 걸친 채 꽂아 넣었다.

그리고 의미심장하게 웃으며 나에게 다가왔다.

"선아. 이제 네 배짱을 볼 때가 된 것 같구나. 그냥 고깃덩어리야. 이미 죽었어. 스테이크 썬다고 생각해."

그는 나에게 칼을 건네며 말을 이었다.

"내 칼을 두 번 다시 무안하게 하지 말랬다."

그는 내 어깨를 툭 치더니 나를 시험하겠다는 듯이 멀찍이 떨어졌다. 갑자기 형이 생각났다. 무슨 일이 있으면 언제든지 전화하라고 했던 형이 생각났다. 하지만 지금 이곳에는 형이 없다. 여기는 한국이 아니다. 마카오다. 뜨거운 태양 아래 피 냄새가 진동하는 이 공간에는 김형덕, 안태석, 그리고 나. 오직 셋뿐이다. 방금 죽은 시체 한 구와 함께.

필사즉생필생즉사(必死則生必生則死).

죽기로 싸우면 반드시 살고, 살고자 비겁하면 반드시 죽는다. 지금 이 상황에서 내 머릿속에 떠오른 말이었다. 나는 살기로 결정했다. 그러기 위해서는 싸워야만 했다. 아니, 시체에 칼을 꽂아야만 했다. 그게 지금 내가 유일하게 살 수 있는 방법이었다. 현실을 직시했지만, 내 몸은 여전히 굳어 있는 상태였다.

'이미 죽었어. 이미 죽었다. 저건 고기다. 고기일 뿐이다.'

머릿속으로만 외워봤자 별 느낌이 없어 작게 중얼거리기 시작했다.

"이건 고기다. 그저 고기를 찌르는 것뿐이다. 시체… 아니 고기다. 이미 도축된 고기다. 고기다. 고기다. 고기다…."

내 입을 통해 내뱉은 말은 다시 내 귀를 통해 들려왔다. 그렇게 난 스스로를 세뇌시키고자 했다. 그리고 결국 내가 살기 위해 칼을 꽂았다. 살가죽을 뚫는 느낌이 칼날을 통해 내 손에 전달되었다. 그 느낌을 받자마자 내가 되뇌이던 말은 조금도 쓸모가 없게 느껴졌다. 이건 사람이다. 아니, 사람이었다. 소든 돼지든 쑤셔 본 적이 없던 나였지만 분명히 알 수 있었다. 이 느낌과 전혀 다를 것이란 걸 나는 알 수 있었다. 하지만 이미 내 손은 이 느낌을 알았고, 내 심장의 혀는 끔찍하게도 칼질의 맛을 보고야 말았다.

"이제 환치기는 네 자리다."

한 시간이 넘도록 샤워기에 물을 틀어놓고 그 아래에 서 있었다. 욕조에 물을 받아 들어갈까도 생각했지만 고여있는 물이 싫었다. 흘려보내고 싶었다. 물과 시간에 흘려보내기 위해 한참을 서 있다가 그대로 주저앉았다. 고급 호텔이어서 욕실 바닥 전체가 대리석이었다. 폭포수처럼 떨어지는 물줄기가 대리석 위를 굴렀다. 조명 덕에 반짝거리기까지 한 욕실 바닥이 내 처지보다도 좋아 보였다.

예전의 나라면 아내가 사놓은 샴푸로 머리를 감고 아내 몰래 아내의 클렌징폼으로 세수를 했을 것이다. 하지만 지금 흐르고 있는 물줄기에 내가 기억하던 예전의 나까지도 지워지는 것 같은 기분이 들었다.

어느 날부터 호텔 욕실 안에 있는 어메니티 브랜드를 한눈에 알아보는 내가 되어 있었다. 아직 이 세계에 들어왔다는 표현이 맞을지는 모르겠지만 예전의 내 삶과는 전혀 다르다는 것은 확실할 수 있었다. 어메니티의 브랜드는 몰튼 브라운이었다. 바디워시를 듬뿍 짜서 몸에 문질렀다. 짙은 생강 향이 몸을 감쌌다. 거품을 내고 그 거품을 씻어내었다. 거품이 흐르는 대리석은 여전히 반짝거리고 있었다. 그런데 이상하게도 평소에는 쓰지도 않았던 오이 비누가 그리워졌다.

9부

지옥에도 해는 뜬다

몇 번의 보름달이 뜨고 졌다. 사람은 변하지 않는다는 이야기가 있다. 사람은 고쳐 쓰는 것이 절대 아니라고. 그런데도 사람들은 왜 사람이 변할 것이란 기대를 하고 있냐는 것이다. 흥미롭다. 나라면 이 사람을 바꿀 수 있다는 기적을 행할 수 있다는 착각을 하기 때문이다. 어쩌면 착각은 망각보다 더 위험할 지도 모른다.

이렇게 말은 했지만 나 역시도 사람은 변한다고 믿는다. 단 조건이 있다. 죽었다가 다시 살아났거나, 죽을만한 무슨 일이 있었던가. 나에게는 후자였지만, 전자라고 생각해도 무관할 것 같았다. 나는 분명히 변했다.

"10분 후 고객님 들어가십니다. 30장 예상합니다."

무전이 울렸다. 여러 명의 직원을 두고 있지만 큰 건에 대해서는 직접 움직였다.

"오케이."

무전으로 대답을 하고 금고를 열었다. 호텔 방안에는 금고가 5개나 있었다. 미화, 홍콩달러, 원화, 정킷방에서 사용하는 해영과 전용 칩, 그리고 문서가 들어있는 금고였다. 각각 따로 보관하기에 5개의 금고가 있다. 비어 있는 007 가방을 채우기 시작했다.

고객이 오기까지 10분. 긴 시간이 절대 아니다. 칩을 채우고, 한번 더 확인을 한다. 실수가 용납되지 않는 곳이다. 두 눈으로 보았고 두 눈으로 느꼈다.

무전기를 챙겨서 방을 나섰다. 엘리베이터를 타려고 버튼을 누르려는데 내 손보다 작은 손이 버튼을 먼저 눌렀다. 붉은 머리에 파란 눈동자를 한 여자아이였다. 아이는 내가 들고 있는 가방을 손가락으로 툭 건드렸다. 옆에 서 있는 부모가 그러지 말라고 아이를 말리기에 괜찮다고 말했다. 아이는 나에게 물었다.

"What is this?"

"James Bond's Bag."

"What's in there?"

"Hope."

"Hope? Show me!"

아이와 농담을 하는 동안 엘리베이터가 도착했다. 아이와 부모에게 먼저 탑승하라고 손짓했다. 그들은 로비층을 눌렀고, 나는 3층 아래 버튼을 눌렀다. 고작 3층 아래였기에 엘리베이터는 금방 도착했다.

"Have a nice day."

교과서적인 말을 건네고 엘리베이터에서 내렸다. 문이 닫히려는 순간 뒤돌아서 아이에게 말했다.

"Hope is a lie. It's just hell."

"이 서류에 작성해주시면 됩니다."

고객은 서류를 받아서 작성을 시작했다. 직업란에 잠시 멈칫하더니 학생이라고 적고 있었다.

"그냥 편안하게 작성하시면 됩니다."

"네."

내 말에 뜻을 이해했는지 학생이라고 적었던 것을 LPGA 선수라고 수정했다.

"송금 확인되는 즉시 수수료 제하고 지급해 드리도록 하겠습니다."

"네."

계좌번호가 적힌 쪽지를 건넸다. 우리에게는 수백 개의 대포 통장이 있다. 가상계좌처럼 그때그때 고객들에게 다른 계좌번호를 알려준다. 조금의 실수도 허용하지 않기 위함이었다. 이체된 것이 확인되자 방 안에 있는 또 다른 방으로 안내했다. 그 방안에는 등받이가 없는 원형 의자가 놓여 있다. 고객에게 의자에 앉으라고 안내했다. 의자에 앉은 고객은 뻘쭘하다는 듯 입술을 포갰다.

"편하게 읽으시면 됩니다. 카메라는 보서도 되고 안 보서도 되고. 서류에 작성된 내용만 읽어주시면 되니까. 그럼 녹화 시작하겠습니다."

고객은 기어들어갈 것 같은 작은 목소리로 적힌 내용을 읽기 시작했다.

"이름 유인정. 직업 LPGA선수. 주민등록번호 840712-2⋯."

"오케이. 됐습니다. 유 선수님, 실물도 좋은데 화면빨은 더 좋으시다. 나중에 은퇴하시고 배우 하셔도 되겠어요."

녹화가 제대로 됐는지 확인을 한 후 007 가방을 건넸다.

"비밀번호는 현재 지내고 계신 객실 번호입니다. 지금 여기에서 칩확인하셔도 됩니다."

고객은 객실 번호를 입력해서 가방을 열었다. 칩은 금액별로 나뉘어져 있어 계산하기 편했다. 칩의 개수를 모두 확인한 고객은 가방을 닫았다.

"즐거운 시간 보내시고 이 칩으로 꼭 성공 베팅하십시오. 그래서 제쪽에서 입금해드리는 걸로 다시 뵙도록 하죠. 물론 수수료는 제하고. 그럼 건승하시기 바랍니다."

고개 숙여 인사하고 문을 닫았다.

"안 잤어?"

전화를 한 사람은 나지만 벨이 몇 번 울리지도 않았는데 바로 받아서 놀랐다.

"우리 같은 인간들에게 밤낮이 따로 있냐? 24시간 풀대기지."

"지금 메일 보냈어. 확인해봐."

"너도 진짜⋯. 이렇게 건 바이 건으로 안해도 된다니까. 그냥 시간 정해서 하루치 보내고 그래. 매번 귀찮잖아."

"안 귀찮아. 그리고 30장 넘는 큰 건만 바로바로 진행하는 거야.

잔잔바리는 형이 그렇게 말하지 않아도 한번에 하고 있잖아."

"그랬어요? 내 엘리트 새끼. 리트리버 새끼."

"형… 고마워."

"아씨, 갑자기 왜 그래? 징그럽게."

"그냥 고마워서…."

"갑자기 너 왜 그래? 너 혹시… 고수 먹었어? 내가 그거 외우랬지! 쩌우… 뭐였지? 나도 알콜성 치매 오나 보다. 요즘 기억력이 전 같지 않아, 아주 좆같아."

"내가 부모빽이 있어, 뭐가 있어. 나 이렇게 사람 덕보면서 사는 거 형이 처음이자 유일해. 그냥 갑자기 이 말이 하고 싶었어. 고맙다고."

"아씨, 진짜 징그럽다. 무서워서 더 통화 못하겠으니까 끊는다."

수화기 너머로 다정한 웃음소리가 들렸다. 말은 저렇지만 속으로는 좋으면서 하는 말이라는 것쯤은 알 수 있었다.

"하여간 형도 참. 그럼 끊을게, 잘자."

"선아. 무리하지 마라. 무슨 일 있으면 바로 전화하고. 당장 갈 테니까. 알았지?"

"알겠어. 잘자."

"그래, 잘자라. 끊는다."

전화를 끊은 후에도 여전히 내 입가에는 미소가 번지고 있었다.

10부

진짜와 가짜의 괴리는 크지도 작지도 않다

"지금 팀장님 지랄 나셨는데?"

재한은 귀에서 휴대폰을 멀리 떨어뜨리고 나에게만 들리게 말했다.

"팀장님한테 지랄이 뭐야, 지랄이. 아, 시발. 바꿔줘."

"선배는 지금 시발이라고 하면서…. 전화 받으세요."

넘치는 스트레스에 머리를 손가락으로 헝클어뜨리고 두 손으로 뺨을 착착 때리고는 전화를 받았다.

"진도훈!"

수화기 너머로 들려오는 고함에 이미 익숙해진지 오래였다. 그의 흥분을 가라앉히는 것에 익숙해진 것도 마찬가지로 오래였다.

"팀장님, 이제 시작입니다."

"맨날 그놈의 시작 소리."

오늘은 평소보다 구박이 더 길어질 것만 같은 예감이 들어 어쩔 수 없이 그 말을 내뱉기로 했다.

"상엽이 빚 갚아야죠."

"하…."

예상된 반응이었다. 내 말에 구 팀장은 바로 한숨을 내뱉었다. 그러라고 한 말이니 성공이었다.

"너 이새끼… 또 영민이 이야기 꺼내는 거 봐라. 지 위급할 때만 그렇게 영민이를 팔아대지?"

"그러니까 팀장님 걱정하지 마세요."

"걱정? 너 같으면 걱정이 안되겠냐? 벌써 2년이다, 2년! 영민이가 그렇게 실종된 지 벌써 2년이나 지났다고. 그러는 너는 벌써 3년이나 토쟁이로 살고 있고. 그리고 너 그건 기억이나 하니? 네 와이프는 이유도 모른 채 너한테 위장 이혼당한 거. 아냐고!"

이 양반도 본인 위급할 때는 꼭 그렇게 내 가족을 팔았다. 도긴개긴이다.

"도훈아. 그러니까 음지에서 그만 나와라. 내가 불안해서 그래. 불안해서…."

"어쩔 수 없죠. 제가 선택한 길입니다."

"나는 너까지 어떻게 될까 봐 그게 겁난다."

"저 지금 안전하게 대치동에 있습니다. 걱정하지 마십시오."

"꼴통 새끼. 이재한이나 바꿔. 아니다, 이민호 바꿔."

통화하기 싫었는데 잘됐다. 민호에게 전화기를 건네면서 소리 내지 않고 입모양만으로만 말했다. 꼰대 화났다고.

"팀장님, 전화 받았습니다."

"진도훈이 잘 감시해라. 허튼짓 못하게. 자꾸 영민이를 상엽이라고 부른다. 더러운 밥 3년 먹였더니 토쟁이 새끼가 다 됐어."

민호는 도훈의 눈치를 보며 알겠다고 대답하며 전화를 끊었다.

"나 감시하라시지?"

민호는 고개를 끄덕였다. 그런 민호의 어깨를 툭 쳤다.

"다들 정신 바짝 차리자. 최선이 눈치채지 못하게 하고. 해영파는 물론이고 김형덕이 더 위험하니까 조심하고. 까닥해서 우리 쪽 노출이라도 되면 그걸로 끝이다."

말을 마치고 옷을 주섬주섬 입었다.

"선배, 어디 가요?"

의자에 앉아서 컵라면을 먹고 있던 재한이 물었다.

"학원 버스 돌 시간이다."

"아니, 어차피 위장이어서 버스 돌아다니지 않아도 되는데 왜 맨날 시간 맞춰서 그렇게 열성적으로 드라이브를 해? 왜? 뭐 있어? 혹시… 요즘 여자 만나?"

"상황 있으면 전화해라."

문을 열고 나가자, 재한은 민호에게 들으라는 듯 중얼거렸다.

"이상해. 저 선배 분명히 여자 생겼어. 아니면 사우나가서 농땡이 피우든가."

재한은 다리만 쭉 뻗어 민호를 툭툭 쳤다. 민호는 그런 재한을 신경도 쓰지 않고 서류를 계속 보고 있었다.

"이민호. 너 선배가 말 거는데 대꾸도 안하냐? 이 새끼 빠져서는 너 당장 진 선배 미행해!"

민호는 여전히 웃으면서 서류를 넘기고 있었다.

*

"3시간 30분밖에 안 되는 비행인데도 피곤하긴 하네요."

기지개를 켜면서 말했다. 칩을 대충 눈으로 세어보니 10억 조금 넘는 금액이었다. 가장 가까이에 있는 직원을 불렀다.

"저기!"

내 부름에 탈색 머리를 한 직원이 다가왔다.

"이거 현금으로 바꿨으면 하는데?"

"안내해 드리겠습니다."

그냥 잠이나 푹 자고 싶었다. 분명히 한국에서는 내 연락을 기다릴 텐데. 에라 모르겠다 싶은 감정이 들었다. 사실 내가 생각했던 현장 업무와는 점차 많이 달라지고 있었던 것도 사실이었다. 어릴 적부터 겁하나 없이 살아온 나였는데 막상 손만 뻗으면 잡힐듯한 거리에 상대가 있으니 괜한 불안감이 들었다. 하지만 그 불안감은 두려운 게 아니었다. 오히려 기분을 더럽게 만들었다. 그래서 술이나 마실 겸 호텔 안에 있는 바로 향했다.

어디 앉을까 고민조차 하지 않고 바에 앉았다. 바텐더는 마른 수건으로 잔을 닦으면서 나에게 인사를 건넸다. 직원이 메뉴판을 주었지만 펼치지 않고 주문했다.

"Vodka martini. Shaken, not stirred."

어릴 적부터 집에는 고급술이 가득했다. 아버지에게 잘 보이기 위해 들어오는 선물이 하루에도 몇 건이 넘었다. 위스키는 그중에서도 단골 선물이었다. 더 웃긴 건 아버지는 술에는 입도 대지 않는 독실한 기독교인이었다는 것이다. 자신들이 로비해야 하는 사람에 대한 조사는 기본 중에 기본 아닌가. 조사가 잘못된 건지 아니면 아버지가 실제로는 술을 좋아하셨던 것인지 왜 그렇게 집에 술 선물이 많이 들어왔는지 모르겠다.

아버지 생각을 하니 갑자기 잊고 싶었던 기억들이 떠올랐다. 심장에서부터 끓어오르는 분노가 식도를 타고 올라오려는 그때 바텐더는 타이밍 좋게 나에게 마티니를 건넸다. 영화 007에서 제임스 본드가 좋아했던 마티니. 섞지 말고 흔들어서. 본드가 늘 하던 주문 그대로였다. 어릴 적 나의 우상은 제임스 본드였다.

바텐더는 나를 보고 있었다. 자신이 만든 술에 대한 평가를 기다리고 있던 것이다. 잔에 입을 댔다. 한 모금 마시자마자 식도까지 타고 오르던 나의 분노는 가라앉기 시작했다.

"Perfect."

바텐더는 기분좋게 미소 지으며 다시 잔을 닦기 시작했다. 정말 괜찮은 맛이었다. 나의 분노를 한순간에 잠식시킬 정도의 맛이었다. 바에는 자리마다 길고 폭이 좋은 유리화병이 놓여 있었다. 화병마다 다른 꽃이 꽂혀 있었는데 내 앞에 있는 꽃은 아네모네였다. 보라색 아네모네. 꽃잎을 만졌다. 힘도 주지 않은 채 살짝 만졌을 뿐인데 향기가 꿈처럼 나에게 닿았다. 혀를 감싸고 있던 마티니의 맛이 사라질 정도로 강렬한 아네모네의 향기가 코를 찔렀다. 어떠한 것에도 취하지 말라며 경고하는 것처럼 느껴졌다.

"여기 계셨군요."

형덕이었다.

"아…."

"옆에 앉아도 괜찮을까요?"

"그러시죠."

형덕은 내 옆에 앉으면서 내 앞에 놓여 있는 잔을 보았다.

"마티니를 좋아하시나 봅니다?"

대답 대신 살며시 웃었다.

"Martini. Stirred."

나와 다른 방식으로 마티니를 주문한 형덕이 대화를 시작했다.

"제가 '007'을 엄청나게 좋아했어요. 이래 보여도 영화광입니다. 액션부터 멜로까지 웬만한 영화는 다 보는데 그중에서도 007을 굉장히 좋아했죠. 액션부터 멜로까지 모든 게 있잖아요. 안그래요?"

"멜로가 있던가요?"

"본드걸이 나오면 멜로 아닌가요? 아, 에로인가?"

형덕의 말에 살짝 미소 지었다. 하지만 내 시선은 여전히 아네모네에 향해 있었다. 형덕은 그런 나의 시선을 쫓더니 꽃에 대해 물었다.

"진 대표님은 이 꽃의 이름을 아시나요?"

"아네모네."

"아네모네라⋯. 꽃이 외로워 보이네요."

"그래서 아네모네의 꽃말이 고독입니다."

"마티니에 더없이 어울리는 꽃이군요."

형덕은 내 말에 맞장구를 치고 마티니를 단숨에 다 마셔버렸다. 그리고는 바텐더에서 볼랭저를 주문했다.

"제임스 본드가 그랬죠. 칵테일의 꽃이 마티니라면 샴페인의 꽃은 볼랭저. 이렇게 둘이 한잔하는 것도 인연인데 각자 고독하게 마시는 것보다 함께 건배할 수 있는 샴페인이 좋을 것 같은데요?"

"남자와 단둘이 마시는 샴페인은 처음이라⋯. 위스키라면 모를까."

"전 그저 우리의 인연이 시작됐음을 축하하고 싶을 뿐입니다. 그런 의미에는 샴페인이 어울리지 않겠어요?"

"그렇네요."

우리는 잔을 부딪쳤다.

"잘렸다고? 폭행하고 마약 때문에?"

"잘리고 추방당했죠. 그래서 미국령은 아직도 못 가요."

내 말에 형덕은 크게 웃었다.

"그런데 형님⋯. 저 사람은 형님 보디가드에요?"

멀찍이 서 있는 태석을 가리키며 묻자 형덕은 태석을 불렀다.

"인사해라. 내 수행비서, 안태석. 내가 아무도 안 믿어도 얘는 믿는다.

그러니까 수혁이 너도 얘를 편하게 네 동생이라고 생각하면 돼. 태석아, 인사해라. 여기는 진수혁 대표."

"안태석입니다."

태석은 고개를 숙이며 인사했다.

"진수혁입니다."

나는 그에게 악수를 청했다.

한참을 주거니 받거니 이야기를 하다 시계를 봤는데 어느새 시간이 다 되어 있었다. 주머니에 넣어두었던 대포폰으로 통화버튼을 눌렀다. 우리는 무슨 용건이든 암호를 사용해 메시지를 보낸다. 통화를 해야 하는 불가피한 사정이 있어도 메시지를 이용하여 통화를 하겠다는 의사를 전달하면 상대에게서 전화가 걸려 온다. 우리는 이렇게 조금의 노출도 꺼린다. 하지만 지금 나는 메시지 대신 통화버튼을 눌렀다. 이건 신호다. 숯, 들어가라는 신호.

태석은 갑자기 울리는 휴대폰을 확인하더니 형덕에게 귓속말을 했다.

"수혁아. 나 먼저 좀 일어나야겠다. 천천히 마시고 들어가라."

"네."

급하게 자리를 떠나는 둘을 보면서 남아있는 술을 마셨다. 샴페인을 다 마신 후 주문한 위스키병에도 술은 얼마 남지 않은 상태였다.

창가로 향했다. 마카오의 밤은 이질적이다. 화려한 호텔 안에서 보는 밤은 고요했다. 마치 다른 세상에 있는 것처럼. 하지만 내가 바라보는 저곳에 서서 지금 내가 서 있는 이곳을 바라본다면 분명히 눈이 부실 정도로 화려할 것이다. 도대체 무엇이 진짜인지 가짜인지 도무지 알 수 없는 밤이었다.

*

다 먹은 컵라면 빈 그릇과 빵 봉지는 책상 위에 잔뜩 쌓여 있었고, 구겨진 캔들은 바닥에 나뒹굴었다. 재한이 서류가 잔뜩 든 박스를 두 손으로 든 채 들어왔다.

"배 대표님, 그게 다 뭐에요?"

"배 대표님은 개뿔. 너도 진 선배처럼 나 놀리냐? 강남서 새끼들 때문에 우리만 개고생이다. 그보다 마카오에서는 연락 왔어?"

"네. 지금 신호 대기 중입니다."

"다들 긴장 좀 되겠는데?"

재한은 박스를 던지다시피 바닥에 내려놓고 의자에 앉자마자 어제부터 책상 위에 놓여 있던 미지근한 캔맥주 뚜껑을 땄다.

"크, 미지근한 맥주를 마시면 뭔가 내가 오늘도 열심히 살았구나 하는 아주 좆같은 느낌이 들어서 괜히 뿌듯해."

"시원한 거 드시라니까."

"이놈의 팀은 참 이상해. 보통 근무 시간에 술 마시면 마시지 말라고 하는 게 보통 아니야? 무슨 시원한 걸로 마시래."

재한의 말에 민호는 슬며시 웃으며 말했다.

"다 진 선배가 닦아 놓은 길이죠."

"하여튼 그 양반. 족보는 완전 왕족보인데 하고 다니는 건 똥족보라니까. 그게 그 양반 매력이긴 하다만. 그보다 둘이 합이 잘 맞아야 할 텐데…

아니, 셋인가."

*

검은 차들이 연달아 브레이크를 밟았다. 어두운 밤에 브레이크에서
울리는 끼익 소리가 낮게 퍼졌다. 태석이 문을 열어주자 형덕은 몹시
귀찮다는 듯한 표정으로 미간에 인상을 쓰면서 내렸다. 도착한 곳에는
이미 많은 인원이 형덕을 기다리고 있었다. 형덕은 그들을 향해
걸어가다가 물웅덩이를 밟는 바람에 구두가 젖었다. 발을 살짝 들면서
짜증 섞인 말투로 혼잣말을 했다.

"하, 진짜…. 이거 새로 산 건데."

이내 발을 툭툭 털고는 행커치프 주머니에 들어있던 안경을 꺼내 쓰더니
다시 발걸음을 옮겼다. 멀찍이 서 있던 남자가 형덕을 불렀다.

"우리 형덕이 또 안경 써? 하여튼 저 새끼는 꼭 안경을 쓴단 말이야."

어느새 가까이 걸어온 형덕은 남자의 말을 받아쳤다.

"눈에 피 튀기는 게 나는 그렇게 싫더라."

"그렇게 피 보는 게 싫으면 남의 밥상 훔쳐 먹을 생각을 애초에 하지
말았어야지. 안 그래? 해영그룹 김 전무님?"

"대성 남성주 이사님, 내 눈에 피가 튀긴다는 건 네 새끼들 피라는
겁니다. 이래서 내가 너희들이랑은 말 섞는 거조차 싫다고 했잖아. 이
무식한 새끼들."

형덕의 무시 가득한 발언에 성주는 불쾌하다는 듯이 귀를 후비면서
말했다.

"존나게 시끄럽기는."

귀를 후비고 두 손을 탈탈 털더니 뒤에 서 있는 식구들에게 큰소리로 외쳤다.

"쑤셔!"

대성 식구들이 달려들자 해영 식구들 역시 가만히 있지 않았다. 형덕은 싸우는 그들을 보면서 기지개를 켜더니 고개를 좌우로 까딱거렸다.

"기다렸지… 이 시간을."

한쪽 보조개가 깊게 파일 정도로 비릿하게 미소를 지은 형덕은 품 안에서 칼을 꺼냈다.

어느새 앓는 소리와 짙은 피비린내로 가득차 있었다. 얼굴과 안경에 피가 튀긴 형덕은 턱에 묻은 피를 칼을 손에 쥔 채 손등으로 닦았다. 그리고는 그 모습을 지켜보던 성주에게 다가가면서 말했다.

"네 새끼들 뒈져가는 꼴 보니까 어떠냐?"

"시발새끼…."

"네 새끼 청춘인 건 알아줘야 해. 요즘 세상에 누가 이렇게 칼로 쑤시냐? 귀찮게. 노동력 낭비야. 새끼야."

"알아, 나도. 그래서 지금 엄청나게 후회 중이다."

"너 때문에 수트랑 구두 다 망가졌어. 내일 너한테 영수증 청구할 거다. 입금해라."

"청구해, 청구해. 새끼야. 시발, 먼저 간다."

"아니, 왜 갑자기 칼질을 하자고 해서. 야! 너 나랑 노는 게 재미있냐?"

"그냥 훈련이지. 우리 애들이나 너희 애들이나 간만에 손맛도 보고 그래야지. 아무리 세상이 변했다고 해도 칼질도 너무 오랫동안 안하면 이것도 다 기술이라고 썩어요, 썩어. 너 그런 말 못 들어봤냐? 아무리 장인이어도 칼질 한 번 쉬면 스승이 알고, 두 번 쉬면 상대가 알고, 세 번 쉬면 내가 안다. 너 이런 장인 정신 투철한 명언 같은 거 못 들어봤어?"

"하, 몰라. 나 요즘 비즈니스 하느라 바쁘다. 앞으로 놀고 싶으면 니들끼리 놀아라."

"누가 너보고 나오래? 보면 네가 제일 열심히야. 네가 제일 청춘이라고!"

형덕은 자신을 늘 사업가라고 소개했다. 하지만 비싼 명품 수트를 입고 있어도 그 안에 있는 알맹이는 칼질에 희열을 느끼는 인간이었다. 여자와의 잠자리보다 더 좋다고 느끼는 것이 그에게는 남을 찌르는 그 손의 짜릿함이었다. 그런 형덕이 가장 싫어하는 것은 같잖은 일이었다. 한국에서는 자신의 레스토랑에서 도축하며 스트레스를 풀었다지만 마카오에서는 그러지 못했다. 그래서 가끔 이렇게 이유도 없이 벌어지는 영역 싸움 역시 귀찮고 분명히 싫었지만 그렇게까지 탐탁지 않을 정도는 아니었다. 같잖다고 생각하면서도 나름 끝나고는 웃으면서 농담따먹기까지 할 정도였으니 말이다.

태석이 모는 차에 탑승해서 다시 호텔로 돌아가고 있었다. 한국에서는 기사를 따로 두고 있었지만 마카오에서는 그러지 않았다. 사람을 믿지 않는 만큼 외국에서는 더 몸을 조심하고 있었다. 행동 면에서는 한국보다 마카오가 더 자유롭긴 했지만 언제 어디서 죽을지 모른다는 신조를 지닌 형덕은 객사를 가장 두려워했다. 그래서 늘 죽더라도 강남 한복판에서 전설적으로 죽겠다는 농담을 곧잘 했다.

"형님, 피곤하시면 잠시지만 눈 좀 붙이시죠."

태석이 형덕에게 말했다. 운전자석 대각선에 앉아 있던 형덕은 대답하지 않고 그대로 눈을 감았다. 그 순간, 헤드라이트를 켜지 않은 덤프트럭이 그들이 타고 있던 차량을 향해 거침없이 돌진했다.

연기 속에서 눈을 떴다. 이미 자동차는 엉망이었고 차량 내에 모든 에어백은 터져 있었다. 타이어가 빠진 건지 반파가 된 건지 몸은 기울어져 있었다. 무엇보다 이 사고 차량을 빠져나가는 것이 우선이었다. 하지만 몸에 맞게 조여진 안전벨트가 도무지 풀릴 기미가 보이지 않았다. 형덕은 재킷 안쪽 주머니에 들어있던 칼로 안전벨트를 끊어야겠다고 생각했다. 하지만 이내 차에 탈 때 재킷을 벗었다는 걸 생각해냈다. 옷에 피가 튀어 차에 타기 전에 옷을 벗어 태석에게 전달했고, 태석은 그의 옷을 조수석에 올려뒀었다. 당연히 조수석에 있는 옷에 형덕의 손은 닿을 리 만무했다. 형덕은 힘겹게 태석을 불렀다.

"태석아…."

태석은 운전석을 그대로 들이박은 차량에 의해 정신을 완전히 잃은 상태였다.

"쓸모없는 녀석…."

형덕이 안전벨트와 힘겨운 사투를 벌이고 있을 때, 누군가 문을 덜컹거릴 정도로 흔들기 시작했다. 문을 뜯어낼 정도로 힘껏 잡아당기자 드디어 문이 열렸다.

"형님, 괜찮으십니까?"

탈색 머리를 한 고상엽이었다.

*

매캐한 담배 냄새가 가득했다. 창문을 열어두라고 한다는 걸 깜빡했다.
그래도 그렇지, 문만 열면 바로 이어져 있는 공간인데 아무도 환기 따위
시키지 않은 걸로 보아하니 한국도 굉장히 바빴던 것 같았다. 문을 열고,
또 열어 베토벤 음악 교실로 들어갔다. 보습학원 원장실에 담배 연기가
가득하다고 구시렁거리려고 했던 걸 바로 취소해야겠다고 생각했다.
본부는 더했다. 뭐가 서류고 뭐가 쓰레기인지 구분조차 힘들 정도였다.
민호는 책상에 엎드려서 자고 있었고, 재한은 라꾸라꾸 침대에 누워서
자고 있었다.

"야, 야! 형님 오셨는데 아직도 자냐? 일어나라."

둘 다 미동조차 하지 않았다. 손에 들고 있던 면세점 봉투를 재한의
얼굴에 집어 던졌다. 라꾸라꾸 침대에서 몸을 웅크리고 자고 있던 재한이
겨우 한쪽 눈만 뜬 채 말했다.

"왔어요?"

"잠입 수사 가는데 면세품 사 오라고 하는 새끼는 너밖에 없을 거다."

재한은 봉투를 풀기 시작했다.

"매장에서 사면 비싸잖아. 인터넷 면세점에서 적립금 써서 사면 매장
가격 반도 안 되게 사니까 그렇죠. 우리 봉급이 얼마나 된다고…."

재한이 부탁한 것은 향수였다.

"허구한 날 수사하는 놈이 향수는 왜 사는 거야? 그리고 이게 말이

되냐? 잠입하러 가는데 내 이름으로 면세점에서 포인트까지 써가면서 사는 거. 이게 말이 된다고 생각해? 어? 웃지 말고 대답해. 민호야, 네가 보기에는 어떠냐? 네 선배 이재한 미친 거 같지?"

괜히 옆에 있던 민호에게 심술을 부렸다.

"그보다 선배님, 팀장님께서 보고 원하십니다."

"하여간 노인네…. 성격 하나는 더럽게 급하다니까."

라꾸라꾸 침대에 여전히 누워있는 재한을 발로 툭툭 쳐서 비키라고 하고, 그 자리에 누웠다. 누운 상태로 구 팀장에게 전화를 걸었다.

"진수혁입니다. 팀장님."

"진도훈이겠지."

"저도 이제 토쟁이 다 됐나 봅니다. 그럼 보고 올리겠습니다."

"올라가서 들을게. 나 지금 주차장이다."

뚝, 끊긴 전화를 멍하니 보고 있는데 어이가 없기 시작했다.

"아니, 우리 여기 본부인 건 나도 알겠는데 이렇게 뻔질나게 드나드는데 비밀 보장이 되는게 신기하다. 안 그래? 팀장님, 주차장이시란다. 맥주 치워라."

재한과 민호는 분주하게 정리하기 시작했다. 그때, 문이 벌컥 열리고 구 팀장이 들어왔다. 구 팀장은 아무렇지 않게 정리되지 않은 채 바닥에 너저분하게 있는 캔을 봉투에 넣고는 냉장고에서 시원한 캔맥주를 꺼내 의자에 앉았다.

"보고해."

"네. 대성이 해영을 치려던 조짐이 맞았습니다."

"걔네 심심하면 지들끼리 칼싸움하고 놀잖아. 또 그런 거 아니야?"

"조금 달랐습니다. 이번에도 이유 없는 영역 싸움처럼 보였지만 실제로는 자금 문제인 걸로 확인됐습니다. 요즘 대성쪽 돈맥이 막혀서 해영쪽 맥을 가져오려고 운을 띄우는 것 같습니다. 덕분에 의심 없이 대성측이 벌인 일로 마무리될 것 같습니다. 우리 쪽에서도 연결고리는 확실하게 정리한 상황이기에 걱정하거나 문제될 상황은 전혀 없습니다."

"오케이. 재한이는 민호하고 자금줄 계속 수사하고, 한국 사업체도 좀 조져봐. 도훈이는 한동안 보습학원 원장으로 스테이."

보고를 마치고 보습학원으로 넘어가려고 자리를 뜨려는데 구 팀장의 말에 내 발걸음이 멈춰졌다.

"영민이는 잘 지내냐?"

당연히 물어볼 거라고 생각했다.

"네. 잘 지내고 있어요. 궁금하면 직접 연락해보시지."

"괜히 부담주는 것 같아서 직접 연락하기는 좀 그렇다…"

"팀장님답지 않게 새삼스레…"

원장실로 넘어왔다. 아직도 매캐한 담배 냄새가 빠지지 않은 상태였다. 창문을 열었다. 코에 닿는 차가운 공기가 기분을 좋게 만들었다. 주머니에 손을 넣었는데 기내에서 받은 사탕이 손에 잡혔다. 사탕을 까서 입에 넣었다. 달콤함이 혀를 감쌌다. 이 달콤함을 조금 더 느끼고 싶어 소파에 앉아 눈을 감았다.

11부

사사로운 감정은 일을 그르친다

"의원님, 축하드립니다. 백 서방이 국회 입성했다고요?"

"허허. 백 서방이 내 새낀가. 사위일 뿐이지."

"또, 또! 우리 의원님, 좋으시면서 겸손하게 말씀하시네."

"허허. 내가 겸손해야지, 우리 김 회장 주머니가 열리지 않던가."

진석일은 자신의 선거를 위해 검은돈을 마다하지 않았다. 사법고시는 물론 연수원 성적 역시 수석을 놓치지 않았음에도 판사가 아닌 검사를 택한 것 역시 그런 이유였다. 판사는 사람들과의 접촉이 검사보다 현저히 낮다. 세상을 움직이는 자들에겐 권력과 돈이 있다는 사실을 일찍이 정확하게 알고 있었다. 자신의 손에 권력이 들어왔으니 이제 필요한 건 돈이었고 결국 검은돈까지 쥐게 되었다.

"도훈아, 오랜만이구나."

우설란이었다. 아버지의 비서이자 첩이다. 설란의 말을 무시한 채 설란을 지나쳐 2층에 있는 아버지의 서재로 향했다. 내가 아는 아버지는 늘 서재에 있었다. 서재로 향하는 나의 발길을 붙잡은 건 설란도 아버지도 아니었다.

"이게 누구십니까? 둘째 아드님 아니십니까?"

분명히 반가운 목소리는 아니었다. 1층 응접실에서 들리는 소리에 뒤를 돌았다. 반갑지 않은 목소리의 주인공은 김해영이었다.

"오랜만입니다. 회장님."

가볍게 고개를 숙였다. 고개를 들자 아버지는 해영의 옆에서 못마땅한 눈빛으로 나를 쳐다보고 있었다. 그 눈빛은 너무나 차갑고 따가웠지만 최대한 의식하지 않기로 했다.

"오랜만인 정도가 아니. 이게 도대체 얼마 만이니?"

"고등학교 졸업하고 처음 뵙는 것 같습니다."

"세월이 벌써 그렇게 됐나…. 그때 네 녀석이 나를 아저씨라고 불렀었는데. 그랬던 녀석이 어느새 이렇게 근사하게 컸구나."

"과찬이십니다."

"음, 이야기는 진작에 들었다만…. 이렇게 직접 보니 역시 경찰 녹을 먹기에는 너무나도 아까운 인재야. 안 그렇습니까, 의원님?"

해영은 아버지가 불쾌해할 만한 말이 무엇인지 정확하게 알고 있었다. 역시 얕잡아 볼 수 없는 능구렁이 같은 양반이었다. 하지만 내 아버지는 그보다 더한 인간이었다.

"그러게 말일세. 그래도 도통 내 말은 들은 척도 안하니 어쩌겠소. 김 회장 같은 큰손 잡겠다고 백방으로 뛰어다니는데 아비로서 여간 마음이 불편한 게 아니지…. 나도 저 녀석 얼굴을 한 5년 만에 보는 것 같구려."

"우리 도훈 군에게 수사를 받는다면 나야말로 영광이지. 안 그런가, 진 경감?"

나는 그저 짧은 미소로 답했다.

"김 회장 배웅하고 올 터이니 서재에 들어가 있거라."

아버지는 정확한 사람이었다. 내가 용건 없이 이 더러운 집구석에 올 일이 없다는 것쯤은 이미 알고 있었던 것이다. 해영에게 고개 숙여 인사를 하고 서재로 향하려는 그때 이번에는 설란이 나의 발길을 붙잡았다.

"아직도 서운하니?"

"서운? 우 실장 입에서 서운이라는 단어는 어울리지 않는 것 같은데."

"그렇다면 내 입에는 어떤 단어가 어울리는데?"

설란은 여전했다. 여전히 아름다웠고 여전히 젊었다. 나보다 10살이나 더 많았지만 그녀의 얼굴에는 세월이란 흔적을 찾아볼 수 없었다. 내가 이 집을 떠날 때와 달라진 것이라고는 설란이 휘감고 있는 추악한 돈 냄새가 더 지독해졌다는 것뿐이었다.

"미안이라는 단어부터 나와야지 정상 아닌가? 나는 아직 당신에게 사과의 말조차도 듣지 못한 것 같은데."

내 말에 설란은 웃었다.

"미안? 그것도 난 나와 어울리지 않다고 생각하는데. 내가 너에게 사과할 이유가 없으니까. 만약 내가 사과를 해야 한다면 네가 아닌 네 어머니 정 여사님이 아닐까?"

"어머니 대신 내가 듣겠다는 거야. 그 사과. 그래야지 내가 죽어서 어머니 뵐 때 조금이라도 면목이 서지 않겠어?"

"글쎄…. 자신의 자리를 차지한 여자를 사랑한 아들을 과연 받아주실까 모르겠네. 이야기가 길어졌구나. 올라가 봐. 곧 의원님 들어오실 거야."

설란은 아버지의 비서관이자 첩이자 나의 첫사랑이었다.

*

내 어머니는 물려줄 재산이 많은 집의 장녀였다. 하지만 여자라는 이유로 재산 한 푼 받지 못했다. 어머니의 아버지가 가지고 있던 재산은 모두 어머니의 남자 형제들의 몫이었다. 하지만 어머니는 거기에 어떠한 불만도 품지 않았다. 그렇기에 그 안타까움을 가장 가까이에서 지켜본 어머니의 어머니는 자신이 가지고 있던 보석이란 보석은 모두 어머니에게 물려주었다. 보석값만 해도 강남의 몇 채 집값에 버금갔으니 어머니가 불만을 토로하지 않은 것도 이해됐다. 그래서 그랬을까. 고생 한번 하지 않고 살 수 있었음에 감사한 마음을 가지고 살았던 사람이 내 어머니였다. 어머니는 그런 분이었다. 남에게 싫은 소리 한번 하지 않았고 고생이란 무엇인지도 알지 못할 정도로 곱게 자란 분이었다. 물론, 자신의 뿌리가 친일이라는 것이 세상에 알려질까 늘 두려워하며 사셨던 분이긴 했지만 말이다.

어머니와 아버지는 정략결혼이었다. 친일이지만 물려받을 것이 많은 어머니와 물려받을 것은 전혀 없지만 사법고시 패스라는 무기를 가진 아버지는 최고의 배필이었다. 부족하지도 않은 넘치지도 않는 완벽한 조합이었다. 정략결혼이었지만 둘 사이에는 분명히 애정도 있었다. 형과 내가 태어났다. 사랑이 없었다면 형만 태어났을 거라고 나는 늘 생각했었다. 나까지 태어났다는 것은 둘 사이에 어느 정도의 애정이 있었기에 가능한 일이었을 거라고 말이다. 그래야지만 내가 태어난 것을 부정하지 않을 수 있을 것만 같았다.

나보다 9살이나 많은 형은 언제나 나의 우상이었다. 형처럼 되고 싶었다. 아버지와 어머니가 나보다 형을 더 위하는 것도 당연한 일이라 생각했다. 하지만 어린 나는 그 사실을 머리로는 분명히 알았어도 가슴으로는 이해하지 못했던 모양이었다. 덕분에 부모에게 받지 못한 관심은 삐딱선을 타기 위한 재료로 사용되었고 그렇게 여럿 건의 사건 사고에 휩싸이기도 했다. 그럴 때마다 학교로 달려와 수습하는 사람은 부모가 아닌 설란이었다.

내가 사고를 칠 때마다 설란은 학교 측에 많은 기부금을 전달했다. 돈에는 힘이 있었다. 가해자와 피해자를 바꿀 정도의 힘이 들어있었다. 덕분에 설란이 학교에 방문할 때마다 나는 언제나처럼 선량한 피해자가 되었다. 그렇게 나는 자랐고, 끔찍하게도 그것에 익숙해져 가고 있었다.

"누나, 아버지가 별말 없으셨어?"

설란은 나에게 누나였다. 실장님이라고 부르라던 어머니의 잔소리에도 꿋꿋하게 누나라고 부르면서 반말까지 했다. 설란은 어느 날부터 우리 집에서 벌어지는 모든 일에 관여했다. 그중에서 나와 형의 문제를 해결하는 것은 설란의 몫이었다. 당연하게도 형에게 설란의 도움은 일절 필요하지 않았다. 그에 비해 나의 학창 시절에는 항상 설란의 도움이 필요했다.

"도훈아…."

집으로 가는 차 안에서 설란은 내 이름을 차분하게 불렀다.

"이제 그만하자. 의원님께서는 신경 쓰실 일이 아주 많아. 네가 아니어도."

내 걱정을 하는 게 아니었다. 아버지의 걱정을 하는 것이었다. 내가 왜 피떡이 되도록 싸웠는지에 대해 전혀 궁금해하지 않았다. 그저 아버지에게 어떤 영향이 끼칠지를 걱정하며 그 일을 해결하는 것이 설란의 일이었다.

"알겠어."

퉁명하게 대답하고 달리는 자동차의 창밖을 응시했다. 안에서는 밖이 선명하게 보였지만 밖에서는 자동차의 안을 볼 수가 없었다. 아무것도 보이지 않도록 짙은 썬팅을 한 자동차가 싫었다. 감출 것이 많은 우리집을 축소해둔 것만 같은 이 공간이 나는 미치도록 싫었다.

형은 검사였다. 만 25세에 검사로 임용되어 최연소 검사라는 타이틀을 갖고 있었다. 형은 우리집의 자랑이었다. 형이 집에 오는 날이면 식탁에는 언제나 도미조림이 올라왔다.

"도미조림이네? 오늘 형 오는 날이야?"

설란에게 물었다.

"진 검사 이제 막 도착해서 의원님과 이야기 중이야."

"서재에서? 빨리 말해주지!"

아버지의 서재로 가려는데 설란이 나를 붙잡았다.

"도훈아, 어른들의 이야기다. 네가 낄 자리가 아니야."

나는 늘 열외였다. 어려서 그런 것이라 생각했지만 지금 생각해보면 어리다는 것은 이유가 되지 않았다. 누구에게나 어린 시절은 있었다. 아버지에게도, 어머니에게도, 설란에게도, 형에게도. 그들에게도 분명히 어린 시절은 존재했지만 그들보다 내가 어리다는 이유로 나는 이 집이 어떻게 돌아가는 지 알 수 없었다. 그저 내 아버지가 진석일 의원이고 내 어머니는 정수희 여사이며 내 형이 진여훈 검사라는 것이 내가 아는 전부였다. 그럼에도 나는 내가 진석일 의원이 아들이라는 것에 대한 자부심을 항상 갖고 있었다. 아버지의 이름은 모든 것을 프리패스로 만들었다. 그때의 나는 이미 아버지가 가진 권력의 힘을 알고 있었다. 지독하게 끔찍하게도 말이다.

"형은 요즘 어떤 사건을 맡고 있어?"

"도훈이는 늘 나에게 그런 것만 물어보네? 내가 너에게 형이니, 아니면 그저 검사일 뿐이니?"

"형이자 검사님!"

우리는 사이가 좋은 형제였다. 나이 차이는 크지만 나에게 형은 둘도 없는 소중한 존재였다. 내가 한자릿수 나이일 때 자다가 무서운 꿈을 꾸면 베개를 들고 곧장 형의 방으로 달려갔다. 나에게는 아버지도 어머니도 아닌 형이 가장 가까운 존재였던 것이다.

"도훈아."

아버지가 내 이름을 불렀다.

"네."

"너도 검사가 되고 싶으냐?"

"네."

아버지의 얼굴에 미소가 번지는 것을 나는 분명히 보았다.

"우 실장님, 요즘 도훈이 성적이 어떤가요?"

형은 내 성적을 설란에게 물었다. 설란은 하던 식사를 멈추고, 냅킨으로 입가를 훔친 후 대답했다.

"저번 학기보다 월등합니다. 하지만 아직 수시 진학에는 다소 무리가 있습니다."

설란의 말에 가족들의 표정이 미묘하게 변했다.

"그렇다면 우 실장이 조금 더 신경 써줘요. 아들 둘 다 검사장 만들고 싶어하는 이이의 꿈에 힘 좀 실어줘요."

"네. 그렇게 하겠습니다."

설란은 어머니의 부탁 아닌 부탁에 정중히 대답했다.

"도훈아, 너 정말 검사가 되고 싶어?"

사실은 그렇지 않았다. 아버지의 꿈이라는 것을 너무나 잘 알기에 나 역시 형과 같은 길을 걷고 싶었을 뿐이지, 실제로 나의 꿈은 검사와는 전혀 상관없었다. 나의 꿈은 파일럿이었다. 자유롭다, 자유로우니, 자유롭게. 이 말과 잘 어울리는 파일럿이 나의 꿈이었다. 하지만 파일럿의

P 발음만 해도 싸늘한 시선이 나를 향할 것을 누구보다도 잘 알기에 나의 꿈은 꿈꿀 수 없는 꿈이었다.

"형은 진짜 검사가 되고 싶었어?"

형에게 물었다.

"아니."

형은 내 짓궂은 질문에 조금도 당황하지 않고 곧바로 답했다.

"그럼 형은 왜 검사가 된 거야?"

"이 집에서 사람 취급 받고 싶어서…"

*

"도훈아, 뉴스가 재미있니?"

"재미있지는 않아요…"

"그런데 왜 보니?"

"아버지께서 뉴스와 신문은 늘 가까이하라고 하셨잖아요…"

"내 말을 잘 듣는구나. 도훈이는 누굴 닮아서 이렇게 착하고 바르게 컸을까."

"형이요."

"그렇지. 여훈이도 이 아비 말이라면 군소리 없이 따랐지."

나는 어릴적부터 매일 저녁 뉴스를 보고 잠자리에 들었다. 정치인 아버지를 둔 탓이었을까. 남들보다 세상 돌아가는 이야기에 관심이 많았다. 하지만 내 시선을 빼앗은 것은 뉴스거리가 아닌 뉴스를 진행하는 여자 아나운서였다. 늘 단정한 모습으로 뉴스를 전하는 그 모습에 빠져 언제나 같은 채널의 뉴스만을 고집하게 되었다. 덕분에 아버지 역시 나와 같은 채널을 볼 수밖에 없었다.

그렇게 지내던 어느날, 그녀는 마지막 방송이라며 클로징 멘트를 전했다. 그리고 다음 날, 우리집 거실에서 우설란 아나운서를 마주하게 되었다.

12부

두 사람이 아는 비밀이란 없다

"선아. VVIP 들어가신다. 50장 예상한다."

"네, 형님."

금고를 열어서 50억에 해당하는 칩을 꺼내 칩을 교환하는 방으로 이동했다. 어느새 노크 소리가 들렸다. 형덕이 말한 VVIP였다. 얼굴만 봐서는 누군지 한 눈에 알 수 없었지만 대단한 사람이라는 건 분명했다. 평소 같았으면 고객과 직원이 들어오는데 지금은 평소와 다르게 형덕이 직접 들어왔다.

"안녕하십니까. 이쪽으로 오셔서 서류 작성해주시면 됩니다."

선은 고객을 향해 가볍게 고개 숙여 인사하고 테이블로 안내했다. 형덕과 함께 온 남자는 선을 보면서 물었다.

"전에 있던 친구가 아니네?"

"이번에 새로 왔습니다."

선은 말을 하며 서류를 내밀었다. 남자는 서류를 받아들더니 이번에는 형덕에게 물었다.

"뭔가가 바뀐 것 같은데, 안 그런가. 김 전무?"

"네, 맞습니다. 이번에 대대적인 개편을 좀 해봤습니다. 보안에 좀 더 초점을 맞추면서 바뀌게 된 부분이니 양해 부탁드립니다."

형덕은 조심스럽게 남자를 대했다.

"뭐… 김 전무가 그렇다면 따라야지. 로마에서는 로마법을 따르라는 정도는 나도 잘 알고 있네. 그보다 눈이 침침해서 그런데 돋보기 좀 빌릴 수 있을까?"

선은 준비되어 있던 돋보기 안경을 건넸다. 돋보기 안경을 쓰고 서류 작성을 마친 남자는 영상 촬영을 위해 안에 있는 방으로 자리를 옮겼다. 촬영을 모두 마친 남자는 방을 나서면서 어디론가 전화를 걸었다.

*

"김 전무, 옆에는 처음 보는 얼굴인데?"

형덕에게 남자가 물었다.

"제 동생같은 녀석입니다. 제가 데리고 있으면서 일도 시키고 그러고 있습니다. 그냥 편안하게 생각하시면 됩니다."

"친동생?"

"저 외아들인 거 아시잖아요, 회장님."

"알지, 알고 말고. 그런데 흥미롭잖아. 사람 안 믿기로 유명한 자네가 동생 같은 녀석이라고 하니까 내가 흥미가 생겨서 그렇지. 그럼 해영 식구야?"

"제 목숨을 구한 녀석입니다. 이 정도면 대답이 됐을까요?"

"목숨이라…."

남자는 악수를 청하며 말했다.

"강일의 강재천일세."

"부회장님, 처음 뵙겠습니다. 고상엽이라고 합니다. 앞으로 잘 부탁드립니다."

상엽과 악수를 한 재천은 무언가 이상하다고 생각했다. 처음 보는 상엽이 이상하게 낯이 익었다. 어디선가 본 것같은 기분이 들어서 썩 유쾌하지 않았다. 악수하던 손의 촉감을 다시 한번 생각할 무렵, 몇 년전 있었던 사건이 퍼뜩 떠올랐다.

"강재천 씨. 조세포탈, 배임, 횡령 등 존나게 많은 죄목으로 긴급 체포합니다. 당신은 묵비권을 행사할 권리가 있고 당신이 하는 말은 당신에게 불리할 증거가 될 수 있으며 당신은 변호사를 선임할 인도적인 권리가 있습니다. 미란다 원칙 잘 들으셨죠?"

3년 전, 자신을 긴급 체포한 이영민 형사였다는 것을 떠올린 재천이었다. 영민은 재천을 모른다는 듯이 행동했지만 영민은 재천을 보자마자 한눈에 알아봤다. 영민이 이곳에 있는 이유였기 때문이다. 재천같은 큰손을 잡기 위해 영민은 탈색머리를 한 상엽으로 지내고 있었던 것이다.

"형님, 저 방에 좀 잠시 다녀오겠습니다."

이 방을 빠져나가 구 팀장에게 연락하는 것이 급선무였다. 형덕에게 말을 건네고 정킷방을 빠져나왔다. 그 모습을 지켜본 재천은 비서를 불러 조심스럽게 지시를 내렸다.

"염화칼륨 준비해야겠다. 여기 나랏밥 드시는 양반이 하나 있구나."

"그렇다면 저희 쪽에서 처리하는 것보다 김 전무에게 말하는 편이 더 낫지 않을까요?"

재천은 비서 어깨를 두드리며 가볍게 말했다.

"그랬다가는 여기 당분간 자체 색출하느라 문 닫을 텐데 그럼 내 여홍은 네가 풀어줄래? 나랑도 인연이 있는 친구이니 우리 쪽에서 조용히 처리하자. 김 전무도 모르게."

*

"영민이가 왜 연락이 안되는데!"

"조용히 해라, 좀! 지금 너만 영민이 걱정하는 거 아니야. 지금 다들 최대한 노력하고 대가리 굴리는 중이니까 좀 닥치고 있어!"

난리치는 도훈에게 동일이 소리쳤다. 그래도 도훈의 흥분은 가실 생각을 하지 않았다.

"매일 보고하던 새끼가 지금 일주일째 연락이 안된다고요. 그런데 우리 아무도 안간다고? 내가 간다니까! 왜 못가게 막는 건데? 식구라며, 가족이라며! 이렇게 의리가 없으니까 짭새니 짜바리니 하는 소리가 처듣는 거라고!"

도훈의 울부짖음에 동일은 자리에서 일어나서 도훈의 뺨을 쳤다. 고개가 돌아간 도훈은 동일을 노려보았다. 동일의 눈에서 도훈은 자신과 같음을 느낄 수 있었다. 동일 역시 영민을 아끼는 사람이었다. 도훈은 자리를 박차고 나갔다. 분이 풀리지 않았는지 옆에 있던 애꿎은 쓰레기통을 발로 찬 채로 말이다.

*

"이번 원정도박 건, 저희가 만들어 보겠습니다."

강대영 청장은 동일의 말에 한숨을 내쉬었다.

"그거 강남서 애들이 하고 있는 거 아녔어?"

"네, 맞습니다."

"그런데 그걸 왜 네가 건드려?"

"해영파 치기에도 적기이고 엮인 게 많은 것 같습니다."

"아서라, 아서. 지금 강남서 애들 독기 바짝 올라서 뭐라고 하려고 난리인데 네가 거까지 파고 들면…. 그냥 강남서에서 알아서 하라고 냅둬."

"알아서 하라고 냅뒀더니 뭐 건진 거라도 있습니까?"

"그렇다고 괜히 들쑤셨다가 우리도 아무것도 못 건지면? 그때 너 어떻게 할 건데? 지금도 네가 말한 인물들 관련해서 뭐 나온 거 있어? 가져와. 그럼 지원해줄게. 아직은 네 추측만 있는 거잖아."

대영의 말에 동일은 대꾸할 수 없었다. 모두 맞는 말이기 때문이었다.

"요즘 팀 꾸리기도 어렵다. 너 또 잠입수사 시키고 그럴 거잖아. 우리쪽 애들 얼굴도 다 팔려서 힘들어. 그렇다고 이제 갓 제복입은 애들 시킬래?

그 핏덩이들을 전쟁터에 내보낼래?"

동일은 머뭇거리더니 어렵게 말을 꺼냈다.

"그래서… 제가 생각한 것이 있습니다."

"생각? 생각하지 마."

동일은 대영의 말을 무시하고 말을 이었다.

"진도훈이라는 친구가 있습니다."

"진도훈? 경찰대야?"

"네, 경찰대 출신입니다."

"그래서 그 친구를 잠입 시키겠다고? 너, 윤균이도 네가 잠입 시켰었다. 그래서 어떻게 됐어?"

"살해됐습니다."

마음이 무거워진 동일이었다.

"잘 아네, 잘 알아. 안다는 놈이 또 그 지랄을 하겠다고? 그렇다면 이번에는 네가 목숨걸고 책임질래?"

"제가 책임지지 않습니다."

"뭐? 이새끼가 말장난을 하나. 너 돌았어?"

대영은 손에 잡힌 마우스를 동일에게 던졌다. 하지만 동일은 아랑곳하지 않고 자신의 의견을 이어 나갔다.

"그 친구 부친이 책임질 것입니다."

"부친이 누군데?"

"진석일 의원입니다."

대영은 잽싸게 의자에서 일어나 문으로 향했다. 이미 굳게 닫혀있던 문을 다시 한번 확인하고서야 다시 자리로 돌아와 의자에 앉았다. 놀란 기색이 역력한 대영은 조금 전에 고자세는 온데간데없이 숨죽인 목소리로 동일에게 물었다.

"이거 아는 사람 누구누구 있어?"

"청장님께 처음 드리는 말씀입니다."

"못 들은 걸로 하자. 그러니까 그 생각은 아예 접어. 어쩐지 낯이 익은 이름이다 했다. 강남서 김 총경이 그렇게 자랑하던 애 아니냐? 자기 라인으로 만들겠다고 눈에 불을 켜고 말하던 애야. 그래서 내가 기억해. 괜히 건드리지 마라. 절대로 건드리지 마. 나 분명히 경고했다!"

"청장님, 우리 그 아이 아니면 가능성 없습니다. 제가 조사한 바로는 해영파와도 인연이 있고…."

"뭐? 해영파와도 인연이 있다고? 네가 아주 단단히 돌았구나? 그런 애를 현장에 투입시키겠다고? 야, 구동일! 네가 실적에 눈이 뒤집혔구나? 이건 대한민국 대통령이 저 대통령 아니에요 하는 수준이라고. 알아들어?"

"그렇다면 주사위를 본인에게 쥐어주는 건 어떻습니까? 던질지 말지부터 모든 것이 자신의 선택이었다는 것을 충분히 인지하도록 말입니다."

"들어와요."

안에서 들려온 소리에 문을 열었다. 의자에 앉은 채 안경 너머로 물끄러미 쳐다보는 남자를 향해 경례했다.

"경감 진도훈입니다. 충성."

"앉아."

문과 가장 가까운 곳에 있는 의자에 앉았다.

"가까이에 앉아."

"네."

남자는 아무런 말도 없이 나를 쳐다보기만 했다. 경찰이라는 것은 완벽한 수직 관계다. 나는 시선을 45도 아래를 응시한 채 가만히 앉아 있었다. 꽤 오랜 시간이 지나서야 남자가 나에게 말을 건넸다.

"커피?"

"아닙니다. 괜찮습니다."

"마셔."

"네."

남자는 믹스커피를 뜯어 종이컵에 부었다. 정수기에서 뜨거운 물을 따르고는 봉투로 커피를 저어 내 앞에 놓았다. 남자는 이내 자신의 책상으로 가더니 명함 한장을 들고와 커피가 담긴 종이컵 옆에 나란히 내려 놓았다.

"구동일이다. 알고 왔겠지만 그대로 명색이 앞으로 같이 일할 사이인데 명함 정도는 주고 받는 것도 나쁘지 않잖아. 자네 명함도 한 장 줘봐."

지갑에 넣어두었던 명함을 한장 꺼내 두손으로 건넸다.

"진도훈…. 이게 우리 직업 상 명함 교환을 하기가 애매하더라고. 어디가서 '나 경찰입니다' 하고 명함을 줄 수도 없고. 물론 줄 수야 있겠지만 좀 그렇잖아? 뭐 달라는 것 같기도 하고, 안 그래?"

그는 내 대답은 중요하지 않다는 듯 계속해서 말을 덧붙였다.

"우리도 엄연한 회사라고 명함도 이렇게 파주는데 쓸데가 없어, 쓸데가.

그렇다고 음식점 명함 이벤트에 응모할 수도 없고, 안 그래?"

말끝마다 '안 그래?'를 붙이는 걸로 보아 동조를 바르는 것처럼 느껴져 짧게 그렇다고 대답했다.

"그보다… 진 의원님 아들이라고?"

"네…."

"국회의원 아들이 경찰이라…. 요즘같은 시대에 못할 것도 없지만, 처음 보는 경우여서. 네 부친 검찰 출신이시지?"

"네."

"그런데 경찰을 하라고 하셨어? 아니면 온전히 네 생각이었어?"

"제가 택한 길입니다. 제 부친과는 전혀 상관 없습니다."

어디를 가든 이야기를 하다보면 꼭 아버지의 이야기가 나오곤 했다. 다들 처음부터 아버지에 대해 이야기를 하고 싶었으면서 쓸데 없는 이야기로 시간을 허비하는 게 대부분이었다. 조금 전에 구 팀장이 나에게 한 행동처럼 말이다. 구 팀장은 내 명함을 만지작거리며 말했다.

"진도훈… 무슨 한자를 쓰지?"

"법도 도(度)에 공 훈(勛)을 씁니다."

구 팀장은 한쪽 입꼬리만을 올리고 웃더니 만지작거리던 내 명함을 구겨서 쓰레기통에 던졌다.

"이런 종이 쪼가리로 사람을 판단할 수 없지. 너도 내 명함 쓰레기통에 구겨서 던져라."

이상한 양반이었다. 무엇이든 복종하는 것이 이 바닥 룰이라지만 그럴 수가 없었다.

"구겨. 상사로서의 명령이다."

조금 전에 호탕하게 웃던 사람은 온데간데 없었다. 그의 말에 난 테이블에 가지런히 놓여져 있던 명함을 구겼다. 그 모습을 보더니 구팀장은 다시 호탕하게 웃었다.

"너 말고 한 놈 더 있어."

벽에 걸린 시계를 힐끔보더니 말을 이었다.

"이 새끼는 지각이네."

말이 끝나기 무섭게 누군가 노크를 했다.

"늦어서 죄송합니다. 경감 이영민입니다."

"이것으로 브리핑을 마치지. 이제 자네들이 선택하면 돼. 우리 광수대와 함께 할지 아니면 다시 서로 돌아가 룸빵 순찰이나 돌건지."

"하겠습니다."

영민이 대답하자 동일은 도훈을 쳐다보았다.

"하겠습니다."

도훈의 대답이었다.

"하기로 했습니다."

"동일아…."

"네, 청장님."

"나 치안정감 된지 이제 딱 석달이다, 석달. 내가 이렇게 부탁할게. 내가 임기 채울때까지는 무슨 일이 있더라도 절대로 치지 마라. 그저 나는 지원만 하고 빠질 테니까 다음 청장하고 네가 지지고 볶던지 알아서 해라. 제발."

"네. 알겠습니다."

"그래도 한다고 했으니 한시름 덜었네. 마시자."

대영이 마시자고 말하자 동일은 그제야 흡족한 듯 마담을 불렀다.

*

"칠까요?"

선이 보낸 재천의 영상을 확인한 재한이 도훈에게 말했다. 도훈은 잠시 고민하다가 아직은 아니라는 듯 고개를 가로저었다.

"빼박인데… 그냥 이걸로 치죠! 이새끼 족치면 부르거나 아니면 이걸로 해영파 칠 수 있을 것 같은데. 비밀유지가 안됐다는 거니까."

"그렇게 쉽게 생각할 문제가 아니야. 정킷방 비밀유지는 우리 생각보다 훨씬 심해. 쉽게 생각했다가는 오히려 역풍 맞을 수도 있어. 이새끼 분명히 마카오에 다이렉트로 안갔을 테니까 홍콩 출입국 기록 뽑아봐. 그날 전후 일주일로 잡아서 퍼스트, 비즈니스 명단도 다 뽑아봐라. 그중에서 추려보자."

회의를 마친 도훈은 선에게 전화를 걸었다. 신호음이 얼마 가지 않아 선이 받자 도훈은 팀원들에게 조용히 하라며 손가락을 입에 가져다댔다.

"형, 영상 받았어?"

"어. 이 사람 진짜 강재천이야? 확실해?"

"강일 강재천 확실해. 나도 몇 번이나 확인했어."

"50억을 칩으로 교환했네?"

"어. 입금은 늘 하던대로 하겠다길래 그렇게 하라고 했어. 그 정도 회사 규모니까 나르거나 하진 않을 것 같아서. 그래도 혹시 몰라서 영상은 확실하게 남겼지."

"다른 VVIP는 없었고?"

"오늘 우리한테 온 사람은 강재천 뿐인데… 잠깐만."

선은 통화하다가 급하게 대포폰을 확인했다.

"형! 또 온다네. 이번에는 70장이래. 일보고 연락할게."

전화를 끊은 도훈은 팀원들에게 외쳤다.

"샤따 내려라. 오늘부터 학원 폐업이다."

학원 간판 불이 꺼졌다.

"명단 확보했다. 치자."

구 팀장이 도훈에게 말했다.

"지금?"

"청장님 지시야. 자금 회수됐을 때 빨리 쳐야지 아무도 눈치채지 못한다고. 처음에는 명단 확보됐을 때 바로 치려고 했는데 워낙 큰 프로젝트다보니 금액부터 회수하자는 결론이 있었어. 대한민국 경찰 우습지? 사건에 움직이는 게 아니고 돈에 움직이고 말이다…"

"그래서 지금 당장 치자고요?"

"그래. 자금 회수됐으니 어디에서 이야기가 새어 나갈지 모른다는 거지. 이 강남바닥에서 누가 우리 편인지 어떻게 아냐는 거지. 친다. 재한이는 도훈이하고 현장 나가고, 민호는 나 따라와라."

동일과 민호가 나가자 도훈은 괴롭다는 듯 머리를 흔들었다.

"시발…."

괴로움에 내뱉은 외마디 욕이었다.

*

이혼 서류를 접수하기 위해 들린 도훈은 가까이에서 싸우고 있는 선과 지원의 대화에 시선을 빼앗겼다.

"자기야, 내가 도장을 찍긴 했지만 그래도 내 말을 좀 들어봐. 우리 꼭 이래야만 해?"

"어. 꼭 이래야만 해. 나 도박꾼이랑은 못 살아. 도박을 할 거면 들키지나 말지. 경찰서를 왜 드나들어! 변호사 선임해서 당신도 당했다고 겨우겨우 말 만들어서 다행이지. 당신이 도박한 건 팩트잖아. 어?"

"그건 나도 황정우 그새끼한테 당한 거 자기도 알잖아…."

"결국 선택한 건 당신이잖아. 당신 재판가고 실형 살까봐 내가 얼마나 조마조마했는지 알아? 어차피 친정에서도 다 이혼하라고 난리야, 난리. 진짜 내가 미쳤지…. 이런 인간이랑 결혼해서 좋다고 애까지 낳고. 빨리 들어가자. 이제 조금 있으면 지율이 어린이집 끝날 시간이야."

지원은 선의 손목을 끌었다. 하지만 선은 들어가기 싫어 버티고 버텼다.

"지원아, 제발…. 응? 지율엄마…."

선은 질질 끌려가며 애원했다.

"그냥 도박도 아니고 불법 토토? 차라리 카지노에 가서 잃었으면 내가 말을 안해. 쪽팔리게 불법 토토가 뭐니? 토토가!"

그 모습을 지켜보던 도훈은 살짝 입을 벌리며 복잡 미묘한 미소를 지었다. 자신의 턱을 매만지며 나지막이 읊조렸다.

"흑묘백묘(黑猫白猫)라 했던가⋯."

*

동일은 인상을 잔뜩 쓰고서 담배를 피우면서 말했다.

"너 이거 감당할 수 있겠어?"

부동자세로 서 있던 도훈이 대답했다.

"해야죠. 영민이 복수. 영민이 죽인 새끼 찾을 겁니다."

"영민이 안 죽었다. 실종이다."

"그럼 실종된 영민이 찾아야죠. 내 경찰대 동기, 내 파트너. 좆같아도 내 친구인 그 이영민 새끼, 내가 찾으러 갈 겁니다. 마카오에. 그러려면 말이 필요해요. 혼자서 그 먼 곳 달릴 수 없잖아요. 내 체스판 위에 올릴 말 한마리 키워야죠."

*

"심 마담, 그만 좀 옮겨. 오픈빨로만 장사할 거야?"

"왜이래. 최 대표님, 오늘 새로운 애들 있는데 볼래?"

선은 고개를 끄덕였다. 아이패드를 거치대에 세우고 호텔 소파에 앉은 채로 영상 통화를 하고 있던 것이다. 상대는 강남에서 자주 가던 술집의 마담이었다. 심 마담은 아가씨들을 데리고 들어왔다.

"얘들아 인사해. 최 대표님이라고 아주 큰일하시는 분이셔."

심 마담을 따라 들어온 여자들은 아이패드를 통해 선에게 인사했다. 작은 화면으로 보니 어떻게 생겼는지는 잘 확인되지 않았다. 심 마담은 여자들을 내보내고 선에게 물었다.

"어때, 애들 괜찮지? 지금 들어온 애들 셋은 이 바닥 처음이야. 아주 신선해."

"그냥 알아서 넣어줘. 용돈이나 주지 뭐."

"역시 우리 최 대표님이 센스가 있어! 술은 뭘로 할래?"

선은 일어서서 호텔 테이블 위에 잔뜩 놓여진 술 중에서 발렌타인 21년산을 들었다. 다시 자리에 앉아 패킹을 벗기면서 심 마담에게 말했다.

"걔네는 21년 급이더라. 이걸로 시작하자."

"최 대표, 하여간 무서운 사람이라니까. 뉴비였던 사람이 어느새 이 바닥 흐름을 다 꿰고 말이야…."

심 마담이 이어피스로 웨이터에게 요청하자 곧이어 웨이터가 열어주는 문을 통해 여자와 술이 들어왔다.

"넌 그거 마시면 돼. 그리고 심 마담은 나가봐."

"내가 마시는 술이 아까워? 왜 맨날 나만 나가래."

심 마담이 나가고 여자는 아이패드를 보기 좋은 위치에 세팅을 다시 했다. 그리고 술을 자신의 잔에 따랐다.

"오빠, 저 이렇게 마시는 거 처음이에요."

"그래?"

"네. 그래서 정말 신기해요."

"그냥 나랑 대화하면서 편하게 마시면 돼."

"네. 그런데 오빠는 지금 어디에 계신 거에요?"

"바다 건너 있지."

"마담 언니가 오빠 돈 진짜 많으시다고 하던데 맞아요?"

"그 아줌마 별 말을 다 한다."

여자는 실수했나 싶었다. 여자가 다른 화제로 돌리려는 순간 선이 여자에게 이름을 물었다.

"너는 이름이 뭐야?"

"린아요."

"린아야, 마담 언니 들어오라고 해. 너는 나가고."

여자가 나가고 바로 심 마담이 달려왔다.

"왜? 애기가 실수했어? 아니면 뭐 마음에 안 들었어?"

"그냥 지원이나 넣어줘. 지원이 들어오라고 해."

"왜 맨날 지원이만 찾아? 걔 바빠. 오늘 지명 들어왔어."

"그럼 묶어."

묶으라는 말에 심 마담의 얼굴에는 화색이 돌았다.

"알았어, 알았어. 내가 데리고 올게. 그런데 지명 들어간 지 얼마 안돼서 빼오기 힘드니까 술 좀 드시고 계셔."

심 마담이 나가고 텅 빈 룸이 보이는 아이패드를 바라보던 선은 자신의 휴대폰에 있는 아내의 사진을 보기 시작했다. 비록 이런 생활로 하루하루를 살고 있지만 마음 한켠에는 늘 이혼한 아내인 지원을 많이 그리워하는 선이었다.

"오빠, 뭐야? 왜 21년 먹고 있어?"

"지원이가 30년 먹고 싶다고 하면 오빠도 30년 드시겠지. 안 그래?"

심 마담의 말에 지원이라고 불리는 아가씨는 선을 향해 웃으면서 말했다.

"오빠, 그럼 나 30년 마실래."

"너 오늘 지명이라며?"

"오빠가 나 묶어주면 되잖아. 응?"

"최 대표, 알다시피 애 좀 비싸. 알지?"

비싸다는 말에 선은 큰소리로 웃었다. 목에 힘을 잔뜩 준 가식적인 웃음이었다.

"너 비싸? 얼마나 비싼데?"

"또, 또, 또! 애 놀래요. 내가 알아서 다 할 테니까 두 분은 이야기 나누시고 계세요. 술은 30년으로 가져온다?"

심 마담의 말에 선은 고개를 끄덕이면서 소파에서 일어났다. 술이 잔뜩 놓여 있던 테이블에서 이번에는 30년산을 골랐다. 술을 컵에 따르고 아이패드를 좀 더 가까이로 옮겼다.

"오빠 무슨 일 있어? 오늘 안색이 좀 별론데?"

"안색은 무슨…. 이 좆만한 패드로 내 안색이 보여? 이래서 술집년들 말은 믿으면 안돼. 입 하나는 기가 막히게 잘 턴다니까."

지원은 선의 말은 가볍게 무시하고 웨이터가 넣어준 술을 컵에 따르면서 물었다.

"오빠는 서울 언제 와?"

"돈 버느라 갈 시간이 없다."

"오빠 보고 싶은데…."

"보고 싶기는. 나 가면 뭐 해줄 건데?"

"뭐 해줄까?"

"내가 물었잖아."

지원은 천천히 손가락과 손바닥으로 술병을 만지면서 말했다.

"이런 거?"

핸드잡을 연상시키는 모습이었다. 선은 조금의 미동도 없이 코웃음을 쳤다. 그러자 지원은 술병 입구를 혀로 살짝 핥더니 선을 보며 말했다.

"아니면 이런 거?"

"계속해 봐."

계속하라는 선의 말에 술병을 핥던 지원은 술병 입구를 입안에 가득 넣어 빨기 시작했다. 블로우잡을 하듯 선을 유혹했다. 지원의 도발적인 행동의 선도 조금씩 달아오르려는 찰나에 선의 휴대폰이 울렸다. 액정에는 '형'이라고 떠있었다.

"지원아, 나가봐. 나가서 심 마담한테는 텔레그램으로 금액 알려주면 바로 이체한다고 말해. 이거 끈다."

영상 통화를 종료한 선은 전화를 받았다.

"어, 형."

"너 한국으로 당장 들어와."

"지금 당장?"

"어."

"여기 일은?"

"그냥 다 필요 없으니까. 서류랑 영상만 챙겨서 당장 들어와."

"형덕 형님께 말씀드리고 가면 되지?"

"아니. 말 안해도 돼. 지금 당장 공항으로 가서 퍼스트든 비즈니스든 이코노미든 가장 빠른 걸로 당장 타고 들어와. 출발 전에 도착 시간 알려주고. 공항에서 기다릴게."

형은 그냥 들어오라고 했지만 그건 마카오에서의 상황이 어떻게 돌아가는지 모르는 입장에서 한 소리에 불과했다. 나에게 형이 가장 중요한 건 사실이었지만 마카오에서의 나는 형덕 형님을 거스르는 행동을 할 수가 없었다. 그렇기에 나는 한국에 들어가야 한다는 상황을 형님에게 전하기로 마음 먹었다. 전화를 걸었다. 한참의 신호음이 울렸지만 형님은 전화를 받지 않았다. 안 실장에게도 연락을 했지만 닿지 않았다. 어쩔 수 없이 메시지를 남기기로 결정했다. 갑자기 한국에 가야 한다는 이야기를 꺼내기란 여간 어려운 일이 아니었다. 고민 끝에 메시지를 보냈다.

'형님, 전화를 드렸으나 연락이 닿지 않아 이렇게 메시지를 남깁니다. 내일이 어머니 기일이어서 한국에 좀 다녀오겠습니다. 미리 말씀드리지 못해서 죄송합니다. 제가 자리를 비워도 문제가 생기지 않도록 늘 신경쓰고 있었기에 업무상 차질은 없을 것으로 보입니다. 그럼 다녀와서 뵙겠습니다.'

그렇게 나는 또 어머니를 팔았다.

13부

跣 맨발 선

영종도의 공기는 마카오보다 차가웠다. 형이 알려준 주차 위치를 확인했다. 짐도 많은데 공항 안으로 데리러 오지 싶었다. 조금 서운할 뻔 했지만 얼마나 급한 일이었으면 다급하게 한국으로 들어오라고 했을지 생각하면 서운한 감정을 느낄 수조차 없었다. 한국에서 일이 터진 건가 싶었다. 차는 단기주차장에 있었기에 공항에서 횡단보도만 건너면 바로였다. 그때, 형이 보였다.

"형!"

횡단보도 건너편에 형이 있었다. 나를 보고 있었다. 형을 부르며 손을 흔들었다. 형 역시 나에게 손을 흔들었다. 횡단보도의 신호등이 보행신호로 바뀌길 기다리는 짧은 순간이 너무나도 길게 느껴졌다. 1초라도 빨리 형과 이런저런 이야기를 나누고 싶었다. 사실 그렇게 힘든

일은 없었지만 투정 아닌 투정을 부리고 싶었다. 신호등이 초록불로
바뀌었다. 트렁크를 끌지 않고 들고 빠른 걸음으로 걸었다. 형의 얼굴에
옅은 미소가 번지는 것처럼 보였다.

"고생했어."

형이 처음으로 건넨 말이었다. 고생했어. 이 한마디에 모든 것이 눈녹듯
녹았다. 딱히 따뜻한 말도 아닌 그저 평범한 인사에 불과한 말이었지만
나에게는 어떠한 말보다도 크게 다가왔다. 들고 있던 캐리어를 바닥에
내려두고 형을 껴안았다. 징그럽다면서 떨어지라고 할 것 같았는데 그러지
않았다. 덤덤하게 내 등을 다독여주었다. 친형이었다면 이랬겠지 싶었다.
어느새 형은 아는 형이 아닌, 친한 형이 아닌, 친형이 되어 있었다.

조금 전까지만 해도 배가 전혀 고프지 않았는데 형을 보자 마음이
놓였는지 뱃속에서 쉴새없이 요란한 소리를 내기 시작했다. 괜찮은
식당을 예약해두었다며 밥부터 먹자고 했다. 3시간 30분밖에 되지 않는
비행이었지만 나름 타국에서 왔다고 차에 타자마자 졸음이 쏟아졌다.
형은 눈을 감고 한숨 자라고 했지만 나는 괜찮다고 말했다. 하지만 대답과
달리 순식간에 곯아떨어졌다. 눈을 뜨니 이미 차는 청담동에 도착한
상태였다.

"깼어?"

"나 잠들었지. 미안…."

"잘했어. 나 때문에 타국에서 고생했는데 이 정도 운전이야 평생 할
수도 있어."

"고생은 무슨…. 그보다 우리 뭐 먹으러 가는 거야?"

"원래 귀한 손님 오면 고깃국부터 먹이는 거라잖아."

도착한 곳은 예전에 정우와 왔었던 청담하우스였다. 발렛을 맡기고 안으로 들어갔는데 직원은 예약자의 이름을 묻지도 않고 우리를 방으로 안내해주었다.

"우선 위스키 등심으로 2개주시고…. 술은 뭐 마실래?"

"한국 왔는데 소주지."

"술은 소주로 주세요."

우리가 주문을 마치자 직원은 문을 닫고 나갔다. 어떠한 이야기도 새어 나가지 않을 정도로 두꺼운 문이었다.

"여기 전에 왔었는데…."

"누구랑?"

"황정우."

"그새끼랑 여기 왔었어?"

"어. 심지어 같은 방이네. 저 그림 보니까 기억이 나네…."

형이 앉은 자리 뒤에 걸린 그림을 가리켰다. 조토 디 본도네의 유다의 배신.

"유다의 배신이라…."

형은 나지막이 말을 하더니 짧은 한숨을 내쉬었다. 그 모습을 보니 나역시 그날이 떠올라서 한숨이 절로 나왔다.

"그 새끼가 여기에서 이런 말을 했어. 지금 생각해보니 명언이긴 하네…."

"뭐라 그랬는데?"

"돈이 있으면 촌스러움도 하나의 문화가 된다나 뭐라나."

형은 내 말에 잠시 생각에 잠긴 것처럼 보였다. 그래서 나도 생각을 해봤는데 갑자기 얼굴이 화끈거렸다. 요즘의 내가 그렇게 살고 있었다.

"틀린 말은 아닌 것 같네. 돈이 있으면 촌스러움도 하나의 문화가 된다…. 그 새끼가 괜히 사기꾼 새끼가 아니네. 네 돈 먹으려고 아주 제대로 우렸었네."

직원이 고기와 술을 가지고 들어왔다. 위스키 등심이 무언가 했더니 구워진 고기 위에 위스키를 뿌려서 술맛과 불맛을 입히는 것이었다. 돈지랄처럼 느껴졌다. 우리는 술을 따라서 건배했다.

"무슨 일인데 이렇게 급하게 들어오래?"

"우선 먹고 이야기하자."

형에게 어딘가 그늘이 보였다. 분명히 유쾌한 내용이 아니라는 것쯤은 쉽게 알 수 있었다.

직원은 고기를 구우면서 우리에게 이런저런 말을 건넸다. 그저 손님에게 건네는 인사치레에 불과한 말들이었지만 한가지 신경 쓰이는 말이 있었다.

"어제 아버님께서 오셨었어요."

"그래요?"

"네. 이번에도 되시면 5선이신 거죠?"

"저보다 잘아시네요. 나머지는 저희가 굽겠습니다. 호출 전까지는 신경쓰지 않으셔도 됩니다."

직원의 의미 모를 말에 형은 선을 그었다. 직원이 나가자 구워진 고기를 내 개인접시 위에 올려주었다.

"많이 먹어."

다정한 형이었지만 무언가 차가운 느낌이 가득했다.

"5선이 무슨 말이야?"

"천천히 설명할게. 그보다 내가 말한 건 가지고 왔어?"

형은 나에게 환치기 명단을 DB화 시키는 것은 물론 수기 작성도 부탁했다. USB와 수기 작성한 노트 한권을 전달했다. 노트를 확인한 형은 나에게 소주잔을 내밀었다.

"그동안 고생 많았다. 건배하자."

"아까부터 계속 고생 타령은…."

형이 내민 잔에 내 잔을 부딪쳤다.

"그럼 나 마카오에는 언제 다시 들어가면 될까?"

"이제 안 들어가도 돼."

대답과 동시에 입에 소주를 털어 넣었다.

"다시 안 들어가도 된다니… 그게 무슨 말이야?"

형은 나에게 자동차 키를 내밀었다.

*

도훈은 석일의 서재로 들어갔다. 서재에는 온갖 책들이 쏟아질 것처럼 쌓여 있었다. 서재 책상 위에는 성경책이 올려져 있었다. 도훈은 성경책을 펼쳤다. 군데군데 형광펜으로 줄이 처져 있었다. 도훈은 아무도 없는 서재에서 피식 웃으면서 생각했다. 이러니까 정치꾼이구나. 성경책을 다시 책상 위에 올려두고 의자 뒤편에 액자에 표구된 사자성어를 따라 읽었다.

"만절필동(萬折必東)"

강물이 일만 번 꺾여 굽이쳐 흐르더라도 반드시 동쪽으로 흘러간다는 뜻이다. 석일의 생각을 가장 잘 타나내는 말이었다.

석일에게 도훈은 늘 거스러미 같은 존재였다. 평소에는 대수롭지 않게 생각해서 자르지 않고 미루다 보면 어느새 불편함이 가득해져서 손톱깎이로 깎아야지 하다가 손톱깎이가 보이지 않아 손으로 뜯게 되어 결국 피를 불러 일으키는 존재. 그게 바로 도훈이었다. 수희가 자살한 것도 석일은 도훈의 탓이라고 생각했다. 그저 이 집에서 일어나는 수많은 일을 못본 척, 못 들은 척하고 넘기면 그만인데 그러지 못한, 정확하게 말하자면 그러지 않은 도훈을 골치아픈 녀석이라고 생각했다.

도훈 역시도 석일의 생각을 잘 알고 있었다. 그렇기에 어린 나이에 반항을 했고, 결국 경찰대학에 입학한 것이었다. 자신의 가족을 망친 석일과 설란에게 복수하겠다는 이유 하나만으로 자신의 진로까지 정해버린 도훈이었다.

그날은 어둠이 가득했다. 봄인데도 먹구름이 가득낀 하늘로 인해 겨울이라고 해도 믿을 정도였다. 그 쌀쌀함이 너무나 추워서 집안에서도 겉옷을 걸치지 않고는 있기 힘든 정도의 추위가 맴돌고 있었다.

목이 말랐던 도훈은 방에서 나와 부엌으로 내려갔다. 도훈의 방은 2층이었다. 식사하기 위해서는 다이닝룸이 있는 1층으로 내려가야했지만 웬만해서 도훈은 1층으로 내려가는 것을 꺼려했다. 딱히 이유라 할만한 건 없었다. 좋아하는 설란이 자꾸만 자신을 피하는 것 같은 느낌이 들어 슬펐다는 것이 이유였다면 이유였을까. 사랑이라는 감정을 깨달은 소년은 작은 눈빛이나 말투에도 민감하게 반응했다. 그날 도훈이 1층 부엌으로 향한 것도 어찌보면 당연히 일어나야 할 일이 이제야 일어났을 뿐이었다.

부엌으로 가서 머그잔에 물을 따랐다. 좋아하던 추리소설을 읽다보니 어느새 시간이 새벽 2시도 훌쩍 넘긴 시간이었다. 당연히 집안에서는 어느 소리 하나 들리지 않았고 거실에 있는 시계의 초침 소리만이 이 넓은 저택에서 울리고 있었다. 도훈은 물을 마신 후 사용한 컵을 물로 헹구려다가 이 작은 소리에도 누군가 잠에서 깨진 않을까 걱정이 되어 조심스럽게 싱크대에 컵을 올려두고 부엌을 빠져 나왔다.

2층으로 올라가려고 계단으로 향하는데 문이 열리는 소리가 들렸다. 도훈의 시선은 자연스럽게 소리가 난 문으로 향했다. 몸이 비칠 정도로 얇은 슬립 원피스를 입은 채로 로브를 설치면서 나오는 사람은 설란이었다. 도훈과 설란은 눈이 마주쳤다. 하지만 둘은 어떠한 말도 할 수 없었다. 설란이 나온 방은 석일의 방이었다.

"형… 할말있어…."

"무슨 말이길래 이렇게 뜸을 들여?"

"그게…."

도훈은 여훈에게 전날 밤에 있었던 이야기를 하려고 했다. 하지만 생각처럼 쉽게 말이 떨어지지 않았다.

"공부가 잘 안돼?"

"응…. 뭐 그렇지."

"싱겁긴. 이제 슬슬 나가봐야 하는데, 급한 일이 아니라면 다녀와서 해도 될까?"

"어. 형, 미안해. 내가 시간 뺏었지?"

여훈은 도훈의 머리를 쓰다듬으며 말했다.

"도훈아. 만약에 네가 이 집안에서 생각하지 못했던 일이 일어나는 것을 봤거나 들었어도 그건 그저 해프닝에 불과한 거야. 그리고 그게 우리 가족을 위협하거나 그러지 못해. 그러니 난 네가 생산적이지 않은 일에 네 정신을 소모하지 않았으면 한다."

"혹시… 알고 있어?"

"내가 네 이상으로 알고 있을거란 생각은 안 해봤니?"

"그럼 아버지와 우 실장이…."

"도훈아. 우 실장이 우리집에서 왜 지낸다고 생각해? 아버지의 비서니까? 그렇다면 다른 보좌관이나 다른 비서관들은 왜 그러지 않는 건데? 오히려 가깝다면 더 가까운 사람이 수석보좌관일텐데 말이야."

"그럼…."

"그래. 우 실장에겐 그게 우 실장의 일이야. 자신의 일을 할 뿐이지. 해가 떠 있을 때와 해가 졌을 때의 일을 충실하게 잘 해내고 있을 뿐이란 거야. 그렇다고 우리가 그런 우 실장을 뭐라고 할 수 있을까? 아버지의 첩이라고? 너는 그렇게 말할 수 있겠어?"

"그럼 어머니는? 어머니는 이 사실을 전혀 모르는 거 아니야?"

"도훈아…."

여훈은 쓰고 있던 안경을 벗어서 책상 위에 내려 놓고는 눈을 감았다. 손가락으로 감은 두 눈을 지그시 눌렀다.

"네 어머니. 너와 나를 낳으셨어. 우리의 어머니이기 전에 진석일의 아내야. 국회의원이 아내라고. 그 자리 그렇게 쉽지 않아. 그러니 괜한 이야기에 머리 아프지 말고, 그저 세상 돌아가는 일이라고 생각해."

형의 놀라운 이야기는 여기서 멈추지 않았다.

"우리 도훈이… 아무것도 모르는 도련님이었네. 대의를 위해 어느 정도의 희생은 있는 법이야. 우리는 그렇게 살아왔고 앞으로도 그렇게 살아갈 거야. 그래서 네가 이 넓은 집에서 부족함 없이 지내는 거 아니겠어? 네가 학교에서 그렇게 사고를 쳐도 단 한번의 정학없이 지내는 게 다 어디서 나온다고 생각해?"

"아버지…."

도훈은 인정하고 싶지 않았던 단어를 말했다.

"그래, 그거야. 아버지…. 너는 이 모든 것을 등질 수 있어? 나는 그렇지 않아, 못해. 최연소 검사 타이틀을 땄지만 그전에 나는 검사장 출신 국회의원 진석일의 장남이야. 최연소 검사? 그저 다섯글자에 불과한 그 말이 무슨 소용이라고. 하지만 진석일 의원의 아들? 이건 내 노력으로 얻을 수 있는 게 아니야. 타고난 거지. 어느 누구도 갖지 못한 이 타이틀을 나는 절대로 포기할 수 없어. 그러니 도훈아… 네가 진정으로 이 형을 좋아하고 위한다면, 너 역시 진석일 의원의 아들이라는 타이틀을 버리지 말고 그대로 가지고 가렴."

*

"어머니…."

"도훈아, 무슨 일이니?"

"어머니…"

"얘가 왜 말은 안하고 안하던 짓이야? 용돈 달라고 이러지는 않을 테고…. 혹시 사고 쳤니? 그런 일이라면 우 실장에게…"

어머니의 입에서 아무렇지 않게 그녀의 이름이 나오자 내 주먹에는 저절로 힘이 들어갔다. 형의 말이 떠올랐다. 이 집에서 일어나는 모든 일이 다 우리를 위한 것이니 묵과하는 것이 옳은 걸까 생각했다. 하지만 나는 그럴 수 없었다.

"어제 우 실장이 아버지 방에서 나오는 것을 봤습니다."

뱉고야 말았다. 이 말이 얼마나 큰 나비효과를 일으킬 지에 대해서 그때의 나는 전혀 알지 못했다. 어머니의 표정이 살짝 일그러지는 것을 느낄 수 있었다. 하지만 어머니는 여전히 차분한 상태였다.

"일이 있어서 그런 것일 테야. 네가 신경 쓸 일이 아니다."

"새벽이었다고요! 우 실장이 옷도…"

"그만!"

어머니는 내 말을 막았다. 어머니의 처음 보는 모습이었다. 더이상 어떤 말도 할 수가 없었다. 어머니는 잠시 심호흡을 하더니 약을 꺼내오라고 했다. 어머니는 두통을 달고 살았다. 약통에서 약을 꺼내고 물컵에 물을 따라서 건넸다. 어머니는 알약 두 알과 물을 함께 삼키고는 천천히 입을 뗐다.

"도훈아. 이 집에서는 수많은 일이 일어나고 있단다. 그중에서 아버지와 관련된 일은 더욱더 중요하고도 비밀스러운 것이란다. 네가 무엇을 보았건 그건 우리 가족에게 해가 되지 않는다. 네가 본 것은 그저 지나가는 시간에 불과한 것이니 잊어라. 그러면 된다."

어머니의 말에 가만히 있을 수밖에 없었다.

"머리가 아파서 누워야겠다. 이만 나가보렴."

"네…"

방을 나와서 문을 닫으려는 찰나 침대에 누워 있는 어머니와 눈이 마주쳤다. 어머니의 눈빛 속에서 실망과 슬픔, 그리고 나에 대한 경멸을 느낄 수 있었다. 나는 목례를 하려고 했으나, 어머니는 내 눈을 피해 돌아누웠다. 나와 더이상 마주보고 싶지 않다는 의미였다.

형의 말이 맞았다. 이 집은 더러운 집이었다. 모든 감각을 마비시킨 채 살아야 하는 곳이었다. 이 사실은 간과한 나의 잘못이었다. 결국 나의 이 어리석은 잘못은 어머니를 죽음으로 몰았다.

수희의 방에는 빈 술병들과 약통들이 바닥에 너저분하게 늘어져 있었다. 그리고 그 속에 편지 한통이 있었다.

내가 아는 것과 내 아들이 아는 것은 엄연히 다르다.

도훈은 그날로 아버지의 꿈이었던 검사가 되는 것을 포기하고 경찰이 되고자 결심했다. 아는 것을 모르는 척하지 않아도 되는 경찰. 모르는 것도 수사를 통해 알아내야만 하는 경찰. 사람들은 검사도 마찬가지라고 생각할 수 있겠지만 도훈의 생각은 아니었다. 아버지와 형을 보면 전혀 그렇지 않다는 것이 도훈의 생각이었다.

"만절필동. 참으로 마음에 드는 고사성어지."

석일은 어느새 서재에 들어와있었다.

"황하가 일만 번 꺾어도 반드시 동녘으로 흐른다는 뜻이지. 중국의 지형은 우리나라와 다르지. 서고동저의 지형으로 황하를 비롯한 대부분의강이 동쪽으로 흘러가게 된단다. 공자가 살던 시기인 춘추전국시대의 강역에서는 동쪽으로 흐르지 않는 강은 어디에도 없었단다."

"뜻을 세우면 어떤 난관도 이겨내고 반드시 이루어낸다, 유지경성(有志竟成)도 떠오르게 하네요."

"그렇지. 역시 네가 이 집에서 허투루 배운 것이 없구나. 도훈아, 만절필동의 원전 상의 의미가 무엇이라고 생각하느냐."

"사필귀정(事必歸正)으로 알고 있습니다."

"그래. 우여곡절을 겪어도 결국에는 반드시 좋아질 것이라는 의미지."

"아버지가 좋아하실 만 합니다."

"네가 그렇게 말해주니 의미가 남다르구나."

석일은 중앙에 있는 소파에 앉았다.

"나와 말장난이나 하려고 왔을리는 없고. 웬일이냐, 집에를 다 오고."

도훈은 석일이 앉아 있는 맞은편 소파에 철퍼덕 앉으면서 말했다.

"돈 좀 주세요, 아버지."

"네 입에서 처음 듣는 소리구나. 돈이라니…."

"이유를 말하면 주실 건가요?"

"들어보고."

석일은 꼬고 있던 다리를 풀었다. 그리고는 도훈이 도대체 무슨 연유에서 돈을 달라는 건지 궁금하다는 듯 맞은편에 있는 도훈을 향해 살짝 몸을 앞당겼다.

"어차피 출처도 모르는 더러운 돈인데 굳이 어디에 쓸지 말해야 하나요?"

도훈의 치기 어린 말에 석일은 크게 웃었다. 이 집을 떠나던 그 날과 조금도 변하지 않은 모습이었다.

"이런 기세를 보면 내 아들이 분명한데…."

석일이 말을 마저 이으려는데 도훈이 석일의 말을 대신 이었다.

"왜 지점 밥이 싫더냐…. 그 말씀이라면 이미 일만 번도 더 하셨습니다."

"알고 있다니 다행이구나."

석일은 일어서서 금고로 향했다. 비밀번호를 누르기 전에 도훈을 살며시 쳐다보았다. 눈이 마주친 도훈은 콧방귀를 끼더니 고개를 옆으로 돌렸다. 금고 안에는 골드바와 현금, 온갖 채권들이 가득했다. 석일은 금고 안을 보면서 잠시 생각에 잠긴 듯하더니 이내 달러 뭉치를 꺼내기 시작했다.

"이 정도면 되겠니?"

대충봐도 한화로 2억은 족히 넘어 보였다.

"이왕이면 더 주시죠? 어차피 마르지 않는 샘을 가지고 계신데 그깟 돈은 돈도 아닐 거 아닙니까? 제가 이 집을 나간 지 벌써 15년도 넘었습니다. 그에 맞는 액수를 주세요."

석일은 오히려 도훈의 이런 행동이 마음에 들었다. 그리고 설란을 불렀다. 설란이 서재로 들어오자 도훈은 불편한 기색을 숨기지 않았다. 설란은 현금을 가방에 담아 도훈 앞에 두었다. 도훈은 가방 지퍼를 열어서 현금을 확인했다.

"갈게요."

볼일이 끝났다는 듯 서재를 빠져나가려는데 석일의 말이 도훈의 발을 붙잡았다.

"네 태생은 분명하게도 이쪽이다. 그러니 지금은 내가 너를 불러 세우지 않을 것이다. 언젠간 돌아오리란 것을 확실하게 알기 때문이지. 핏줄은 천륜이다. 지금은 네가 그쪽을 딛고 서 있어서 그쪽 사람인 양 행동하지만 결국 네 녀석은 내 품으로 돌아올 것이다. 아주 분명하게도 말이다."

집을 빠져 나왔다. 안개가 짙게 깔린 길을 걷는 기분이 들었다. 아무리 손을 휘저어도 내 힘으로는 어찌할 수 없는 안개 속에 갇힌 기분이 들었다. 안개가 사라지는 방법은 오직 날이 좋아지는 방법뿐인 그런 안개 말이다.

본부로 바로 가야지 했는데 허기가 지기 시작했다. 숨막히는 집안을 벗어나니 긴장이 풀린 모양이었다. 무엇을 먹을까 고민하다가 근처 순댓국집으로 향했다.

"순댓국 하나, 그리고 소주 주세요."

순댓국은 금방 나왔다. 잔에 소주를 따랐다. 평소 같았으면 국물 먼저 먹었을 텐데 이상하게 오늘은 그러고 싶지 않았다. 종지에 새우젓을 덜었다. 그리고 들깻가루를 가득 얹어 젓가락으로 섞었다. 선이 늘 먹던 소스다. 맑은 국이 좋다던 내가 이번에는 선이 넣던 순서대로 국에 양념을 풀었다. 잔에 따라둔 술을 입에 털었다. 도수가 비록 17도조차 되지 않는 술이었지만 이상하게 정수리를 톡톡 치는 듯한 기분이 들었다.

숟가락으로 국을 떠서 먹었다. 이런 맛이었구나. 그래서 선이 나에게 그렇게나 권했었던 건가 싶었다. 맛이 좋았다. 맑은 국처럼 깔끔하진 않았지만 어느 정도의 텁텁함이 가득한 진한 맛이 묘하게 괜찮았다.

14부

우연이 아닌 오래된 운명이었다

"너무 오랜만에 왔지? 처음에는 그렇게 뻔질나게 왔는데…. 미안해서 못 왔어. 엄마 꿈 하나 이뤄주지 못한 내가 너무나도 한심해서…. 엄마는 나에게 큰것을 바라지도 않았는데. 그저 내가 근사한 사람이 됐으면 좋겠다고 했던 것뿐인데. 내가 그거 하나 못해줬네…. 엄마… 나 근사한 사람은 아니지만 근사하게 되려고 노력은 했어. 아무도 모르겠지만…. 그래도 엄마는 내가 왜 이렇게 살았는지, 엄마는 알지?"

나는 돈에 지고 싶지 않았다. 돈에 이기고 싶었다. 사람들은 돈에 지는 것이 돈에 굴복하는 것이라고 말하지만 나는 그렇게 생각하지 않았다. 돈에 진다는 것은 돈이 없다는 의미고, 돈에 이긴다는 것은 돈이 넘쳐난다는 의미로 정의하기로 했다. 나는 절대적으로 돈에 이길 것이다. 지금까지 돈에 대한 나의 열망이 이루어진 적은 단 한번도 없었다. 내가 처음으로 만져 본 큰돈은 어머니의 목숨값이었다.

*

그날은 예보에도 없던 비가 내렸었다. 어머니가 올 시간이 훨씬
지났는데도 오지 않아 전화를 걸었다.

"엄마, 왜 안와? 엄마 우산 안 챙겼지?"

"오늘 사모님이 아프셔서 이것저것 밀린 일 좀 하느라 시간이 많이
늦었네…. 그래도 사모님이 더 챙겨주셔서 다행이지. 내일 주말이니까
선이가 좋아하는 거 먹으러 가자. 뭐 먹고 싶어?"

"먹고 싶은 거 없어. 엄마 맨날 오는 길로 올 거지?"

"그렇지. 왜?"

"시간도 늦었고 비도 오니까 내가 데리러 갈게."

"아니야, 괜찮아. 우산도 빌려서 괜찮아."

"그래도…. 그럼 엄마도 슬슬 걸어와. 나도 슬슬 걸어갈게."

"그래. 고마워, 우리 아들."

우산을 챙겨서 집을 나섰다.

어머니는 주말을 제외한 평일 5일을 남의 집 일을 하며 돈을 벌었다.
요즘은 베이비시터 자격증까지 따서 일이 두배로 많아졌지만 어머니는
일을 할 수 있음에 늘 감사한다고 했다. 분명히 힘들고 고된 일일 텐데도
그런 내색을 한번도 내비치지 않았다. 이 모든 것이 다 나를 키우기
위해서라는 것을 누구보다 내가 가장 잘 알았다. 그렇기에 알면서도
모르는 척 있을 수밖에 없었다. 나를 위해 이렇게까지 할 필요없다고

말하면 어머니의 속은 문드러질 것이 뻔했다. 그런 어머니였다. 나를 위해서라면 무슨 일이든 할 수 있는 어머니였다.

걷다보니 횡단보도에 도착했다. 건너편에는 어머니가 큰 우산을 쓰고 있었다. 나는 어머니를 불렀지만 빗소리가 거센 탓인지 들리지 않는 것 같았다. 하지만 곧 어머니도 나를 발견했고 나를 향해 손을 흔들어주었다. 횡단보도는 아직 빨간불이었고 초록불로 바뀌기를 기다렸다.

우산은 쓴 채 바닥에 고인물을 바라보았다. 가로등 불로 인해 어둡지만 알아볼 수 있을 정도로만 고인 물 안에 내가 비치고 있었다. 우산을 쓰고 있어서 고개를 숙이면 시야가 가려졌다. 아직 횡단보도가 빨간불인가를 확인하고자 고개를 들었는데 어느새 초록불로 바뀐 상태였다.

나는 한번더 손을 흔들었다. 어머니는 그런 나를 보며 횡단보도를 건너기 시작했다. 한 발, 한 발. 억센 빗소리에 묻혀서 어머니의 걷는 소리, 어머니의 숨소리, 어머니의 목소리 어느 하나 들리지 않았지만 나에 대한 사랑은 거친 빗줄기도 소용 없었는지 나에게 그대로 전해져 오고 있었다.

조금이라도 빨리 나에게 오려는 어머니의 발걸음은 달려오던 헤드라이트 불빛과 그대로 충돌하고 말았다. 순식간에 일어난 일이었다. 어둠만이 짙게 깔린 이곳에, 가로등 불빛만이 우리를 비춰주고 있는 그때, 거센 속도로 달려온 자동차는 어머니를 그대로 치고 말았다.

"엄마!!!"

어머니를 향해 달렸다. 얼마 되지 않는 거리가 너무나도 멀게 느껴졌다. 꿈속을 달리는 듯한 기분이었다. 발이 느리게 움직이는 것만 같았다. 이미 어머니의 몸은 짙은 어둠이 깔린 도로를 붕 떠 하늘과 땅 사이로 튀어

올랐고 그대로 바닥에 떨어져 있었다. 횡단보도에서도 한참이나 떨어진 바닥에 누워 있던 어머니. 누워있다는 표현보다는 나뒹군다는 입에 담기조차 싫은 표현이 더 어울릴 정도로 처참하게 누워있었다. 내가 할 수 있는 것이라곤 어머니를 부르는 것밖에 없었다.

"엄마! 엄마! 정신 차려⋯. 엄마⋯ 엄마⋯ 엄마!!!"

내 간절한 부름에 어머니는 살며시 눈을 떴다. 힘겹게 나를 부르며 말했다.

"그러게⋯ 왜 나왔어⋯. 이렇게 비도 많이 오는데⋯. 우리 아들 비 맞아서 감기 걸리면 안되는데⋯."

어머니 피와 하늘에서 내리는 비가 섞여서 내 몸을 타고 흐르기 시작했다.

*

괜찮은 척 아무렇지 않은 척 했지만 수희는 자신의 떨리는 손을 멈출 수가 없었다. 도훈이 가져다준 약통에서 약을 꺼내기 위해 손바닥에 약통을 털었다. 5알이 한번에 쏟아져 나왔다. 분명히 당황하고 있다는 것이었다. 하지만 목소리에서는 전혀 떨림을 찾을 수가 없었다. 도훈을 내보내고 정신을 차리려고 했지만 여전히 자꾸만 머릿속을 헤집는 두 사람의 모습이 떠올라서 안정을 찾을 수가 없었다. 수희는 조금 전 분명히 약을 먹었지만 이내 또 다시 약통으로 손을 뻗었다. 하지만 두 사람보다 자신을 더 괴롭히는 것은 도훈이라는 사실을 알게 되었다.

내가 아는 것과 내 아들이 아는 것은 엄연히 달랐다. 내가 스스로 덮은 것과 사실을 알면서도 덮고 있다는 것을 타인이 안다는 것은 스스로를 우습게 만드는 일이었다. 하지만 이 집에서 일어나는 일에 수희는 간섭하지 않았다. 아니, 하지 못했다. 재력가 집안의 장녀. 정치인과 혼인한 여대 나온 여자. 이것이 수희가 앞으로도 계속 가지고 가야 할 포지션이었기 때문이었다.

정치인에게는 가족의 이미지가 굉장히 중요했다. 여훈이 기를 쓰고 최연소 검사 타이틀을 딴 것 역시 일종의 가족 사업의 일환이었다. 수희 역시 이 사업에서 본인의 역할을 충실하게 해내고 있을 뿐이었다. 같은 집에 살면서 남편과 설란의 관계를 모를 리가 없었다.

도훈이 닫고 나간 문을 한참을 바라보다 수희는 서랍 속에 두었던 일기장을 꺼냈다. 지난 날의 기록을 하나씩 읽어 내려갔다. 꽤 오랜 시간동안 일기장을 읽은 후 약통에 한번 더 손을 뻗었고 물 대신 옆에 놓인 위스키와 약을 함께 삼켰다. 한 잔, 두 잔, 세 잔. 그렇게 위스키는 점점 비워졌고 그렇게 취기는 올랐다. 취기가 오른 수희는 펜을 집어 인생에서의 마지막 일기이자 유언을 남기고 집을 나섰다. 석일의 자동차 키를 쥐고서 말이다. 수희는 집을 벗어나 친정 소유의 별장으로 가려고 했다. 하지만 빗길은 너무나 험난했고 술 기운은 차츰 더 오르기 시작했다. 그렇게 한 음주운전은 결국 교통사고로 이어지게 되었다.

사고를 냈다는 것을 인지한 수희는 집으로 돌아갈 수 없었다. 그렇게 방향을 틀었고 그대로 한강으로 돌진했다. 수희가 몰고 나간 차는 석일의 차였다. 수희 나름의 복수였다. 하지만 석일은 이미 네임드 국회의원이었다. 사고에 대해서도 누구보다 앞서 알았고 빠르게 통제할 수 있었다. 그렇게 진실은 맑지 않은 한강 아래에 그대로 가라 앉고 말았다.

하지만 이건 어디까지나 가해자의 입장이었다. 피해자의 아들은 그러지 않았다. 어머니를 잃은 슬픔 속에서도 기억을 끄집어내어 가해자를 찾기로 결정했다. 어머니의 장례를 치른 후 본격적으로 교통사고를 파헤치기 시작했다. 사고 현장에는 CCTV가 있었으나 차량을 정확하게 식별하기 어렵다는 이야기를 들었다. 그때부터 선은 자신의 기억력에 의존하기 시작했다. 끔찍한 사고 현장을 수십 번도 더 찾았다. 그리고 그날을 계속해서 복기했다. 사고 낸 차량의 번호를 기억해내기 위해서였다. 그리고 결국 선은 기억해낼 수 있었다.

번호판을 기억해낸 선은 바로 경찰서로 향했다. 교통조사계에 사건을 접수했다. 하지만 선에게 연락을 한 것은 경찰이 아닌 이주학 변호사였다.

"변호사 이주학입니다."

주학은 명함을 내밀었다.

"저는 경찰에 신고했는데 왜 변호사님이 저를 보자고 하신거죠? 차량 번호를 기억해내 신고를 했으면 경찰이 조사를 해야지, 왜 제 연락처를 그쪽에 전달한 걸까요? 그 이유가 궁금해서 나왔습니다."

차가운 내 태도에 주학은 분위기를 바꿔보자 목소리의 한 톤을 높여서 말하기 시작했다.

"어디서부터 어떻게 말씀을 드려야 할지 저 역시도 어렵긴 마찬가지입니다. 하지만 굳이 돌려 말하는 타입도 아니다보니 본론으로 바로 들어가겠습니다. 보상금 드리겠습니다."

"보상금이요? 그쪽에서 저희 어머니 사망 사고에 대한 책임을 인정하겠다는 것으로 받아드리면 될까요?"

"네, 그렇습니다. 오프 더 레코드로 말씀드리면 교통사고 가해자는 이미 사망했습니다. 그래서 이 사건에 대해서도 경찰은 더이상 조사하지 않을 것입니다. 물론, 더는 움직이지 못하도록 저희 측에서도 당연히 조치할 것입니다."

"왜 그런 이야기를 하는 거죠? 제가 이 모든 것을 녹취해서 신고라도 한다면 어떻게 하시려고?"

"현실성 있게 생각하셨으면 합니다."

"현실성 있게?"

"조언을 드려도 될까요?"

"들어보죠."

"어머니는 이미 돌아가셨습니다. 가족을 잃은 슬픔을 말로 형용할 수 없다는 것 역시 저도 압니다. 하지만 이미 엎질러진 물입니다. 다시 잔에 담아도 마시기에는 꺼려질 수밖에 없습니다. 대신 쏟아진 물을 닦아내고 새로 깨끗한 물로 다시 잔을 채우면 됩니다. 저는 최선 씨가 그러셨으면 합니다."

"비유따위 집어치우고 쉽게 말해요."

"어차피 신고해서 조사를 한다한들 가해자가 죽었기에 처벌은 불가합니다. 그럴 바에 모든 것을 가슴에 묻고 보상금을 택하는 것이 훨씬 이득이라고 생각합니다. 돌아가신 모친께서도 당신의 아들이 아직도 사고를 잊지 못해 허덕이는 것보다 그 사고로 인한 보상금을 받아 조금이나마 편하게 살기를 원하지 않겠어요? 그날의 교통사고에 관한 모든 것을 잊어주시기 바랍니다. 그렇게 하신다면 그에 걸맞는 충분한 보상을 하겠습니다."

드디어 제대로 이야기를 한 변호사의 말에 웃음이 나왔다.

"보상? 도대체 얼마나 주려고 그 입에서 그런 역겨운 단어가 나올까요?"

내 감정은 이미 걷잡을 수 없는 불길과도 같았다. 불씨의 시작이 어디인지는 분명했지만 그 끝이 어디인지는 도무지 알 수 없는 그런 지독하리만큼 지독한 거센 불길과도 같았다.

주학은 갈색 서류 봉투를 내밀었다. 열어보지도 않고 서류 봉투를 그대로 찢어 바닥에 팽개쳤다.

"흠…. 이야기는 충분히 전달했다고 생각되어지니 먼저 일어나겠습니다. 생각이 바뀐다면 언제든 연락주시기 바랍니다. 물론 빠른 시일이길 바랍니다만…."

주학은 자리를 떠났다. 주학이 나가고 바닥에 떨어져있는 찢겨진 서류봉투를 주웠다. 버리려고 주운 것인데 갑자기 그 안에 들어있는 내용이 궁금해졌다. 이딴 걸 궁금해하는 모순적인 내 모습이 한없이 초라하고 하찮게 느껴졌다.

찢긴 틈 사이로 서류를 꺼냈다. 합의서라고 적혀 있었다. 합의서에는 내가 갑으로 명칭되어 있었지만 영락없는 을의 입장이었다. 마지막장 서명란에는 변호사의 이름이 들어가 있었다. 그런데 웃기게도 3억 원이라는 금액에 내 시선이 멈추었다. 그쪽에서 정한 어머니의 목숨값은 3억이었다. 나는 고작 3억에 어머니의 죽음을 팔 생각따위는 전혀 없었다.

어릴적부터 나는 내 이름이 좋았다. 늘 선하고 최선을 다해 살라고 어머니가 지어주신 이름이었다. 하지만 살아보니 세상을 착하게만 사는 건 어리석은 행동이었다. 물론 사람으로서 착하게 사는 것은 어쩌면 당연한 것이었다. 하지만 그렇게 살아봤자 내 주머니에 들어오는 것은 아무것도 없었다.

착하게만 살고 최선을 다하지 않았던 탓이었을까 싶은 생각에 이번에는 최선을 다해서 살기로 했다. 100만 원조차 되지 않는 푼돈을 벌겠다고 아르바이트를 하며 시간에 쫓기다 보니 장학금 한번 받지 못한 채 학기를 마무리하는 그저 그런 수준의 대학생이 되었다. 착하게 살고 최선을 다했지만 결국 내 주머니에 들어온 것은 학자금 대출뿐이었다. 그렇게 살다보니 문득 어머니의 목숨값이 떠올랐다.

"네, 법무법인 하늘입니다."

"이주학 변호사님 계신가요?"

"어디에 누구시죠?"

"최선이라고 합니다. 3년 전쯤에 뵀었는데…"

"네, 잠시만요. 연락처 남겨주시면 확인하고 연락드리도록 하겠습니다."

주학의 명함을 버리지 않고 있었다. 그런 사실이 부끄러웠지만 어쩔 수 없는 선택이었다. 근사한 사람이 되기 위해서는 돈이 필요했다. 그랬다. 분명히 그랬다.

전화벨이 울렸다.

"여보세요?"

"이주학입니다."

"안녕하세요. 제가 전화드렸어요."

"무슨 일 때문인지요?"

"저…."

말로 꺼내기 쉽지 않을 거란 예상은 이미 여러번 했었다. 나의 머뭇거림에 눈치를 챈 변호가가 먼저 말을 꺼냈다.

"보상금때문에 전화주신 것 맞으십니까?"

"네…."

"옳은 결정 하셨습니다. 그럼 뵙고 말씀 드리는 것이 좋을 것 같네요."

"제가 사무실로 갈까요? 명함에 주소가 적혀 있는데…."

"제가 하늘에서 나온 지는 꽤 됐습니다."

"그럼 어디에서 뵙죠?"

"삼성동 괜찮을까요?"

"네, 좋습니다."

시간에 맞춰 약속 장소인 호텔 1층 카페에 도착했다. 수트를 입은 사람들 사이에서 과잠바를 입은 채 백팩을 메고 있는 내 모습이 한없이 초라해보였다. 3년이란 시간이 흘렀지만 변호사는 나를 단번에 알아보았다.

"일찍 왔네요?"

"네."

"주문부터 하죠."

직원이 건넨 음료 메뉴판을 펼쳤다. 학교 앞에서 테이크아웃하면 1,500원이면 마실 수 있는 아메리카노가 여기서는 0이 하나 더 붙고도 넘는 가격이었다. 아메리카노 2잔을 주문했다.

변호사는 내가 입고 있던 과잠바를 보더니 입꼬리를 살짝 올렸다. 비웃는 건가 싶었지만 그게 아니라는 것을 그의 말을 통해 바로 확인할 수 있었다.

"동문이네요. 당연히 후배님이시고."

"아…."

"빠른 시일이길 바랐는데 벌써 3년이란 시간이 흘렀더군요. 그동안 대학에도 진학하고 많은 일이 있었겠군요. 미안해요. 변호사 출신이어서 말이 많습니다. 물론 지금은 최대한 말을 줄여야 하는 입장이긴 하지만요…."

"그럼 지금은 변호사를 그만두신 건가요?"

3년이란 세월은 나 역시도 바뀌기에 충분한 시간이었다. 날이 잔뜩 서있던 과거의 나는 사라졌고 아무렇지 않게 이야기를 하며 질문까지 던지는 내가 갑자기 낯설게 느껴졌다.

"그만두었다는 표현보다는 외도 중이라는 표현이 더 맞을 겁니다. 이쪽 일은 조금의 잘못도 이해되지 않기에 무슨 일이 생기면 언제든 바로 다시 변호를 준비해야 하는 처지니까요."

커피가 나왔다. 나는 차가운 커피를 시켰고 주학은 뜨거운 커피를 시켰다. 너무나도 긴장되는 상황이라서 차가운 커피를 마시지 않고서는 버티기 어려울 것 같았다. 몸에 열이 올라 얼굴이 빨개지지는 않았을까 연신 걱정하기 바빴다. 어린 나이였지만 결코 어리다고 만만하게 보이고 싶지 않았다.

"합의금을 받으려면 어떻게 해야 하죠?"

단도직입적으로 물었다. 변호사는 그런 나를 애송이 보듯 웃음기 가득한 눈으로 쳐다보더니 들고 온 가방에서 서류를 꺼냈다.

"읽어봐요."

3년전 서류와 같았다. 하지만 한 가지 바뀐 점이 있었다면 대리인이 바뀌어 있었다. 3년 전에는 법무법인 하늘 대표 변호사였다면 지금 내 손에 들린 합의서에는 개인 변호사 이주학이었다. 그리고 위임인에는 역시나 어떠한 내용도 적혀져 있지 않았다.

"제가 법쪽으로 무지하긴 하지만 사기당할 정도로 머리가 나쁘진 않습니다. 궁금하니까 물어볼게요. 왜 위임인은 공란인 겁니까?"

"위임인은 가해자의 가족입니다. 그리고 가해자 및 위임인에 대해 고지할 이유는 없습니다. 개인정보 유출이라는 기본적인 이유에서입니다. 또한 위임인이 제 의뢰이기 때문입니다. 저는 의뢰인을 보호할 의무가 분명하게 있습니다. 그뿐입니다. 최선 씨가 이 합의서에 서명하지 않아도 됩니다. 하지만 고작 몇 가지 의문때문에 3억 원이라는 돈을 포기하지는 말아요. 이건 제가 가해자 측의 대리인이기 전에 최선 씨의 선배로서 하는 조언입니다. 돈은 쉽게 얻어지지 않습니다. 하나를 얻으면 하나는 잃는다…. 이게 바로 돈이 가진 힘이고 돈이 가진 악행입니다."

그때 지나가던 남자가 주학에게 아는 척을 했다.

"이 변? 오랜만이네."

남자는 선을 슬쩍 훑더니 주학에게 물었다.

"이제 이 보좌관이라고 불러야 되려나?"

주학은 앉은 채로 불쾌한 기색을 내비치더니 금세 표정을 풀고는 자리에서 일어나 허리 숙여 인사했다.

"의원님, 오랜만입니다."

"그래, 오랜만일세. 이번에 진 의원이 단단히 마음 먹은 모양이야. 내 뒤를 기가 막히게 캐겠다는 의지라고 보면 되려나? 이 변을 당신 보좌관으로 앉히다니 말이야. 그리고 그 자리에 간 자네를 보니 이번에도 내가 물 먹긴 할 모양인가 봐?"

남자는 사람 좋은 웃음으로 호탕하게 웃었다.

"아직 많이 부족합니다. 하지만 진 의원님께 실망을 드리지 않고자 최선을 다할 생각입니다. 그 과정에서 권 의원님의 먼지를 털어야 한다면 그것 역시 최선을 다할 생각이고요."

"역시 인재야, 인재. 이런 인재를 나보다 먼저 알아챈 진 의원을 내가 높이 산단 말이지. 바쁜 것 같으니 다음에 기회가 있다면 그때 천천히 이야기를 나누도록 하지."

"네, 그러시지요."

주학은 이번에도 정중하게 인사했다. 남자는 주학의 어깨를 손으로 툭툭 치고 자리를 떠났다. 묘한 긴장감이 나에게까지 전해졌다. 단순한 어른들의 기싸움이었다. 하지만 나에게는 분명히 성과가 있는 대화였다. 주학과 남자가 나눈 대화에서 중요한 것을 캐치해냈다. 그러면 충분했다.

몇 장의 문서를 읽고 서명하는 데에는 고작 10분도 채 걸리지 않았다. 1조 1항부터 요목조목 작성되어 있었다. 그중 유독 눈이 가는 조항이 있었다.

6조. 발설 금지의 조항

1항. 합의서에 관한 내용을 발설하여 위임인에 대한 정보가 유출될 경우에 발생하는 모든 책임은 일절 갑이 보상한다.

어차피 말할 생각은 절대 없었다. 어머니를 팔아서 받은 돈이 뭐가 그렇게 떳떳하다고 말하겠는가. 나는 어머니를 잃었고 어머니를 팔았다. 그리고 그 대가를 받기 위한 서류에 어머니가 지어주신 이름을 적었다. 종이를 반으로 접고 그 접힌 부위마다 지장을 찍었다.

물티슈로 닦았지만 이미 물들어버린 인주로 인해 붉은색을 발하는 엄지의 지문을 보고 있자니 역겹게 느껴졌다. 검지로 엄지를 비비고 옷에도 비볐지만 붉은색은 사라질 기미가 보이지 않았다. 화장실로 가서 물을 틀고 비누로 박박 닦아도 여전히 그대로였다.

어머니를 판 대가였다. 내 엄지에 제대로 주홍글씨가 새겨진 것이다. 구토가 나올 것 같았지만 이내 숨을 천천히 내쉬며 터덜터덜 걸었다. 이미 시간이 늦어 해는 사라진 지 오래였다. 밤이 찾아오고 더욱더 짙은 어둠이 찾아오려는 무렵 내 속에서 그렇게 어둠이 시작되었을지도 모른다. 역시 인생은 하나를 얻으면 하나를 잃는 법이다.

15부

달이 차오르자 눈을 감았다

도훈의 표정은 지금까지 봤던 모습과는 사뭇 달랐다. 굳게 다문 입, 마주치지 않는 눈, 그리고 테이블을 치고 있는 오른손의 두 번째 손가락을 통해 알 수 있었다. 도훈의 불안함을. 그리고 나의 불안함 역시도.

"네가 가지고 있는 대포 통장들은 이미 우리 쪽에서 손 본 것들이라 당연하게도 압수될 거야. 너를 이런 일에 끼어들게 만들어서 미안하다. 네가 한 일들에 비하면 얼마 되지 않을 돈이지만 이렇게라도 너에게 보상하고 싶다…."

도훈은 선에게 자동차 키를 건넸다.

"트렁크를 열어보면 돈이 있을 거야. 이미 세탁도 여러번 거친 돈이어서 어떠한 추적도 되지 않는 깨끗한 돈이야. 안심하고 써도 돼. 네가 그 돈으로 무슨 일을 하든 나는 너를 쫓지 않을게. 이건 경찰로서가 아닌

너와 함께 밥 먹고 술 마시던 진수혁으로서 약속할게…"

도훈은 모든 말을 마치고 자리에서 일어났다. 선은 도훈을 붙잡으려고 순간 손을 뻗었지만 붙잡지 않았다. 둘의 길은 달랐고 선은 그것을 알았다. 테이블 위에 도훈이 남긴 자동차 키를 바라보니 지난 날의 오래된 자전거가 떠올랐다.

*

"다녀왔습니다…"

아무도 없는 집이었다. 이혼하고 혼자 지내다가 마카오로 가면서 처분하려고 했지만 그러지 않았다. 언제든 돌아올 곳이 하나 정도는 있어야 한다는 생각 끝에 내린 결정이었다. 선은 그것을 잘한 결정이라고 생각했다. 자신을 반기는 유일한 사람이라고 생각했던 수혁은 수혁이 아니었다. 알고 있던 모든 것이 거짓이었다. 그렇게 생각하니 유일하게 나를 품어주는 집이 있어서 다행이란 생각이 들었다.

집을 오래 비웠던 탓이었을까. 생활의 흔적이 곳곳에 남아있었지만 집안의 공기는 차갑기 그지없었다. 거실의 불을 켰다. 식탁 위에 불도 켰다. 화장실의 불도 켰다. 집 안의 모든 불을 켰지만 싸늘한 공기는 조금도 바뀌지 않았다.

소파에 앉아서 자동차 키를 만지작거리다가 식탁 위에 내려두었다. 냉장고를 열었지만 먹을 건 없었다. 오랜 기간 집을 비우기 위해 냉장고 코드는 물론 모든 전기제품의 코드를 뽑아둔 상태였다. 찬장에서 컵을 꺼내 싱크대에서 수돗물을 받았다. 목이 말랐던 탓에 수돗물을 벌컥벌컥 마셨다. 한국에 오자마자 벌어진 일들에 대해 생각 정리를 해야만 할 것 같았다.

선은 자동차 키를 손에 쥐고서 한참동안 생각했다. 늦은 시간이었지만 선은 다시 옷을 챙겨 입고 집을 나왔다. 도훈의 잘못된 양심을 손에 쥔 채로 말이다.

보습학원에 도착했다. 주차를 하고 트렁크를 열었다. 안에는 현금이 가득한 가방이 들어 있었다. 어둠이 짙게 깔린 건물을 바라보던 선은 도훈에게 전화를 걸었다.

"어."

전화를 받은 도훈은 '어'라는 짧은 한마디만을 내뱉었다.

"당연히 학원에 있지는 않겠지?"

이미 학원 주차장에서 전화를 거는 것이면서도 한편으로는 도훈이 학원에 당연히 없을 것이라고 생각한 선이었다. 선은 이 차와 돈을 다시 도훈에게 전달해야겠다고 생각했다. 돈에 대한 갈망이 이미 깔릴대로 깔린 상태였지만 자신이 한낱 체스 말에 불과했다는 사실을 알자 이 돈을 받기가 싫어진 것이었다.

돈에는 어떠한 감정이 없다. 하지만 이 돈을 주고 받는 사이에 존재하는 감정을 그 순간 선은 이해할 수 없었던 것이었다. 하지만 전화를 받던 도훈의 '어'라는 짧은 한마디에 그 생각은 순식간에 바뀌었다. 전화를 받은 도훈의 말투에서 더이상 수혁은 존재하지 않았다.

"문 닫은 거야?"

"이제 필요 없으니까."

이제 필요 없다는 도훈의 말에 선은 쓸쓸한 감정이 들었다.

"필요 없어지면 그렇게 다 버리는 사람이었구나…."

"말 그렇게 하지마. 나는 너에게 충분히 미안하다고 했고 그에 대한 보상을…"

선은 도훈의 말을 끊었다.

"형은 형의 길을 가. 나는 나의 길을 갈게. 그게 우리에게 맞는 거야. 난 아무래도 형네 집 돈으로 살 운명인가 보다…."

"우리집 돈으로 살 운명이라니…. 그게 무슨 말이야?"

"당신, 진석일 아들이잖아."

"그걸 네가 어떻게?"

선이 석일의 이름을 말하자 도훈은 놀랐다.

"내 한낱 자존심에 돈다발을 거절하는 멍청한 짓은 이제 하지 않기로 했어. 궁금하면 당신 아버지에게 직접 물어봐. 아니면 이주학 변호사에게 묻든가."

선은 말을 마치고 전화를 끊었다. 열어둔 트렁크 문을 닫고 다시 차에 올랐다. 이 돈을 돌려주려고 했던 조금 전의 선은 이미 사라진 지 오래였다.

어머니의 죽음을 팔고 받았던 3억 원으로는 근사하게 살 수 없었다. 하지만 자신의 인생을 팔고 받은 이 돈으로는 다시 시작할 수 있을 것만 같았다. 독이 든 성배를 알면서도 마시기로 한 선이었다.

검은 하늘에는 보름달이 떠 있었다. 보름달은 너무나도 밝았다. 그 밝은

빛은 속을 가득 채우다 못해 넘치도록 끓고 있던 염세까지도 밝히기에 충분해 보였다. 하지만 손에 잡힌 이 돈은 달빛을 가리는 구름처럼 느껴졌다.

*

"도훈이가 어쩐 일로 전화를 다 했니?"

"뭐 하나 여쭤보려고요…."

"그래, 말해보렴. 의원님에 관한 이야기니?"

"사실 잘 모르겠습니다."

"그렇다면 얼굴 보고 이야기하지 않겠니? 그렇지 않아도 조금 후에 의원님 댁으로 갈 예정이었다."

"제가 본가에 가지 않는다는 건 보좌관님도 아시잖아요…."

"그렇지. 그렇다면 전화로 하자구나. 무엇이 궁금해서 전화를 했니?"

"최선이라고 아십니까?"

"최선…."

"저와 인연이 있는 친구입니다. 그런데 그 친구가 마치 아버지와 무언가가 있는 것처럼 말을 하더군요. 우리집 돈으로 살 운명이라나 뭐라나…. 그러면서 보좌관님을 이주학 변호사라고 불렀어요. 궁금하면 물어보라면서 말이죠. 아시는 것이 있다면 말씀해주시죠."

"그 친구 이야기라면 아무래도 만나서 하는 것이 좋지 싶구나."

"중요한 일인가요?"

"너에게는 충분히 중요하고도 남을 거다."

"도대체 뭐죠?"

"네 어머니가 내셨던 사고의 피해자 아들이다."

우리의 인연은 우리가 서로 알지도 못했던 그때부터 시작되었다.

"네가 최선을 알고 있다니…. 어찌 된 인연인지 말해줄 수 있겠니?"

"그 이야기는 피하고 싶네요. 그리고 어디까지나 제 개인적인 호기심입니다. 아버지께는 말씀하지 말아주세요. 부탁드릴게요."

"평소에 너답지 않게 부탁이라니…. 굉장히 생소한 일이구나. 도훈아, 네가 착각하는 것 같아서 짚고 넘어가야겠구나. 나는 네 집안에서 고용한 사람이지만 그 전에 의원님의 심복이나 다름없다. 그렇기에 이 이야기가 집안을 벗어날 일은 전혀 없다고 자신있게 말할 수 있지. 하지만 이 부분에 대해서 내가 의원님께 말씀드리지 않겠다고는 약속할 수 없다. 그게 바로 내 일이다…."

도훈 역시 예상한 답변이었다. 주학은 석일의 보좌관이기 이전에 진씨 집안의 고문 변호사였다. 석일에게는 충분히 믿을 만한 사람이기에 지금까지도 함께 해 온 것이었다.

"그럼 말씀드리세요. 차라리 그게 제 마음도 편할 것 같네요. 제가 안다는 걸 아셨을 때 아버지께서 어떻게 나오실지 저 역시도 궁금합니다. 그럼 먼저 일어나겠습니다."

주학은 도훈에게 그러라고 말하고 식은 커피를 한 모금 마셨다. 그리고는 전화를 걸기 위해 휴대폰을 만지는데 도훈이 다시 자리로 돌아와서 한 가지를 더 묻겠다고 했다.

"어머니가 돌아가셨다는 것을 아버지가 알게 되셨을 때… 가장 처음에 하신 말씀이 무엇인가요?"

"만절필동."

*

"도훈이가 수희에 관해 물었다고?"

"네."

주학이 도훈과 만난 이야기를 석일에게 말하자 석일은 불같이 화를 냈다. 주학은 이미 예상한 일이었기에 조금도 놀라지 않았다.

"그래서 너는 뭐라고 했는데?"

"사실대로 말했습니다."

"사실대로?"

"네."

"그럼 그 사실대로 다시 말해봐."

"여사님께서 의원님의 차량으로 사고를 내셨다. 사고가 난 시각에 비가 굉장히 많이 내려 근처 모든 CCTV로 차량을 확인하기가 어려웠던 것이 사실이었다. 하지만 경찰이 조금의 노고를 더했다면 차의 행적은 충분히 찾을 수 있었겠지만 그러지 않았다. 그러지 않은 것에는 의원님의 힘이 있었던 것도 사실이었고 여사님의 죽음이 단순 사고사로 종결된 것 역시도 우리가 생각해낸 방법이었다. 자살로 죽음의 원인을 말할 이유조차 없었고 그것이 여사님께서 걸어오신 길에 대한 예우라고 생각했다. 그래서 그렇게 결론지었다."

"계속해봐."

"피해자 유족 측에서 기억에 의존해 차량 번호 조회를 요청했다는 이야기를 전달받고 보상금으로 사건을 일단락시키려고 한 것도 사실이었다. 하지만 처음에는 유족이 보상금을 거부했고 사고 난 지 3년이 지난 후에야 보상금을 전달했다. 모든 일은 대리인으로서 처리했기에 집안에 대한 어떠한 이야기도 유족은 알 수가 없었다. 물론 안다고 한들 보상금을 받는 즉시 합의서에 기재된 '이 사건에 대해서는 어떠한 발언도 하지 않는다.'라는 조항이 있기에 염려한 부분은 전혀 없다…. 이렇게 모든 것을 사실대로 말했습니다."

"그래, 모두 다 사실이구나. 그런데 그 유족과 도훈이가 도대체 어떻게 아는 사이라고? 왜 그 이야기가 지금 다시 흘러나오는 건데! 당장 석 달 후가 총선이라고!"

석일은 답답함에 앞에 놓인 담배에 손을 뻗었다. 그러자 주학이 담배는 몸에 해롭다며 제지했다. 석일은 짧은 한숨을 내뱉고는 담배를 집어 던졌다.

"금연한다고 치우라고 그렇게 일렀건만…. 당장 우설란보고 이거 다 정리하라고 해. 여훈이 어미 죽고 계모 노릇 잘하겠다더니 이게 도대체 뭐니, 대체 뭐냐고!"

"너무 노여워하지 마십시오. 제가 피해자 유족과의 관계는 빠른 시일 내 알아내도록 하겠습니다."

"주학아, 신경 쓸 일이 너무 많다…. 고작 아들이라고는 두 놈이 전부인데 한 놈이 저러니 내가 불안해서 살 수가 없다. 경찰 밥 먹는다고 했을 때 어떻게서든 말렸어야 했던 거였니?"

"아닙니다. 잘하셨습니다. 아무리 경찰 밥이어도 결국에는 필요할 때가 있는 법입니다."

"그래…. 그때도 네 말 듣고 그냥 놔두긴 했다만…. 요즘 따라 걱정이 이만저만이 아니다. 그보다 여훈이 녀석은 잘하고 있고?"

"진 검사야 워낙 본인 몫은 철저하게 하지 않습니까. 아마 의원님께 든든한 힘이 될 겁니다."

"그래. 그보다 김 회장 점심 약속이 내일이었던가?"

"내일모레입니다."

"그거 한주만 미뤄. 깡패 새끼랑 헤쳐먹는다는 이야기가 들리는 것 같더라. 시끄러운 것들은 우선 이번 주에는 좀 막자. 머리가 아프다…."

"알겠습니다."

*

난 아무래도 형네 집 돈으로 살 운명인가 보다….

선은 아무렇지 않은 표정으로 덤덤하게 말했지만 내 귀는 송곳에 찔리는 기분이었다. 그리고 모든 것은 사실이었다. 선의 말이 틀린 부분은 없었다. 내 어머니는 사람을 죽였다. 그리고 나는 어머니가 죽인 사람의 아들을 이용했다.

*

도훈이 석일의 아들이라는 것을 아는 데에는 그리 오랜 시간이 걸리지 않았다. 다행스럽게도 나는 좋은 기억력을 가지고 있었다.

주학을 만난 날, 그가 진 의원이라는 사람과 일한다는 것을 우연히 알게 되었다. 그리고 얼마 지나지 않아 선거 운동이 시작되었고 선고 공보물을 통해 그 사람이 진석일 의원이라는 것쯤은 쉽게 알 수 있었다.

내 어머니를 죽인 사람이 저 사람의 가족이었구나 싶었다. 저 사람이 나에게 어머니의 죽음을 팔라고 지시한 사람이었구나 싶었다. 하지만 이 사실을 알았다고 한들 발설할 생각은 여전히 없었다. 이것을 빌미로 더 큰돈을 받아야겠다는 생각도 하지 않았다. 더이상 어머니의 죽음으로 장사하고 싶지 않았다.

그런데 신기하게도 진수혁이 아닌 진도훈이라는 것을 알게 되자 내 몸 안에 있던 세포 하나하나의 움직임까지 느껴지는 것 같은 기분이 들었다. 나는 진석일을 검색했다. 국회의원의 전화번호까지도 쉽게 알아낼 수 있는 것이 현재의 대한민국이었다. 그렇게 도훈이 석일의 아들이라는 것을 알아냈다.

나는 결국 그들의 돈으로 살 운명이라고 생각했다. 어차피 그럴 운명이라면 그렇게 살아주겠다고 다짐했다. 그렇게 생각하니 너무나 쉬웠다. 곧바로 내 손에 쥐어진 이 돈다발로 무엇을 시작할지를 고민하기 시작했다.

돈이 생기자 혼자 마시는 술에 익숙해졌다. 마카오에서도 그랬고 다시 밟은 한국 땅에서도 여전했다. 호텔 라운지에서 마시는 술은 달콤하면서도 쌉쌀했다. 멈추지 않고 달리는 자동차의 헤드라이트 같았다. 시동이 멈추는 곳은 화려한 대로가 아닌 어딘가에 주차장일 것이다. 그리고 뜨거웠던 엔진도 서서히 식을 것이다.

내가 마시고 있는 술과도 같았다. 처음에는 강렬한 맛에 내 혀는 매료되지만 점차 목구멍을 타고 내려가면 그 씁쓸함이 너무 커서 누군가와의 대화를 통해 이 씁쓸함을 날려 버리고 싶지만 내 옆에는 아무도 없는 지금 이 기분 그 자체였다. 하지만 나는 이 기분을 즐겁게 느끼기로 했다.

"고민 있으세요?"

세척된 술잔의 물기를 마른 수건으로 닦던 바텐더가 물었다.

"고민 있어 보여요?"

"이렇게 젊은 분이 한숨을 쉬면서 술만 드시잖아요. 그것도 혼자…."

"혼자?"

내가 되묻자 바텐더는 고개를 끄덕였다.

"혼자 마시는 사람 여기 이렇게나 많은데요?"

혼자 술을 마시는 사람의 비율이 7할은 넘어 보였다. 내 말에 머쓱한지 괜히 나를 쳐다보며 싱긋 웃어 보이는 바텐더였다.

"나한테 일부러 접근하는 거라면 그러지 말아요. 나 여자한테 관심 없어요. 그렇다고 남자한테 관심 있는 것도 아니지만."

바텐더는 흥미롭다는 듯 물었다.

"그럼 어디에 관심있으세요?"

"관심이라… 이거요."

가방 안에 들어있던 5만 원권 묶음을 바 위에 턱턱 올려두었다.

바텐더는 내 행동에 놀라움이 가득한 표정이었지만 더는 나에게 말을 걸지 않았다. 이 돈이 위험한 돈이라는 것을 본능적으로 인지했던 것인지 아니면 자신에게 관심이 없다는 것을 대놓고 표현한 나의 매너없는 행동때문이었는지 사실 모르겠다. 여자에 대해서는 아마도 평생 모를 것 같았다. 알았다면 지원이 그렇게 나를 버리게 만들지도 않았을 것이다.

어디서부터 단추가 잘못 끼워졌던 것일까. 도훈과의 인연이었을까. 정우에게 현혹된 것이 잘못의 시작이었을까. 하지만 누구를 탓하기에는 이미 너무나 크게 돌고 돌았다. 달콤한 돈의 향기에 취할 대로 취한 상태였다. 여전히 비싼 술이 혀에 닿는 순간이 좋았고 순댓국에 소주를 마시던 나를 나조차도 상상할 수 없게 되었다. 심지어 그랬던 지난날의 나를 잊고 싶기까지 했다. 그 모든 것이 나였는데. 나는 그것들을 부정하고 싶을 정도로 돈에 취하게 된 것이었다.

검은 하늘에서 빛을 발하고 있는 보름달을 응시했다. 달빛이 두려울 정도로 아름답고 밝게 빛나 계속해서 쳐다보기 힘들 정도였다. 이렇게 달이 차올랐으니 이제 너도 그만 눈을 뜨라고 보름달이 말하는 것처럼 느껴졌다.

호텔 직원이 잡아 준 택시에 몸을 실었다. 택시 창문을 통해 다시 한번 더 보름달을 바라보았다. 달의 위치는 그대로였지만 내가 탄 택시가 이동하면서 달은 점점 정일정형외과병원 건물에 가려지기 시작했다. 그리고 점점 가려지는 보름달과 함께 나 역시도 피곤함에 이끌려 서서히 눈을 감게 되었다.

다행스럽게도 나에게는 아직 많은 선택지가 남아있었다. 비록 친구라고 믿었던 새끼에게 배신당해서 불법 도박을 했고 그 과정에서 경찰 조사는 물론 동창이라는 이유로 공범 의심까지 받았으나 결국 재판은 피할 수 있었다. 회사에서 잘리고 이혼도 당했지만 누군가를 탓하고 싶지 않았다. 차라리 돈에 현혹된 내 탓을 하기로 했다. 남 탓을 할 시간에 내 탓을 하고 성찰하고자 생각했다. 원정 도박 환치기를 했지만, 도훈에게 협조하여 손쉽게 빠져나올 수 있었다. 어찌 됐건 나에게는 밑지는 장사가 아니었다는 것이 내 결론이었다. 돈을 벌기 위해 한 일이었다. 여기저기에 이용당하긴 했지만 결과적으로는 많은 현금이 생겼다. 이 돈으로 무엇을 할지에 대해 생각하고 또 생각했다.

누구나 아는 국회의원의 아들이 잠입수사를 했다. 아무도 그런 예상을 하지 못할 거라 생각하고 그렇게 한 행동이었을 거란 생각이 들었다. 그렇게 생각의 끝에 도달한 나는 고요한 태풍의 눈 속으로 스스로 들어가기로 결정했다.

*

"저를 뵙고 싶다고 하셨다고요?"

"네."

"무슨 일인지 궁금하기도 하니 우선 차부터 드시면서 천천히 이야기해보실까요?"

자개로 만들어진 명패에는 사무장 권영주라고 새겨져 있었다. 사무장 명패치고는 과하게 화려했다. 원장 혹은 이사장이라고 적혀 있어야지 어울릴 법한 명패였다. 영주는 인터폰을 통해 비서에게 차를 내오라고 시켰다. 얼마 후 몸에 붙는 짧은 치마를 입은 여자가 차를 내어왔다.

"여 비서, 고마워요. 손님과 긴밀하게 이야기가 이루어질 것 같으니 급한 연락 오거나 하면 미팅 중이라고 말해줘요."

영주는 서둘러서 말을 덧붙였다.

"아, 여자 비서라 여비서가 아니고 함양 여씨라서 여 비서. 요즘 세상이 워낙에 무서워서 내가 이런 것까지 설명을 해야 한다니까요? 그것보다 무슨 일이시길래 연고도 없는 저를 찾아오셨을까…. 내 정신 좀 봐."

영주는 명패 옆에 놓인 명함꽂이에서 명함 한 장을 빼 선에게 건넸다.

"정일정형외과병원 사무장 권영주입니다."

선 역시 명함을 건넸다.

"최선입니다."

명함에는 백합 대표이사 최선이라고 적혀 있었다. 백합의 꽃말은 순결과 변함없는 사랑이다. 불법적인 일을 하고는 있지만 여전히 자신 안에는 순결함이 있다고 믿으며, 이혼한 아내 지원에 대한 그리움을 나타내는 것이었다. 아내와 딸을 다시 찾으면 모든 것이 완벽해질 것만 같았다. 돈도 가족도 모두 다 갖고 싶은 욕망은 시간이 흐를수록 더욱더 강해졌다.

"백합이라…."

영주는 선을 위아래로 훑으면서 물었다.

"화훼업은 아닌 것 같고 그렇다면 백합 조개인가? 해산물 유통하세요? 그것도 아니라면 뭘까요? 이 백합이…."

선은 차를 마시면서 천천히 말했다.

"사무장님과 같은 일은 한다고 보시면 됩니다."

영주는 웃음기를 띠며 능글거리게 물었다.

"같은 일이라면 어느 장르에 계신가…. 우리 최 사장님은?"

"사이트 합니다."

"사이트 하시는 분이 이런 병원에는 무슨 일로?"

정말 궁금해서 묻는 것이었다.

"여기 꼭대기 층 VVIP 입원실 맞죠?

"그렇습니다만…."

"임대하고 싶습니다."

선과 영주는 공사 현장을 둘러보고 있었다. 공사라고 하지만 거대한 공사는 아니었다. 그저 집기를 들인다거나 조금 고치는 정도였다. 그래도 계단과 엘리베이터를 막는 공사는 필수였다. 외부인에게는 철저하게 공개하지 않기 위함이었다.

"우리 최 사장님은 어떻게 이런 생각을 하셨을까? 머리가 너무 좋아. 머리가 아주 근사해."

영주의 입바른 말에 선은 가볍게 웃었다.

"엘리베이터 1개는 아예 우리 쪽에서 사용하기로 한 거 맞죠?"

"그럼요. 주차장 안쪽 문 열고 있는 비상용 엘리베이터는 지하 주차장과 VVIP 입원실, 아니 정킷방만 이용할 수 있도록 조치해두었습니다. 거기다가 카드키가 없으면 버튼을 누를 수도 없죠. 지하 주차장에는 정킷방 전용 발렛 직원이 상주한다고 하셨죠?"

"네. VVIP를 모시는데 발렛만큼 기본적인 것도 없죠. 그러면 엘리베이터나 보러 갈까요? 다이나 그런 것들은 새벽에 옮겨야 해서…."

"화물용이어서 크기는 걱정하지 않으셔도 됩니다. 수술용 배드 누워서 들어가는데 다이가 안 들어갈 리가 없죠. 그럼 가실까요?"

영주는 히죽거리면서 선을 안내했다.

일명 백합방이라고 불리는 정킷방은 인테리어 공사가 모두 끝나 어느새 근사한 도박장으로 다시 태어나 있었다. 선은 소파에 앉아서 테이블에 현금을 잔뜩 올려두고 지폐계수기로 돈을 세고 있었다. 무슨 생각인지 돈을 한참동안 바라보더니 창가에 쳐져 있던 커튼을 모두 걷었다. 그리고는 미친듯이 웃기 시작했다. 자전거를 타고 다니던 선은 이미 사라지고 없었다.

정일정형외과병원 꼭대기층인 13층은 늘 사람으로 북적거렸다. 프라이빗 정킷방으로 강남의 새로운 오프라인 유흥터가 된 것이었다. 백합방이라고 불리며 릴리(lilly)라고 적힌 칩을 사용했다. 백합방에서만 사용하는 칩임에도 불구하고 선은 칩을 환전할 때 1%의 수수료를 뗐다. 1억을 환전하면 100만원. 어찌보면 작은 돈처럼 느껴질 수도 있지만 백합방에서 하루에 오가는 돈은 100억이 훌쩍 넘었다. 선은 그저 앉아서 현금을 칩으로 바꿔주는 것만으로도 하루에 버는 돈이 1억이 넘었다. 거기다가 일반 정킷방과 똑같이 운영하기에 하루에 벌어들이는 수익은 엄청났다.

직원도 하나둘씩 늘어났고 음료, 술, 핑거푸드까지 모든 것이 무료였다.

대신 입장에는 조건이 있었다. 그건 바로 백합방의 회원 소개를 통해서만 입장이 가능하다는 것이었다. 그리고 그 소개인을 선이 철저하게 관리했다. 백합방의 모든 곳에서는 선의 손길이 다 닿고 있었다.

선이 있는 방은 매직미러로 되어 있었다. 안에서는 밖이 보이지만 밖에서는 안을 볼 수 없었다. 영주가 선을 찾았다. 방문을 노크하자 선은 버튼을 눌러서 문을 열어주었다. 영주는 방으로 들어오자마자 주위를 둘러보면서 감탄사를 내뱉고는 소파에 앉았다.

"최 사장, 아주 문전성시야. 장사가 왜 이렇게 잘되는 거야? 장사꾼 기질을 타고 났어."

"다 사무장님 덕분이죠. 병원 위치가 너무 좋습니다."

"내가 사람 하나는 잘 본다니까. 그래서 말인데…."

말을 줄이는 영주를 바라보던 선은 영주가 앉아 있던 소파의 맞은편에 앉았다. 선이 맞은편에 앉자 영주는 꼬고 있던 다리를 바꾸어 꼬더니 말을 이었다.

"내가 처음에는 생각을 못했는데 말이지. 여기 때문에 우리가 아래층을 다시 VVIP 병동으로 리모델링을 싹 했잖아? 그러다보니까 이거 병동 수가 확 줄어버렸지 뭐야? 게다가 강남 한복판에 있는 대형병원에 정킷방이라니…. 리스크가 커도 너무 커서 말이야…."

"팩트만 말씀하시죠?"

영주의 뜻을 정확하게 이해한 선이었지만 그가 뭐라고 말을 하는 지 더 들어보기로 했다.

"그렇지? 팩트만 말하는 게 낫겠지?"

영주는 손가락으로 미간을 긁적이면서 말을 덧붙였다.

"돈을 더 받아야겠어. 여기 임대료."

선은 이제야 불쾌하다는 듯 말했다.

"사무장님, 계약은 계약입니다. 아직 서류에 인주도 안 말랐습니다."

"그건 나도 잘 알지. 그런데 그 계약서를 우리가 어디가서 보여줄 수도 없잖아, 안 그래?"

선은 잠시 생각하더니 천천히 입을 열었다.

"우리 둘 다 꽃향기 나는 일이 아닐 텐데…. 왜 이렇게까지 하시려고? 사무장님, 내가 우스워요?"

갑자기 싸늘하게 변한 선이었다. 그런 선의 모습에 영주는 잠시 위축되었지만 어디까지나 이 병원의 소유주는 본인이었다. 그는 그 사실을 정확하게 인지하고 있었기에 전혀 겁먹지 않은 척 이야기를 계속했다.

"에이, 최 사장…. 말을 또 왜 그렇게 서운하게 하고 그래."

"사무장님, 아니 권 대표님. 원래 집안이 땅부자라고? 그래서 그렇게 공부를 시켰는데도 머리가 안 따라줘서 어쩔 수 없이 이렇게 사무장병원을 세웠고? 아… 그런데 좀 부럽다. 부모 잘 만난다는 게 이런 거구나…. 병원이 너무 좋잖아. 올림픽대로 바로지, 한강도 보이지. 이런 건물 가지고 있으면 어때요? 어떤 기분이야? 매일 약빤 것처럼 신나려나?"

점점 광기에 사로 잡혀서 말을 하는 선이었다. 그런 선의 모습을 보고 있으니 영주는 어떠한 말도 할 수 없었다. 그저 선의 말이 끝나길 기다리기로 했다.

"그런데 이게 참 좆같기도 할 거야. 의사가 아니잖아. 병원장이라는 직함을 달 수가 없잖아. 아무리 비싼 자개로 명패를 만들어봤자 그 앞에 새길 수 있는 직함은 고작 사무장이야…. 시발, 내 병원인데 말이야. 그래서 더 돈에 집착하는 거 아니에요? 돈으로 의사들 기 죽여야 하니까. 시발, 여기 내 병원이야! 너희는 내가 부리는 노예새끼들일 뿐이라고! 내가 맞췄죠?"

선은 자신의 명패가 놓인 책상으로 가 의자에 앉았다.

"내가 당신을 이해 못하는 게 아닙니다. 나는 당신처럼 타고난 돈은 아니지만 나도 이제 돈 좀 만져보니까 그 기분을 알겠더라고. 돈에 집착하게 되는 거 말이야…. 돈이 사람을 미쳐버리게 만드는 것 같다니까? 너무 좋아. 아주 짜릿하고 내 솜털 하나하나가 서는 기분이야. 심지어 돈으로 안 되는 게 없어. 밖에 사람들 봤죠? 한국에서 내로라하는 집의 자제들은 물론이고 평범한 도박사들까지. 아주 득실득실거리잖아. 이게 진짜 웃긴 거야. 평소에는 서로 마주칠 일이 없는 사람들이 한 공간에서 하하호호 어울리고 있잖아. 권 대표님, 왜 사람들이 도박을 하는지 알아요?"

"그거야 당연히 돈 따려고 하는 거 아니겠어?"

"쪼는 맛. 그 맛을 잊지 못해서 매일 이 곳을 찾는 거야. 눈만 뜨면 생각나고 눈 감아도 생각나거든. 9번 잃고 1번만 따도 그 기분을 잊지 못해서 오는 거야. 대표님, 도박해봤어요? 안해봤으면 아마 모를 텐데…. 이게 어떤 기분이냐면 섹스를 존나게 하는 거야. 그리고 마약을 또 존나게 빨아. 그리고 또 섹스를 존나게 해. 그렇게 짐승처럼 울부짖다가 사정을 하는 딱 그 느낌이야. 온몸에 전율이 흐르고 오르가즘에 카타르시스에….

아주 온몸이 저릿저릿하다니까? 내가 갑자기 왜 이런 이야기를 하나 싶죠?
그냥, 이런 이야기 해드리고 싶어서…."

　선은 서랍을 열었다. 서랍에는 날이 날카롭게 선 칼이 들어 있었다.
칼을 집어든 선은 영주 옆에 앉으면서 말했다.

　"깡패도 아닌 새끼가 왜 이런 걸 가지고 있냐는 생각이 들 거야.
사람들이 참 간사해요…. 조폭끼고 장사 안하니까 다들 아주 나를 개졸로
보더라고."

　선은 칼로 영주의 가슴팍을 가리키며 말했다.

　"당신처럼."

　여전히 칼을 쥔 채 영주 옆에 조금 더 바짝 붙어 앉아서 그에게
어깨동무를 하면서 말을 이었다.

　"나 이 바닥 이렇게 버티고 있는 거예요. 아시겠어요?"

　몸을 살짝 비틀더니 손에 쥔 칼로 영주의 심장을 가리켰다. 예전에
형덕이 선에게 했던 행동이었다.

　"여기에 뭐가 있어요? 사랑? 가족? 아니면 숨겨둔 애인이라고 있으신가?
나는 말이에요…."

　이번에는 바짝 날이 선 칼날을 손가락으로 쓱 만지면서 말했다.

　"아무 것도 없어."

　그때 갑자기 비상벨이 울렸다. 자리에서 일어나 집무 테이블 위에 놓인
CCTV 영상을 보니 지하 주차장이 난리가 난 상태였다. 제대로 보이지는
않았지만 언뜻 스치는 모습이 낯이 익었다. 선은 한숨을 쉬더니 영주에게
말했다.

"대표님, 더이상 이 이야기는 안해도 되겠죠?"

"그럼, 그럼. 바쁜 것 같은데 일 봐요. 나는 내려갈게!"

협박이 제대로 먹힌 모습이었다. 떨리는 목소리로 대답한 영주는 서둘러서 백합방을 빠져 나갔다. 영주가 나가사 선은 무전기로 연락을 취하는데 연락이 되지 않았다. 화가 난 선은 무전기를 집어 던지고 손에 들고 있던 칼을 품에 넣고 방을 나왔다.

지하 주차장에 도착하니 CCTV에서 본 것보다 더욱 처참한 상황이었다. 검은색 차량들이 줄지어 들어와 있었고 수트를 입은 사람들로 가득했다. 선은 백합방 직원들이 바닥에 널부러진 모습을 바라보았다. 그때 귀에 익은 목소리가 선의 귀에 꽂혔다.

"선아, 잘 지냈니?"

형덕이었다. 선은 잽싸게 반가운 척 넉살좋게 웃으면서 말했다. 손바닥에는 땀이 흥건했지만 절대로 티 내지 않겠다는 생각에 더 가식적으로 웃으면서 말했다.

"아이고, 형님! 그간 안녕하셨습니까? 이런 누추한 곳에는 무슨 일로…."

형덕은 그런 선의 가식적인 모습을 보며 비웃었다. 살기가 가득한 웃음이었다. 허리를 굽힌 채 여전히 인사하고 있던 선의 등줄기를 싸늘하게 만들기에는 이미 충분했다.

"고개 들어라."

형덕의 말에 선은 고개를 들었다. 그러자 형덕은 선을 툭툭치며 이번에는 익살스럽게 말했다.

"안녕했겠니? 네놈 때문에 장사 다 망하고 이렇게 요란하게 등장했는데."

"형님, 제가 찾아뵙고 하나하나 설명부터 드렸어야 했는데 그러지 못한 제 불찰입니다. 우선 안쪽으로 모시겠습니다. 들어가시죠."

"그래. 손님 대접은 이렇게 하는 게 아니지. 들어가자."

엘리베이터를 타고 백합방에 들어섰다. 지하 주차장에서 무슨 일이 벌어졌는지 모르는 고객들로 백합방은 여전히 북적거렸다. 선은 자신이 조금 전에 영주와 대화를 나눈 집무실이 아닌 똑같이 만든 또 다른 집무실로 형덕을 안내했다. 똑같이 만들었지만 모든 중요 문서와 돈은 본 집무실에 있었기에 이곳은 허울에 불과했다. 이 가짜 집무실에는 CCTV와 도청 장치가 구비되어 있었다. 혹시 모를 위험에 대비하기 위해 만든 곳이었기에 가능한 일이었다. 선은 알고 있었다. 언젠가 사람들이 자신을 해하려 들 것을 말이다.

"우리 선이 출세했구나. 역시 엘리트는 다르네, 달라."

"이게 다 형님 덕분입니다."

형덕은 선의 아첨에 능글맞게 웃었다.

"개호로새끼. 그보다 선아…. 요즘 네가 그렇게 내 흉내를 내고 다닌다는 소문이 들리던데?"

"형님, 그게 무슨 말씀이세요? 절대 아닙니다, 절대!"

선은 손사레쳤다. 형덕은 그런 선을 뒤로하고 선의 집무실 테이블 의자에 앉았다. 의자에 앉아 빙그르르 돌더니 선을 향해 묘한 미소를 지으면서 말했다.

"아무 것도 모르던 토쟁이 새끼는 이제 없구나. 야, 너는 수혁이 아니 그 진도훈한테 잘해야겠다? 너 이렇게 큰돈 만지게 된 것도 다 그새끼덕이니까."

"그게 무슨 말씀이십니까…. 저도 당했습니다. 아시잖아요. 저도 그새끼한테 칼침 맞고 뒤질 뻔한 거 겨우 이렇게 살아남은 겁니다."

"뻔뻔한 새끼…."

선은 자리에서 일어나서 다시 한번 허리를 숙였다.

"그동안 연락드리지 못한 점 진심으로 사과드립니다. 죄송합니다…."

숙였던 허리를 펴고 이번에는 무릎을 꿇은 채 고개를 숙였다. 바닥에 무릎을 꿇고 있는 선에게 다가간 형덕은 그의 어깨를 툭 치더니 일어나서 소파에 앉으라고 말했다.

"따지고 들면 그렇기도 하지. 그런데 이게 내 입장에서는 아무래도 너네 두 새끼가 나를 엿 먹인 것 같단 생각이 자꾸 들어서 내 기분이 아주 좆같단 거야."

"저는 억울합니다…."

"억울할 것도 많다. 태석아, 이 새끼를 어떻게 해야 하니?"

형덕은 뒤에 서 있던 태석을 향해 장난스럽게 물었다.

"형님, 살려만 주십시오."

"됐다, 됐어. 너 지금 하는 꼴을 보아하니 크려면 멀었다. 내가 이런 아마추어 새끼때문에 여기까지 왔구나. 시간 아깝게…."

형덕은 태석에게 손을 내밀었다. 태석은 그런 형덕의 손에 곱게 손질된 시가와 라이터를 건넸다. 형덕은 시가를 돌려가며 불을 붙였다. 시가에서 피어나는 향은 담배의 향보다 짙게 느껴졌다.

"그럼 여기에는 무슨 일로 오신 건지…."

"내가 너 하나 담그려고 이렇게 요란하게 등장했다고 생각했어? 너는 네 새끼의 가치가 그 정도나 된다고 생각한 거니?"

"네? 형님… 쉽게 말씀해 주십시오."

선을 고개를 조아렸다.

"60%."

"네?"

"너 때문에 업장 문 닫았다. 게다가 내가 조사만 몇 번이나 받았는지 네가 알기나 해? 아무리 허울뿐인 조사라지만 모양 빠지게 말이야…."

"죄송합니다…."

"네가 싼 똥은 네가 치우자."

"형님, 그런데 그건 진도훈한테 저도 당한 거잖습니까."

"그럼 내가 대한민국 경찰한테 가서 똥 치워 달랄까?"

선은 좆됐음을 감지했다.

"고민되지? 지금 네가 고민하는 사이에 올랐다. 70%로."

"형님, 잠깐만요! 잠깐만요…."

다급한 선과 달리 형덕은 여유롭게 선을 처음 만난 날처럼 테이블 위에 품에 있던 날이 잔뜩 선 칼을 올려두었다.

"너 하나 담그고 여기 먹는 건 일도 아니다. 그런데 워낙에 요즘 내 목을 노리는 새끼들이 많아서 나도 이제는 위험한 일 좀 안하려고…. 그러니까 우리 좋게좋게 가자. 어?"

손바닥에 흥건해진 땀을 바지에 계속해서 닦았다. 그 모습을 본 형덕은 태석에게 손을 내밀었다. 태석은 형덕에게 휴대폰을 하나 건넸다.

형덕은 아무 말 없이 영상을 하나 찾아 선의 시선이 닿는 곳에서 영상을 재생했다. 선은 영상을 보자마자 그 자리에서 헛구역질을 시작했다. 영상 속에 나오는 사람은 선이었다.

영상을 보는 것만으로도 그날의 모든 것이 떠올랐다. 괴로웠다. 그날의 끈적거리는 공기, 뜨거운 온도, 거기에 코를 찌르는 피비린내까지도 너무나 선명하게 떠올랐다. 시간이 흘렀어도 몸은 모든 것을 기억하고 있었다. 그날, 칼을 잡았던 손가락 끝이 저리는 기분마저 들었다. 영상을 보기 힘든 나머지 고개를 돌리자, 형덕은 끝까지 보라며 선의 얼굴에 휴대폰을 들이밀었다. 겨우 다시 마음을 가다듬고 영상을 보고 있는데 이내 선의 동공은 가차없이 흔들리기 시작했다.

이미 죽은 고깃덩어리에 불과한 시체라고 생각했던 오일이 움직이고 있었다. 하지만 선의 투박한 칼질에 서서히 그 움직임이 잦아들기 시작했다. 선은 단순 시체 훼손을 한 것이 아니었다. 형덕이 만든 덫에 제대로 걸려든 것이었다.

"어때? 너의 살인 장면을 직접 본 소감이…"

"하…"

너무나 큰 충격이 더이상 구역질조차 나오지 않았다. 형덕에게는 늘 보험이 필요했다. 이런 식으로 협박이 가능한 영상을 만들어 항상 가지고 있었다. 그렇게 그들을 자신의 체스 말로 철저하게 이용해왔던 것이었다. 선의 전임자였던 오일도 마찬가지였고, 지금의 선 역시도 마찬가지였다.

형덕은 어디를 어떻게 찌르면 되는지에 대해 정확하고 알고 있었다. 출혈은 있어도 숨이 곧바로 끊어지지 않을 곳을 정확하게 인지하고 한 칼질이었다. 형덕만이 할 수 있는 기술이었다. 시체 훼손이라는 말과 달리 실제로는 살인을 시킨 형덕이었다. 선은 바로 무릎을 꿇었다.

"저 좀 살려주십시오. 딱 반 드리겠습니다. 저도 이제 딸린 식구가 많습니다. 거기다가 여기 임대료 장난 아닙니다. 제 사정도 조금만 봐주십시오…."

선의 말이 끝나자마자 형덕은 손을 내밀었다. 선은 조금의 망설임도 없이 형덕의 손을 두손으로 덥석 잡았다.

"너 지금 내 손 잡았다. 내 등에 칼 꽂으려고 딴 생각하는 순간 나는 네 모가리에 칼 꽂는다. 명심해라. 영상은 절대로 사라지지 않는다는 걸…."

말을 마친 형덕은 태석과 함께 백합방을 빠져 나갔다. 형덕이 나가자 선은 그 자리에 주저 앉아 숨을 몰아 쉬었다. 한참동안 숨을 몰아쉬던 선은 가짜 집무실을 빠져 나와 진짜 집무실로 들어갔다. 집무실 테이블 서랍 안 깊숙히 넣어두었던 대포폰을 하나 꺼내 전화를 걸었다. 액정에는 '형'이라고 떠있었다.

*

"바쁜 와중에 뭐 여기까지 오셨어요?"

"주 대표님 뵙기 위한 시간은 널리고 널렸습니다."

형덕은 정애와 가벼운 포옹을 했다. 정애는 형덕을 알기 전에 동대문에서 일수를 찍으며 살았었다. 30년이 넘도록 돈놀이만 하던 정애를 형덕에게 소개해준 건 정도스님이었다. 정도스님이 소개해준 인연이기에 형덕은 그녀에게 하이영캐피탈의 대표직을 맡겼다. 형덕은 누군가 자신을 배신하거나 자신에게 손해를 끼치면 그게 누구든 용서하지 않았다. 살생이 금지된 불교를 종교로 둔 불자였지만 모든 업보를 짊어지고 가겠다는 것이 형덕의 생각이었다.

형덕은 정애에게 오랜만에 식사 대접을 하겠다며 차로 이동을 하자고 권했다. 그렇게 두 사람은 차를 타고 이동했고 그들이 탄 차가 도착한 곳은 도산대로에 있는 김청아 부티크였다.

*

도훈이 차에서 내렸다. 발렛 직원에게 차를 맡기고 백합방으로 향하는 엘리베이터로 안내를 받았다. 회원들의 차에는 그들만의 표식이 존재했기에 직원들은 그들을 쉽게 알아보고 안내를 하곤 했다. 이곳에 방문이 처음인 도훈이었지만 미리 직원에게 선이 지시를 내려둔 탓에 도훈은 별다른 절차없이 백합방으로 향할 수 있었다. 도훈은 무거운 발걸음으로 엘리베이터에 올랐다.

"이게 네가 선택한 길이니…"

도훈의 혼잣말이었다.

도훈이 도착하는 것을 지켜보던 선은 칼을 꺼내기 위해 서랍을 열었다. 하지만 칼을 꺼내지 않고 그대로 서랍을 닫았다. 집무실을 나와 도훈을 맞이했다. 낮 시간이었지만 여전히 이곳에는 도박을 위해 모인 사람들로 북적거렸다. 도훈은 이런 모습을 보며 짧은 한숨을 내뱉었다.

"커피?"

"물."

둘은 집무실로 들어가서 마주보고 앉았다. 직원은 생수 2병을 크리스탈 잔과 함께 내려 놓았다. 직원이 나가자 도훈은 선에게 바로 말했다.

"배짱 좋네. 강남 한복판에 정킷방이라니⋯. 게다가 이제는 내가 경찰이라는 것도 알면서 나를 여기로 불러? 아니 초대한 건가?"

선은 도훈의 말에 심기가 불편했는지 비꼬는 듯한 말투로 말했다.

"어찌 제가 감히 대한민국의 대단하신 경찰나리를 부르고 말고 합니까? 그저 옛정이 있어서 그냥 저 이렇게 살고 있습니다 하는 거죠. 진 경감님."

도훈은 그런 선을 비웃으면서 말했다.

"우리 최선, 많이 컸네."

"형님께서 이렇게 키워주셨잖아요. 그래도 여전히 형님의 귀여운 개새끼입니다."

선이 씩 웃었다. 도훈은 차가운 표정으로 선에게 물었다.

"날 부른 의도가 뭐야?"

선 역시 진지하게 대답했다.

"김형덕이 날 협박했어."

"조사 받느라 정신 없었을 텐데 그 틈에 여기를 왔어?"

선은 고개를 끄덕였다.

"협박이라⋯ 말해봐."

"업장 수익의 반을 내놓으래. 그리고⋯."

"그리고?"

"아니야."

자신의 살인 영상을 형덕이 가지고 있다고는 차마 말할 수 없었다. 선은 답답함에 생수병에 입을 대고 벌컥벌컥 물을 마셨다.

"선아. 내가 너에게 그 돈으로 무엇을 하든지 쫓지 않겠다고 약속했으니 나 여기는 못 본 걸로 할게. 하지만 이렇게 많은 사람이 오고가면 언젠가는 큰 문제가 생길 게 분명해. 지금 당장 김형덕이 너를 치지 않았다고 해도 결국 누군가 자기 목줄 조여오면 제일 먼저 너를 공격할 거야. 그 사실 잊지 마."

어느 누구도 탓하지 않겠다 생각했던 선의 마음에 갑자기 큰 분노가 일었다. 그저 평범하게 살 수도 있었던 선이었다. 하지만 이렇게 된 데에는 도훈의 영향이 컸다. 그런 생각이 자꾸만 선의 머릿속을 복잡하게 헤집고 다니기 시작했다.

"시발…. 네가 날 이렇게 만들었잖아!"

도훈은 선의 원망어린 말을 무시한 채 자리에서 일어났다.

"내가 알던 최선은 이제 없구나. 오늘 일 없던 걸로 할게. 간다…."

도훈이 떠나려고 하자 선은 이야기를 시작했다.

"형…. 나는 말이야. 형이 이런 사람인지 전혀 몰랐어. 그러니까 내가 그렇게 형을 따랐겠지. 자신의 목적을 위해서라면 수사를 위해서라면 아무렇지 않게 일반인을 끌어들이는 사람. 내가 이런 이야기를 언론에 한다면 어떻게 될까?"

문을 열고 나가려던 도훈의 발걸음을 선이 잡은 것이다.

"대한민국 검경 자체가 휘청거리지 않겠어? 심지어 진 의원님의 둘째 아드님이신데 말이야…."

도훈은 문을 마주 본 채로 그대로 선의 이야기를 듣고 있었다.

"이야기가 길어질 것 같은데 서 있지 말고 그냥 앉지 그래?"

도훈은 내키지 않는 표정으로 소파에 앉았다.

"대한민국 경찰이 불법 수사를 했다. 원정도박 일망타진을 위해 일반인을 정킷방에 투입해서 잠입 수사를 했다. 대한민국 검사장 출신의 4선 국회의원 아들, 진도훈 경감. 수사에 일반인을 이용하다. 이 정도면 1면 헤드라인으로는 충분하겠지?"

"싫다면?"

"그렇다면 이것도 붙여볼게. 진석일 의원, 아내의 뺑소니 사망 사건을 단순 사고로 덮다. 이 정도면 형네 집안을 쑥대밭으로 만들고도 남을 것 같은데, 어때?"

"시발⋯."

도훈은 낮게 읊조렸다. 선은 그런 도훈에게 USB를 내밀었다.

"이거라면 구미가 당길 지도 모르겠네."

"이게 뭔데?"

"당신 부친과 김해영의 관계. 검은돈의 출처. 그리고 돈세탁⋯. 물론 그 외에도 많이 들어있어. 내가 이주학 변호사와 작성한 합의서도 있고. 어때, 이제 구미가 좀 당기나 봐?"

"이러는 이유가 도대체 뭐야?"

"아무 이유 없어. 이 강남 바닥에서 무슨 이유를 찾아. 이 바닥이 그렇잖아. 내가 속이는 것인지 내가 속는 것인지도 모른 채 살아가는 곳. 내가 살기 위해 아무렇지 않게 남을 죽이는 곳. 제로섬과도 같은 곳. 그게 바로 여기 강남이잖아."

"거두절미하고 말해. 원하는 게 뭐야?"

"불경에 이런 내용이 있어요. 같은 물이라도 소가 마시면 젖이 되고 뱀이 마시면 독이 된다…."

말을 마친 선은 생수를 크리스탈 잔에 따랐다. 그리고 도훈이 자신에게 건넸던 자동차 키를 주머니에서 꺼내 테이블 위에 올렸다. 그리고 말을 덧붙였다.

"나를 보호해줘."

*

"어, 지원아."

반갑게 받았지만 수화기 너머 지원의 목소리는 냉정하기 짝이 없었다.

"지율이 바꿔줄게. 지율아, 아빠야."

"아빠!"

딸의 목소리가 들려왔다.

"우리 딸, 잘 지냈어? 왜 이렇게 연락을 안했어. 아빠가 우리 지율이 얼마나 보고 싶었는데…."

"아빠, 미안해. 아빠 그런데 오늘 내 생일인 거 알지?"

"당연히 알지. 아빠가 벌써 선물도 잔뜩 사났는데?"

"진짜? 너무 좋아. 나하고 엄마하고 할머니하고 할아버지하고 파티 하기로 했는데 엄마가 아빠도 와도 된댔어. 엄마가 허락해줬어. 그러니까 빨리 와."

"우리 딸 생일인데 아빠가 당연히 가야지. 당장 갈게."

"아빠, 내가 엄마 바꿔줄게."

지율이 휴대폰을 넘기자 쌀쌀맞은 지원의 목소리가 들려왔다.

"몰랐으면서 아는 척 하기는…. 그냥 와. 선물 내가 미리 샀으니까."

"아니야. 나 진짜로 알고 있었어. 지율이 생일…."

지원은 선의 말을 무시한 채 말했다.

"장소하고 시간은 문자로 보낼게."

일방적으로 끊긴 전화에 선은 너털웃음이 나왔다. 선의 집무실에는 여자아이가 좋아할만한 선물들이 잔뜩 있었다. 잠시 행복함의 미소 짓던 선은 도훈에게 전화를 걸었다.

"왔어?"

"우리가 인연인지 악연인지 이제는 도무지 모르겠다…."

"그 인연도 악연도 다 형이 만든 거야."

"그래서 딸 생일 파티 간다고?"

도훈은 선의 부탁을 받은 이후로 몇 번이나 이곳을 더 방문했다. 처음에는 냉랭했지만 시간이 지날수록 둘 사이 역시 전과 별반 다르게 않게 흘러갔다. 불법 도박장의 오너와 경찰이라는 차이는 분명하게 존재했지만 둘이 이야기를 나눌 때면 어느새 순댓국을 먹던 예전의 선과 수혁으로 변해 있었다.

"그래서 형이 질서 좀 봐줘. 아무리 직원들이 내 말을 잘 든다고는 하지만 이게 업장에 사장이 있고 없고 차이가 크잖아. 내가 아무도 못

믿어도 형은 이상하게 믿잖아, 아직도…"

"그렇게 당해놓고…. 그래서 이제는 내가 당하는 건가?"

"집무실 비번 171222야. 들어왔다 나갔다 할 때는 비번 눌러야 하니까…. 아무도 안 알려준 비번을 내가 또 이렇게 알려주고 있다. 이렇게 또 속나…"

선은 도훈에게 뼈가 있는 말을 하면서도 괜스레 기분이 좋았다.

"이래서 인간은 끊임없이 성찰을 하면서 살아야해."

"다시는 같은 실수를 반복하지 않기 위해?"

"그렇지."

"형만 이제 더이상 나 이용하지 않으면 돼. 괜히 내 앞에서는 지금처럼 아무렇지 않은 척하다가 갑자기 특진하고 싶은 욕심에 여기 넘기거나 그러지만 않으면 돼. 알았지?"

"야, 여기 털리면 우리집 양반까지… 아니다."

"시답잖게 말을 줄이기는. 괜히 늦게 가서 잔소리 듣기 싫으니까 나 갈게."

선의 입가에는 미소가 가득했다. 기분이 좋은지 콧노래까지 부르기 시작했다. 미리 사두었던 딸의 생일 선물을 양손 가득히 들고 백합방을 나섰다.

선이 나가고 도훈은 집무실을 천천히 둘러보았다. 모든 곳에 CCTV가 존재했고 모든 것이 녹화와 녹음이 되고 있었다. 일반 카지노와 다를 바 없었다. 서랍을 열어보려고 했지만 잠겨 있어서 열리지 않았다. 아마 중요한 문서들은 금고에 보관하는 것 같았다. 금고는 당연하게도 비밀번호를 눌러야지만 열 수 있었기에 도훈은 금고를 열어볼 수 없었다.

선은 엘리베이터를 타고 지하 주차장으로 내려갔다. 선이 나오는 것을 발견한 발렛 기사가 자리에서 일어나자 선이 말했다.

"3분만 있다가 차 뺄게요. 담배 한 대만 피우고."

양손 가득히 들고 나온 지율의 생일 선물을 잠시 바닥에 내려 놓았다. 담배를 피우기 위해서는 1층으로 올라가야 했다. 비상 계단을 통해 올라가는데 위에서 실랑이하는 소리가 들려왔다. 올라갈수록 목소리는 더욱더 선명해지기 시작했다.

"집에 갈 차비가 없다고요…."

"여기서 이러시면 곤란합니다."

비상계단을 지키는 가드가 어떤 손님을 제지하고 있었다.

"그럼 집에 가게 차비라도…."

가드는 곤란한 기색이 역력했다. 그 모습을 지나쳐 밖으로 나간 선은 주머니에 넣어 두었던 담배를 꺼내 고개를 숙여 불을 붙였다. 불이 붙은 담배를 깊게 빨며 고개를 들었다. 병원 건물이 한 눈에 들어왔다. 밖에서 보는 백합방은 높은 곳에 있었다. 조금 전까지만 해도 저곳에서 창문을 통해 아래를 내려다 보았던 선이었다.

하지만 지금은 가족에게 가기 위해 내려와 있었다. 아래에서 백합방을 올려다보니 아무래도 가족과 저곳은 영원히 함께하지 못할 것처럼 느껴졌다. 쓸쓸한 마음에 어느새 짧아진 담배를 한 모금 더 빨아들이고는 바닥에 버렸다. 바닥에 버린 꽁초를 구두로 밟아 불씨를 끄고 지갑에서 5만원권을 뭉텅이로 꺼냈다. 세어보지도 않았다. 손에 돈을 쥐고 가드와

실랑이를 벌이고 있는 남자에게 다가갔다.

"선생님, 다시는 여기에 오지 마세요. 여기 나쁜 사람들밖에 없어요. 그러니까 이걸로 해장국 한 그릇 사드시고 택시타고 댁으로 들어가세요."

두 손으로 남자의 손에 돈을 쥐여주었다. 남자는 선에게 고맙다고 자리에 서서 연신 인사를 했다. 선은 조심해서 들어가라는 말을 한번 더 덧붙이고는 지하 주차장으로 내려가기 위해 담배를 피웠던 손을 탈탈 털었다. 그리고 담배를 피웠던 탓에 목에 낀 가래를 바닥에 뱉었다. 그리고 계단에 발을 디뎠다. 딸을 만나러 갈 생각에 기분이 좋아진 나머지 콧노래를 부르며 가벼운 발걸음으로 계단을 하나씩 내려갔다. 그런데 콧노래와 함께 위에서 쿵쾅거리는 발걸음 소리가 겹쳐지기 시작했다. 선은 별 생각없이 계단을 모두 내려왔고 발렛 기사는 그런 선을 발견하고 운전석의 문을 열어주었다. 선은 바닥에 내려두었던 딸의 선물을 챙겨 운전석으로 향했다.

그 순간, 선에게 돈을 받았던 남자가 선을 향해 달려들었다. 남자는 손에 쥔 칼로 선을 마구잡이로 찌르기 시작했다. 지하 주차장에는 꽤 많은 가드가 있었지만 막무가내 칼질에는 속수무책이었다. 선은 열린 운전석에 몸을 기댄채 쓰러지기 시작했다. 남자는 이제야 자신이 벌인 행동을 인지했는지 놀라서 칼을 바닥에 떨어뜨렸다. 남자가 칼을 놓치자 그제야 가드들이 달려들었다. 이미 선은 쓰러져 있었다. 딸의 생일 선물은 피로 물들고 있었다.

16부

피는 솔직하다

지율의 왼쪽 팔에는 완장이 채워져 있었다. 지원의 머리에는 무명천으로 만든 리본핀이 꽂혀 있었다. 그녀의 얼굴은 지쳐 보였지만 슬퍼보이지는 않았다. 그저 완장을 찬 딸의 옆을 지킬 뿐이었다. 지율은 어느새 아빠가 죽었다는 것을 알만큼 커있었다. 하지만 왜 자신의 왼쪽 팔에 상주 완장이 채워져 있는지에 대해서는 아직 알지 못하는 어린아이였다.

선은 자신이 이 세상에 남긴 유일한 피붙이인 딸을 두고 허무하게 세상을 떠났다. 딸의 생일을 축하해주기 위해 내디딘 발걸음이 다시는 딸을 보지 못하는 발걸음으로 변했다. 그는 딸의 생일에 죽었다. 앞으로 지율은 생일을 기뻐하지 못할 것이다. 케이크 위에 촛불 대신 제사상의 향을 피우는 것으로 대신할지도 모르게 되었다. 선의 죽음은 허무했다.

한낱 우발적인 사고에 불과했다. 자신이 베푼 호의가 돌이킬 수 없는 죽음으로 돌아올 줄을 당연히 알 리 없었다.

*

"선아… 선아! 정신 차려봐, 정신 차리라고!"

선이 쓰러졌다는 무전을 받자마자 도훈은 지하 주차장으로 달려왔다.

"형…."

출혈이 심해 몸이 힘이 빠지고 점점 아득해져가는 정신 속에서 선이 힘겹게 내뱉은 말이었다.

"어, 선아. 나 여기있어. 그러니까 너 이제 말하지마. 말해서 괜히 힘 빼지마."

"형…."

"시발, 말하지 말라니까!"

도훈이 화를 내자 오히려 선은 미소지었다.

"욕하니까 꼭 진수혁 같다…."

"개소리 그만하고 정신이나 차려. 너 딸내미 생일 파티 가야지, 어?"

"아무래도 나 못 가겠다…."

"나도 칼 몇 번 맞아봤거든? 근데 안 뒤지더라. 지금 이렇게 살아있잖아. 그러니까 너는 정신이나 차려. 어?"

도훈은 정신을 잃어가는 선이 걱정됐다. 그런 선을 바라보며 아무것도 하지 않고 어찌할 바를 모른 채 발만 구르고 있는 직원들에게 소리쳤다. 자신들이 불법 도박장에서 일하기에 쉽사리 신고도 하지 못하고 있던 것이었다.

"당장 사무장한테 전화해서 수술방 잡으라고 해. 여기 병원이잖아! 다들 머리가 그렇게 안 돌아가? 당장 권영주한테 전화하라고!"

"형···."

"이새끼 말 더럽게 많네. 말하지 말라니까. 나중에 너 이야기 실컷 들어줄 테니까 지금은 좀 닥치고 있어. 시발, 권영주 언제 온대?"

"오고 있답니다."

"시발···."

"수술실 불 켜겠다고 연락 왔습니다. 지금 당직 의사가 있어서 바로 수술 들어갈 수 있게 준비한다고 합니다."

"수술실 몇 층이야?"

"6층입니다."

도훈이 선을 업었다.

"내가 애 데리고 올라갈 테니까 너희는 오늘 고객 못 받는다고 하고 오늘 문 다 닫아. 있는 고객들도 다 내보내고."

"네, 알겠습니다."

직원들이 도훈의 지시를 따르기 위해 흩어지자 도훈은 선을 업은 채로 엘리베이터의 버튼을 눌렀다. 선은 뭐가 좋은지 히죽거리면서 실없이 웃고 있었다. 선의 피가 도훈의 등을 적시기 시작했다. 뜨거운 피가 느껴지자 도훈의 눈시울은 점점 붉어졌다.

"움직이지 말고 말하지 말라니까."

"거울에 우리 보인다…."

"알아. 나도 보여."

"그런데… 형… 왜 울어…."

선이 쿨럭거리며 피를 토했다. 거울에 비친 도훈의 눈에서는 눈물이 흐르고 있었다. 그의 손은 선을 업고 있기에 바빠 흐르는 눈물 따위는 훔칠 수가 없었다.

"울기는 내가 뭘 울어. 시발, 엘리베이터 존나 느리네."

엘리베이터가 도착하자 도훈은 선을 업은 채로 탑승했다. 엘리베이터 안에서도 자신들의 모습이 비치는 것을 확인한 선은 또 한번 피식하고 웃었다. 선이 움직일 때마다 도훈의 등은 계속해서 피로 젖어 들었다.

"형…."

"너 자꾸 형, 형 거릴래?"

"형…."

"또!"

"나 왜 안 버렸어?"

"내가 왜 널 버려? 야, 좀 닥쳐. 이 와중에 뭔 개소리를 이렇게 많이 해?"

"아니…. 나 칼 맞았단 소리 들었을 텐데 왜 나 안버리고 나 챙기러 왔냐고…."

"내가 널 왜 버리냐. 칼 맞은 새끼 당연히 챙겨야지…. 내 새낀데…."

"…."

"…."

"이럴 줄 알았으면 진작에 칼 맞고 형 새끼 할 걸 그랬네…."

선은 또 한번 쿨럭거리며 피를 토했다. 엘리베이터 유리에 비친 이 모습을 바라볼 수 밖에 없는 도훈은 미칠 것만 같았다.

"형… 만약에 내가 이대로 죽으면 우리집에 가봐. 내가 식탁 위에 편…."

선의 팔이 축 처졌다.

"선아…. 정신 차려… 어? 정신 차려!"

도훈이 선의 이름을 계속 불렀지만 선은 반응하지 않았다. 말하지 말라고 해도 계속해서 형이라고 부르던 선이 조용했다. 그저 축 처진 채 가만히 업혀 있을 뿐이었다.

*

수술실 앞을 떠날 수가 없었다. 나는 단지 그를 이용한 것이라 생각했다. 그저 내가 짠 판 위에 올려진 말일 뿐이라고 생각했다. 그와 함께 한 시간은 비록 2년이란 짧은 시간이었다. 2년이라는 시간이 그에게는 진심이었다.

형은 형의 길을 가. 나는 나의 길을 갈게.

그가 한 말이 떠올랐다. 내가 그에게 준 돈이 화를 불러온 것이었을까. 내가 그에게 돈을 주지 않았다면 강남 한복판에 이런 도박장을 차리지도 않았을 텐데. 내가 마신 물은 젖이 아니었다. 쓰디쓴 독이었다. 나는 선에게 독약과도 같은 존재였다. 그런 생각이 머릿속에 차고 넘쳐 도무지 발길이 떨어지지 않았다. 나의 얄팍한 복수심의 많은 사람이 희생되었다. 그렇게 다른 이들은 나 때문에 많은 피를 흘렸지만 정작 내 손에서는 피 한 방울도 흐르지 않았다. 그 흔한 작은 상처 하나도 생기지 않았다.

얼마 지나지 않아 수술실의 불은 꺼졌고 의사는 나에게 내가 듣고 싶지 않았던 말을 전했다.

*

"왜 이렇게 연락이 안돼? 지율이가 당신을 얼마나 기다렸는데…."

전화를 받자 들려오는 말에 뭐라고 대답을 해야할지 모르겠어서 듣고만 있었다. 말의 호흡이 멈추자 어렵게 말을 꺼냈다.

"저기…."

"그래서 지금 어딘데? 지금이라도 당장 와. 애가 아빠 아빠 노래를 부르다가 방금 잠들었어…. 오늘은 여기와서 자. 내일 아침이라도 지율이한테 생일 축하 노래 불러주고."

"저기요."

내 목소리가 선이 아니라는 것을 이제야 인지했는지 아무 말이 없었다.

"저 선이랑 같이 일하는 사람입니다."

"네? 이거 그이 휴대폰인데 그 사람 무슨 일 있어요?"

"그게…."

도무지 말이 떨어지지 않았다. 그때 수화기 너머로 지율의 목소리가 들렸다.

"아빠?"

"아니, 아빠 아니야. 지율아 왜 자다 깼어? 여보세요? 누구시죠? 같이 일하시는 분이시라고요?"

"네…."

"그 사람 옆에 있어요?"

이 소식은 어떻게 전하든 똑같을 것이란 생각이 들었다. 그래서 그냥 말하기로 결정했다.

"최선 씨 죽었습니다."

＊

강남의 밤은 화려하다. 어떤 이는 웃고 어떤 이는 울며 하루를 마감한다. 각자의 사연이 가득해 타인의 사연을 궁금해하지 않는 곳이다. 나 역시 선이 가진 사연이 궁금하지 않았다. 내가 가진 사연에 집중했기에 그의 이야기는 철저하게 무시되어 그는 나에게 이용되어졌을 뿐이었다. 그가 가진 이야기를 한번이라도 궁금해했다면 우리의 오늘은 어땠을까. 달랐을까. 아니면 여전히 같았을까.

＊

선의 집을 찾았다. 선이 말한대로 식탁 위에 편지가 있었다. 편지 봉투에는 '도훈형에게'라고 적혀 있었다. 도훈이라는 글자 위에 몇 번이나 선을 그어 도훈을 지운 흔적이 가득했다. 덕분에 '형에게'라고 읽도록 해두었다. 그 모습에 괜스레 피식 웃음이 났다. 편지 봉투를 뜯었다.

＊

막상 유언을 남길 생각을 하니 기분이 묘했다. 30대에 유서를 쓰는 사람이 얼마나 될까 싶었다. 하지만 요즘따라 내가 언제 죽어도 이상하지 않겠다는 생각이 들기 시작했다. 어이없게도 이런 상황이 되니 생각나는 사람은 와이프도 딸도 아닌 진도훈이었다. 함께 한 시간은 고작 2년이 전부인데 나에게 그 2년은 진심이었던 것일까.

형에게.

이 편지를 발견했다면 내 세상은 이미 무너졌다는 소리겠지. 처참하게 찢기고 짓밟혀 그렇게 죽었겠지. 아마 내 죽음이 순탄하지는 않을 것 같단 생각이 들더라. 그래서 이렇게 편지를 남기는 거야. 내 세상에 비해 형의 세상은 예전에도 그랬고 지금도 그렇고 앞으로도 그대로일 거야. 아니, 어쩌면 더 탄탄할 수도 있겠단 생각이 들더라. 그래서 더 좆같다고 느껴졌어. 내 인생이 정말 기구하단 생각이 들면서 내가 무슨 잘못을 했길래 이렇게 치이면서 살았나 싶기도 했지.

그런데 한편으로는 형한테 고맙다는 생각도 들었어. 비록 형이 나를 이용하고 속였다지만 그래도 나에게 세상을 알게 해준 사람은 형이었어. 내가 모르고 살던 것들을 누리게 해준 것은 사실이니까. 돈이 이렇게 좋을 줄 알았으면 진작에 나쁜 짓이나 잔뜩 하면서 살 걸 그랬어. 뭘 그렇게까지 바르게 살겠다고 빌빌거리면서 살았나 모르겠다. 이런 것들 하나도 못해보고 죽었으면 진짜 억울했을 것 같아. 덕분에 지금 당장 죽더라도 억울하지는 않을 것 같네.

작은방 붙박이장은 열면 금고가 하나 있어. 비밀번호는 우리가 처음 만난 날 같이 본 경기의 스코어야. 안에 있는 것들로 형은 형의 길을 가. 그리고 형만이 할 수 있는 것을 해. 그리고 진짜 이런 말은 하기 싫었는데 어차피 별소리 다 지껄인 편지니까 말할게. 만약에 우리 다음 생에서 다시 만날 수 있으면 그때는 가볍게 만나자. 이번 생에서처럼 무거운 사연으로 만나지 말고 가볍게.

형. 그때나 지금이나 형은 나에게 소중한 사람이야. 그건 변하지 않는 사실이야.

*

선은 이미 나를 용서했었다. 농담 삼아 아직도 나를 믿는다고 했던 것 역시 전부다 사실이었다. 각자의 길이 있다고 생각하며 타인의 선택을 존중할 줄 알았던 사람이었다. 선은 내가 아는 사람 중에서 가장 근사한 사람이었다.

선이 말한 작은방 붙박이방을 열었다. 안에는 선의 말처럼 금고가 하나 있었다. 비밀번호는 아마도 나와 선만이 알 것이다. 우리가 처음 맥도날드에서 만난 그날 함께 소리치면서 보았던 그날의 경기 스코어 6자리를 눌렀다.

118092.

금고가 열렸다. 안에는 서류 봉투와 작은 박스가 하나 있었다. 박스를 열자 그 안에는 많은 USB와 하드디스크가 있었다. 백합방에 설치된 CCTV를 통해 녹화된 모든 영상과 음성 파일이었다. 백합방 이용자에 대한 정보도 파일화되어 들어 있었다. 그뿐만 아니라 마카오 정킷방에서의 정보까지 있었다. 형덕이 선을 협박하는 장면은 물론 선이 숨기고 싶어했을 영상까지도 포함되어 있었다. 선은 모든 것을 기록하고 보관한 것이다. 본인에게도 위험이 될 수 있는 영상이든, 그게 무엇이든. 이것들이 자신의 목숨을 지켜주리라 생각했던 것 같다. 물론 나와 아버지에 관한 기록도 전부 있었다.

이번에는 서류 봉투들을 열어서 하나씩 살펴보았다. 백합방으로 들어오기 전에 회원들이 작성한 비밀 서약서들이었다. 그리고 또 하나의 서류 봉투를 열었다. 그것은 어머니의 죽음에 대해 함구하겠다는 선의 합의서였다.

"아버지."

이런 상황에 다다르니 이 모든 것을 해결해 줄 수 있는 사람이 필요했다. 도훈은 누군가를 떠올렸다. 구 팀장도 팀원들도 아니었다. 도훈이 떠올린 사람은 석일이었다.

"네가 요즘 나를 자주 찾는구나. 일이 잘 풀리지 않는 게냐, 아니면 돈이 더 필요한 게냐? 그것도 아니라면 이제야 네 죽은 어미가 그립기라도 한 것이냐?"

도훈은 가지고 온 박스를 석일에게 내밀었다. 석일은 박스를 열지 않고 손바닥을 박스 뚜껑 위에 올리고 말했다.

"설명이 필요한 것처럼 보이는구나. 아무리 네 아비라고 해도 지금 나에게는 1분 1초가 아깝기 짝이 없다. 내 소중한 시간이 헛되지 않을 이야기였으면 하는데…."

"저는 아버지가 싫었고 이 집이 싫었습니다. 그래서 아버지에 대한 치기어린 반항심에 경찰대에 간 것도 사실입니다. 그런데 결국 아버지의 말씀이 맞았습니다. 핏줄은 천륜이다…. 상황이 이렇게 되니 결국 생각나는 건 진석일 의원뿐이었습니다…. 아버지, 저 아버지 아들입니다. 그러니 저를 도와주세요."

석일은 만족스러운 듯 미소지었다.

"도훈아, 내가 좋아하는 게 뭐더냐?"

"배움과 깨우침입니다."

"그래서 내가 어린 네게 항상 무엇을 공부하라 일렀지?"

"고사성어입니다."

"그렇다면 내가 너에게 문제를 하나 내도록 하지. 지금 이 상황에 어울릴만한 성어와 함께 다시 한번 더 부탁을 해보거라. 내 아들이 이 아비 품을 떠나 어떻게 자랐을지가 궁금하구나."

도훈은 잠시 생각에 젖었고 이내 입을 열었다.

"봉생마중불부자직(蓬生麻中不扶自直). 쑥은 곧게 자라지 않지만 삼과 함께 자라면 붙잡아 주지 않더라도 스스로 삼을 닮아 곧게 자란다는 뜻이지요. 저는 지금까지 제멋대로 자란 쑥이었습니다. 하지만 이제라도 아버지께서 도와주신다면 저는 아버지를 닮아 자랄 것을 약속드립니다."

석일은 만족한 듯 크게 웃더니 도훈을 바라보며 말했다.

"사람도 어진 이와 함께 하나면 어질게 되고 악한 이와 함께 한다면 악하게 된다는 뜻이지. 네가 더는 어리석은 행동을 하지 않으리라 생각하고 네 뜻을 존중하마."

"아버지, 감사합니다."

석일은 도훈이 내밀었던 박스를 열었다.

"주학아."

"네, 의원님."

"너는 내 사람이다. 그런데 왜 그런 쓸모없는 짓을 한 거니?"

주학은 석일이 선의 이야기를 하고 있다는 것을 단번에 알 수 있었다. 주학 역시 석일이 모를 리가 없을 것이라 생각했었다. 그런데도 선에게 조언을 한 것은 자신을 만나러 오는 길에 일부러 입고 온 듯한 대학명이 적힌 과잠바를 통해 느낀 쓸데없는 측은지심 때문이었다. 그래서 조언을 했고 그 과정에서 진 의원을 의도치 않게 노출하게 된 것이었다. 주학은 무릎을 꿇었다.

"주학아. 내가 너를 책망하려는 것이 아니다. 다만 네 행동이 선거에 얼마나 큰 영향을 미칠 지에 대해 생각을 했는지를 묻는 것이다."

"죄송합니다."

"나 역시 안다. 네가 유족에게 마음이 쓰였을 것이란 것쯤은 나도 당연히 알 수 있지. 하지만 그러기 전에 네가 누구 밑에 있는지에 대해 한번만 더 생각했다면 더 쉬운 일이었을 것이다."

"죄송합니다."

"아니다. 결국에는 도훈이 녀석이 지 발로 찾아와 나에게 고개를 숙이게 됐으니 이게 바로 전화위복(轉禍爲福)인가 싶기도 하구나. 하지만 앞으로 다시는 네 그 알량한 동정심이 나에게 영향을 끼치는 일은 없었으면 한다. 내가 당선되지 않으면 너 역시도 그렇다는 걸 절대로 잊지 마라."

"네, 명심하겠습니다."

"주학아. 당장 김해영과의 약속을 잡도록 해라."

"의원님, 요즘 많이 바쁘셨습니까?"

자신과의 약속을 계속 미루어왔던 석일을 비꼬는 말투였다. 석일은 조금 언짢았지만 티를 내지 않았다.

"이해해주니 고맙네. 총선이 말이 석 달이지. 여간 신경 쓸 일이 한둘이 아닐세."

"그러실 거라고 생각했습니다. 해결하기 어려운 일이 있으시면 언제든지 주저하지 마시고 말씀해주시지요. 의원님께 늘 도움이 되고 싶습니다. 그러려고 제가 있는 것 아닙니까?"

"항상 고맙게 생각하네. 나도 이번 총선까지만 하고 물러나야지. 내가 물러나면 내 지역구는 당연히 우리 김 회장에게 갈 것이라고 내가 장담하지."

"고맙습니다."

"그보다 김 회장…"

"네, 말씀하시지요."

"자네 양아들 형덕 군 말일세."

"형덕 군이라고 하기에 벌써 그 녀석도 나이가 사십 줄입니다. 그보다 의원님께서 제 아들 녀석 이름을 말씀하시는 건 또 처음있는 일이군요. 무슨 일이 있으십니까?"

"내가 이런 말을 하기가 여간 부끄러운 게 아닌데 말이야…"

"부끄럽다니요?"

"부끄럽다기보다는 미안해서 하는 말일세…"

"말씀하시지요."

"형덕 군이 한 몇 개월만 안에서 지냈으면 싶은데."

"안이라면…."

"형을 살았으면 하네."

갑작스러운 제안의 혜영은 당황했다. 하지만 그렇다고 그 불편한 기색을 전혀 숨길 생각이 없었다.

"의원님, 갑자기 왜 이야기가 이렇게 흘러가는 겁니까? 우리 비즈니스에 제 아들 녀석이 무슨 결례라도 끼쳤을까요? 아니면 의원님 정치 인생에 도대체 무슨 일이 있길래 그런 말씀을 하시는 지요. 솔직하게 말씀해주십시오."

"내 아들 때문일세…."

"아드님이라면?"

"당연히 둘째 놈이지."

"도훈 군…."

"자네, 정말 모르는 건가? 아니면 알면서 일부러 내 입에서 힘든 부탁이 나오기를 기다리는 건가?"

혜영은 뜻 모를 미소를 지으면서 말했다.

"아닙니다. 제가 어떻게 감히 의원님께 그럴 수 있겠습니까? 조금도 짐작할 수가 없어서 여쭙는 겁니다. 그러니 편하게 말씀해주시지요."

"그럼 편하게 말하겠네."

석일은 내키지 않았지만 어쩔 수 없었다. 총선이 얼마 남지 않은 긴박한 때였다.

"내 아들이 자네 양아들을 검거하고 싶어하네."

"제 아들 녀석은 사업가입니다. 그런데 무슨 명분으로 검거를 하겠다는 겁니까? 명분이 없지 않습니까, 명분이…"

"명분이야 이미 충분하다는 것쯤은 자네가 가장 잘 알고 있지 않나?"

"의원님, 지금 저 협박하시는 겁니까?"

"그게 무슨 섭섭한 소린가!"

"제가 세 번째로 말씀드립니다. 다 내려두시고 편하게 말씀해 주시지요."

묘한 긴장감이 서재를 감쌌다.

"내 아들이 자네 양아들을 검거하기 위해 잠입수사를 했네. 나 역시 이 부분에 대해서는 몰랐기에 미안하다는 말부터 하지…"

"의원님, 저 조금 섭섭하려고 합니다."

"그런데 이 녀석 동기가 자네 양아들을 수사하다가 실종된 모양이야. 말이 실종이지, 죽었다고 보는 게 맞겠지. 안 그런가? 그래서 독이 바짝 오른 채로 결코 하지 말았어야 할 행동을 하고 말았네."

"그게 뭔가요?"

"수사에 일반인을 이용했네."

"위험한 도박을 했군요."

"그러니 내가 이렇게 부탁하는 게 아닌가…"

"제 아들을 검거하기 위해 일반인을 이용했다는 것이 세상에 알려지면 당장 총선이 얼마 남지 않은 상황에서 의원님의 정치 생명에 아주 크나큰 위험이 될 거란 말씀으로 받아들이면 될까요?"

"맞네."

"솔직하게 말씀해주셔서 감사합니다."

"생각해봐야 할 문제인가?"

"굳이 깊게 생각할 문제는 아닙니다…."

"그럼 자네 생각을 듣고 싶군."

"저 역시 편하게 말씀드리겠습니다. 아무리 양아들이라고 하지만 제 아들입니다. 큰형님의 자식이지만 큰형님이 돌아가시고 제 아들로 받아들였고 그렇게 살아온 세월이 20년도 넘었습니다."

"그래서 거절하겠다는 말인가?"

"제 아들입니다. 의원님께서도 아들을 위해 이런 말씀을 하시는 것 아니십니까? 저 역시 마찬가지입니다. 어려운 말씀 꺼내시느라 힘드셨을 텐데 부탁 들어드리지 못한 점, 진심으로 죄송합니다."

해영은 정중하게 고개를 숙여 미안함을 표현했다. 석일은 묘한 표정을 지으며 자리에서 일어나 박스를 꺼내 해영 앞에 놓으면서 말했다.

"이걸 본다면 자네 생각이 달라질 것도 같은데…."

해영은 박스를 열었다. 박스 안에는 여러 개의 USB가 들어 있었다.

"이 안에 무엇이 들었길래 저에게 내미신 겁니까?"

"흥미가 생겼다면 이 자리에서 봐도 괜찮겠네."

"제 생각이 달라질만한 것이라니 흥미보다는 걱정부터 앞서는군요."

해영은 대수롭지 않다는 듯 웃으면서 말했다. 석일은 그런 해영을 보며 묘한 미소를 짓더니 노트북을 건넸다. 해영은 USB를 포트에 연결했다. USB에는 영상이 가득했고 그중 하나를 클릭했다. 영상이 재생되자 해영의 표정은 점점 굳어가기 시작했다. 그리고 얼마 지나지 않아 노트북을 덮었다.

"의원님…."

"말해보게나."

"제가 거절할 수 있는 입장도 아니지 않습니까? 제가 거절한다해도 의원님께서라면 무슨 일을 하셔서라도 검거하시겠죠…. 거기서 끝이 아니겠죠. 저까지도 몰아내실 수 있는 분이시라는 것 충분히 잘 알고 있습니다."

조금 전과는 전혀 다른 태도의 해영이었다.

"자네의 이야기를 들으니 이번에는 왠지 내가 원하던 대답을 기대해도 좋을 것 같군."

"하지만 의원님…."

"말해보게."

"하나를 얻기 위해서는 하나를 내어주어야 하는 법도 있지 않습니까?"

"자네의 조건은 무엇이지?"

"도훈 군과도 상생하고 싶습니다. 그렇다면 제 아들 녀석쯤이야 얼마든지 내어 드리죠."

"내 아들과의 상생이라…. 정재계는 물론이고 이제 끈 떨어질 일 없는 검경계까지도 손을 뻗겠다는 건가? 이미 여훈이 녀석이 자네 일을 어느 정도 봐주고 있다고 생각이 되는데?"

"여훈 군과는 이미 진행되어 오던 일입니다. 지금 이 이야기와는 별개의 건이지 않습니까? 이번 건은 제 아들을 걸고 드리는 제안입니다."

"내가 그 제안을 수락하면 자네 양아들이 형을 살아도 된다는 말로 받아들이면 되는 건가?"

"맞습니다."

"그렇다면 그러도록 하지. 앞으로 우리 집안의 모든 이가 자네와 상생을 하겠구려."

"제안 받아주셔서 감사합니다."

"자네에게 아들을 포기하란 무리한 부탁을 한 내가 더 고맙지."

"어차피 양아들 아닙니까? 저는 딸만 둘입니다."

*

저녁 식사를 위해 식탁에 앉았다. 어머니가 돌아가시고 처음 앉은 식탁은 너무나도 어색했다. 아버지는 식사 기도를 시작했다. 나를 제외한 세 사람은 손을 모아 기도했지만 종교가 없는 나는 그런 그들을 바라보고 있었다. 넷이 함께 앉은 식탁은 묘했다. 오랜만에 만난 형은 나를 반갑게 맞아주었다. 아무래도 이 집에서 어색함을 느끼는 것은 오직 나 하나뿐인 것만 같았다.

어머니의 죽음을 덮은 아버지, 어머니의 자리를 빼앗은 우 비서관, 이모든 것이 가족 사업의 일환이라고 말하는 형, 순간의 잘못된 판단으로 많은 사람을 죽음으로 몰고 간 나까지. 정상적인 사람이 단 한명도 없었다. 식사 기도를 마친 그들은 아멘을 외치고 감았던 눈을 떴다. 식탁 위에는 도미조림이 있었다.

아버지가 설란에게 말했다.

"자네가 둘째 아들놈에게 도미조림 좀 발라줘. 서른 후반인 자식이라지만 그래도 어미가 발라준 생선이 먹고 싶지 않겠어?"

아버지의 말에 설란은 도미조림에서 가시를 발라 내 밥 위에 생선살을 올려주었다.

그 모습을 본 아버지가 말했다.

"이제야 가족 같구나."

피는 솔직하다

Blood doesn't lie

초판 1쇄 발행 2023년 2월 22일

지은이 신세연
편집 박현민
디자인 이용혁

펴낸이 박현민
펴낸곳 우주북스
등록 2019년 1월 25일 제2020-000093호
주소 (04735) 서울시 성동구 독서당로 228, 2F
전화 02-6085-2020
팩스 0505-115-0083
이메일 gato@woozoobooks.com
인스타그램 woozoobooks
홈페이지 woozoobooks.com

ⓒ신세연, 2023

ISBN 979-11-976863-5-1 (03810)